Küste der Lügen

Jobst Schlennstedt, 1976 in Herford geboren und dort aufgewachsen, studierte Geografie an der Universität Bayreuth. Seit 2004 lebt er in Lübeck. 2006 veröffentlichte er seinen ersten Kriminalroman. Hauptberuflich ist er als Niederlassungsleiter in einem Lübecker Beratungsunternehmen tätig. Im Emons Verlag erschienen die Westfalenkrimis »Westfalenbräu« und »Dorfschweigen«, außerdem die Küstenkrimis »Tödliche Stimmen«, »Der Teufel von St. Marien«, »Möwenjagd«, »Traveblut«, »Küstenblues«, »Todesbucht« und »Spur übers Meer«. Mit »Küste der Lügen« liegt jetzt sein erster Thriller vor.
www.jobst-schlennstedt.de

Dieses Buch ist ein Roman. Handlungen und Personen sind frei erfunden. Ähnlichkeiten mit lebenden oder toten Personen sind rein zufällig.

JOBST SCHLENNSTEDT

Küste der Lügen

THRILLER

emons:

Bibliografische Information der Deutschen Nationalbibliothek
Die Deutsche Nationalbibliothek verzeichnet diese Publikation
in der Deutschen Nationalbibliografie; detaillierte bibliografische
Daten sind im Internet über http://dnb.d-nb.de abrufbar.

© Emons Verlag GmbH
Alle Rechte vorbehalten
Umschlagmotiv: photocase.com/stocksnapper
Umschlaggestaltung: Tobias Doetsch
Gestaltung Innenteil: César Satz & Grafik GmbH, Köln
Lektorat: Hilla Czinczoll
Druck und Bindung: CPI – Clausen & Bosse, Leck
Printed in Germany 2015
ISBN 978-3-95451-534-9
Thriller
Originalausgabe

Unser Newsletter informiert Sie
regelmäßig über Neues von emons:
Kostenlos bestellen unter
www.emons-verlag.de

Wahres Unglück bringt der falsche Wahn.
Friedrich von Schiller

DER PARKPLATZ

Als Tim Baltus das Gespräch annahm, hatte er nicht die leiseste Ahnung, in welchen Alptraum der Anruf sein Leben stürzen würde. Schon gar nicht, als er sah, wer ihn anrief.

Die Frau, die sich meldete, kannte Tim erst seit einem halben Jahr. Und doch war ihm klar, dass sie es gewesen war, die ihm sein Leben zurückgeschenkt hatte.
»Schatz, was gibt's denn?«
»Halt mal an!«, sagte Mascha aufgeregt. »Ich muss dringend mit dir reden.«
»Kann ich gerade nicht. Ich bin noch auf der Autobahn.«
»Fahr sofort auf den Standstreifen!«
»Bist du wahnsinnig?«
»Du musst!«
Ein Verkehrsschild mit weißem »P« auf blauem Grund raste an ihm vorbei. Noch zweihundert Meter. Tim trat auf die Bremse. Der Geschwindigkeitsüberschuss war so groß, dass er um ein Haar die Kontrolle über den alten Golf verloren hätte. Am Scheitelpunkt der Ausfahrt zum Parkplatz maß sein Tacho noch immer hundertzehn.
»Was zum Teufel ist denn los?«, fragte er lauter als beabsichtigt.
»Bitte stell den Wagen ab«, rief sie, noch immer aufgebracht. »Es ist besser so, glaub mir!«
Tim ließ sein Auto ausrollen und parkte hinter einem dunkelgrünen Kombi älteren Jahrgangs. Er beobachtete, wie ein Pärchen mit einem kleinen Jungen aus dem Wagen ausstieg und sich langsam in Richtung eines angrenzenden Wäldchens entfernte.
»Zündschlüssel umgedreht«, sagte er. »Also, was ist los?«
»Du wirst es nicht glauben, aber ...« Maschas Stimme zitterte plötzlich. Tim konnte nicht einschätzen, ob vor Angst oder Freude.
»Ich habe ... ich meine, ich bin ...«
»Jetzt sag schon!«
»... schwanger!«
Ein stechender Schmerz jagte im nächsten Augenblick in Tims rechte Schläfe. Blut schoss pulsierend durch seine Adern in Rich-

7

tung Kopf. So musste sich jemand fühlen, der nach einem heftigen Faustschlag dabei war, das Bewusstsein zu verlieren. Aber warum bloß war er noch immer wach?
»Bist du noch dran?«
»Ja.« Tim stockte, während seine Gedanken eine Reise in die Vergangenheit unternahmen.
Ein kalter, schneeverwehter Dezemberabend im vergangenen Jahr. Tim war mit betrunkenem Kopf durch die Altstadt Lübecks gelaufen. Auf der Suche nach einer Kneipe, in der er ungestört einen letzten Gin Tonic trinken konnte, ohne dass er von redseligen Kellnern oder einsamen Gästen angequatscht wurde. Eine junge Frau in einem langen dunklen Wollmantel und mit brünetter Lockenmähne hatte ihn versehentlich angerempelt, als sie aus einem Hauseingang herausgestürzt kam. Sie war hingefallen und Tim derart perplex gewesen, dass er kaum ein Wort hervorgebracht hatte. Auch die Fremde war seltsam schweigsam gewesen, ehe sie nach wenigen Augenblicken davongelaufen war. Tim war noch eine Weile stehen geblieben und hatte hinter ihr hergesehen. Dann erst war ihm das Portemonnaie, das die Frau bei ihrem Zusammenprall verloren haben musste, ins Auge gestochen.

Im Nachhinein konnte er nicht mehr sagen, was ihn dazu bewogen hatte, das lederne Etui nicht einfach in ihren Briefkasten zu werfen. Stattdessen war er am nächsten Tag wiedergekommen und hatte einfach an ihrer Wohnungstür geklingelt. Mascha Köster war ihr Name. So stand es in ihrem Ausweis. Sie war gerade einmal zweiundzwanzig Jahre alt, neunzehn Jahre jünger als er. Von Beruf war sie Goldschmiedin, wie sie ihm stolz erzählt hatte.

Mascha hatte sich erkenntlich gezeigt und ihn auf eine Tasse Kaffee in ihre geräumige Wohnung gebeten. Stuckdecken. Dielenboden. Sorgfältig aufeinander abgestimmte Möbel. Alles in cremefarbenen und hellen Grautönen gehalten. Für ihr Alter schien sie ziemlich viel Geld zu besitzen. Dass sie aber auch Stil besaß, war unverkennbar gewesen. Und verdammt gut aussehend war sie obendrein. Noch besser, als er vom Vortag in Erinnerung gehabt hatte.

Zwei Stunden später hatten sie in ihrem Bett gelegen. Es war die klassische Filmszene gewesen. Zusammenprall, verlorenes Portemonnaie, ein Dankeschönkaffee, eine zufällige Berührung vor dem Kühlschrank. Ein leidenschaftlicher Kuss. Der Rest war an Tim vorbeigezogen wie ein ICE mit Tempo dreihundertzwanzig. Nicht einmal die Tatsache, dass er im Bett versagt hatte, war in diesem Moment ein Stimmungskiller gewesen.

Aus der einmaligen Sache hatte sich im Laufe der Wochen und Monate eine feste Beziehung entwickelt. Tim war sich sicher gewesen, den Weg zurück in die Normalität gefunden zu haben. Mascha war die Frau, die es geschafft hatte, dass er endlich wieder so etwas wie Glück empfinden konnte.

»Wie kann denn das sein?«, fragte Tim, nachdem er sich wieder gesammelt hatte. »Ich dachte, du kannst keine Kinder bekommen. Und außerdem haben wir beide doch gar nicht –«

»Ich kann es mir auch nicht so richtig erklären«, unterbrach Mascha ihn. »Aber freust du dich denn gar nicht? Du wirst wieder Vater.«

»Doch«, sagte er mit matter Stimme. »Das ist wirklich schön.«

»Vielleicht hilft es dir ja dabei, endgültig über Benjamins Tod hinwegzukommen.«

»Ganz bestimmt nicht«, antwortete Tim barsch. »Lass Ben da raus! Niemand wird ihn jemals ersetzen können.«

»So meinte ich das doch gar nicht, ich wollte damit nur –«

»Es hat sich aber danach angehört«, unterbrach Tim sie rüde.

»Ich glaube vielmehr, du willst mich absichtlich falsch verstehen«, entgegnete sie gekränkt. »Wir bekommen ein Kind, und du machst mir Vorwürfe. Ich hätte mir wirklich eine andere Reaktion von dir gewünscht.«

Tim schüttelte den Kopf, ohne etwas zu sagen. Verstand sie denn gar nicht, wie schwer der Verlust seines Sohnes für immer auf ihm lasten würde? Benjamin ließ sich doch nicht einfach durch ein neues Kind ersetzen.

»Kommst du heute Abend bei mir vorbei?«, fragte Mascha leise.

»Ich weiß noch nicht, wann ich wieder in Lübeck bin«, antwortete er unverbindlich. »Lass uns telefonieren.« Aus dem Augenwinkel sah er, dass das Pärchen zurückkam und sich dem alten Opel näherte, der vor ihm geparkt war. Sie stiegen in den Wagen mit Ostholsteiner Kennzeichen ein.

»Ich koche uns etwas Leckeres«, versuchte Mascha ihn am anderen Ende der Leitung zu überzeugen, später am Abend bei ihr vorbeizufahren.

Tim war nicht mehr bei der Sache. Etwas irritierte ihn, während der grüne Opel eine Rußwolke aus dem Auspuff ausstieß und davonfuhr. Gedankenverloren sah er dem Wagen hinterher, wie er den Parkplatz verließ und rasch auf die Autobahn bog. Er versuchte sich vorzustellen, wie es sein würde, noch einmal Vater zu werden. Sofort spürte er ein beunruhigendes Gefühl in sich aufsteigen. Er schloss die Augen und atmete tief aus. Das Bild in seinem Kopf erschien ganz unerwartet. So abrupt, dass es ihn hochfahren ließ.

»Was zum Teufel …?«, stieß er aus. Dieser Mann mit seiner Frau. Und dem Jungen …

»Tim, ich rede mit dir, was ist denn los?«, hörte er Mascha aus dem Hintergrund.

»Scheiße, Scheiße!«, rief Tim lauthals. Er sprang aus dem Wagen und sah sich hilfesuchend um. Der Opel war längst nicht mehr zu sehen. Weit und breit kein anderes Fahrzeug. Nur der monotone Motorengesang der vorbeirauschenden Autos auf der A 1.

Reiß dich zusammen, Tim! Du spinnst nur wieder rum. Wie schon so oft seit Bens Tod. Manchmal war er überzeugt, seinen Sohn direkt vor sich sehen zu können. Lebend. Laufend. Lachend. Aber mit einer fürchterlichen klaffenden Wunde am Kopf. Und manchmal hörte er Kinderstimmen in seiner Wohnung. Stimmen, die anfangs vergnügt klangen, bis sie plötzlich aufgeregter wurden und schließlich ins Hysterische abglitten.

Auf Anraten seines Psychiaters hatte er starke Medikamente geschluckt, um die Bilder und Stimmen aus dem Kopf zu bekommen. Doch diesmal war er sich sicher, dass er bei klarem Verstand war. Das, was er soeben gesehen hatte, war real. Es konnte dafür keine Erklärung geben außer der, dass er gerade Zeuge eines Verbrechens geworden war. Denn es schien ihm schlichtweg unvorstellbar, dass es sich um ein Versehen handelte. Oder gab es tatsächlich Menschen, die ihr Kind auf einem Rastplatz vergaßen?

Tim hielt sein Handy wieder ans Ohr, doch Mascha hatte aufgelegt. Er war jetzt vollkommen allein.

DREI JAHRE ZUVOR

Benjamin trägt sein Lieblings-T-Shirt. Das mit Bob dem Baumeister und dem großen Bagger. Eigentlich ist er mit seinen zwei Jahren noch etwas zu jung dafür, aber Benjamin ist eben etwas ganz Besonderes.

Die Sonne kommt hinter einer Wolke hervor und blendet die zwei schwarz gekleideten Männer, die neben Benjamin stehen. Sie warten darauf, ihn mitnehmen zu können und in ihrem großen Wagen mit den dunkel getönten Scheiben zu verstauen. Vorher müssen sie Benjamin noch transportfertig machen. Die weiße Kunststofffolie, in die sie ihn legen werden, erinnert Tim an Lkw-Plane.

Ein fremder Mann redet seit Minuten mit beschwichtigender Stimme auf ihn ein. Je länger er versucht, zu ihm durchzudringen, desto wütender wird Tim. Er stößt den Mann weg und geht zu seinem Sohn. Langsam kniet er vor ihm nieder und fängt seinen Blick auf.

Seine braunen Augen sind matter als üblich, aber noch immer ausdrucksstark. Auf seiner Jeans erkennt Tim einen großen braunen Fleck. Wahrscheinlich von dem Schokoladeneis, das er vorhin gegessen hat.

Plötzlich wird er weggezogen. Der Anblick sei nicht gut für ihn, heißt es. Aber was wissen all diese Menschen schon?

Jemand fragt ihn nach seiner Frau, doch er hat keine Ahnung, wo Birte steckt. Seitdem es passiert ist, meidet sie ihn.

Die flackernden Blaulichter der Fahrzeuge um ihn herum machen ihn nervös. Vor dem Haus herrscht ein heilloses Durcheinander. Die Haustür steht offen, und Männer in weißen Anzügen sitzen in seinem Wagen, der im Carport geparkt ist.

Nun sieht er auch Birte. Sie wird von ihren Eltern gestützt. Eine Beamtin macht sich Notizen, während sie mit ihr spricht.

Jetzt ist es so weit. Tim will sich losreißen, doch noch immer halten ihn unsichtbare Hände fest. Die Männer in Schwarz heben Benjamins Körper vorsichtig an und betten ihn in den zu groß geratenen Schlafsack. Mit steinerner Miene zieht einer der beiden den Reißverschluss zu, gerade so weit, dass Tim noch die Augen seines Sohnes sehen kann. Sie tauschen einen letzten Blick, dann zieht der Mann den Reißverschluss noch ein Stück weiter zu. Benjamin ist jetzt komplett in dem weißen Kunststoffsack verschwunden. Wie in einem Kokon gefangen, eingeschweißt für die Ewigkeit. Das Stimmengewirr um ihn herum hört sich mit einem Mal dumpf an, als wäre sein Kopf in Watte gehüllt. Er versucht zu schreien, als sie Benjamin in das eigens dafür gebaute Fahrzeug tragen. Doch mehr als ein kehliger Laut kommt nicht dabei heraus.

Birte schüttelt den gesenkten Kopf und geht raschen Schrittes an ihm vorbei. Er will ihr etwas sagen. Ihr klarmachen, was geschehen ist, auch wenn er es selbst nicht genau weiß. Doch wieder versagt seine Stimme.

Plötzlich beginnt die Erde zu vibrieren. Verzweifelt kämpft Tim um sein Gleichgewicht. Sofort sind die unsichtbaren Hände wieder da und halten ihn fest. Jemand sagt, man wolle ihn mitnehmen. Dies hier sei nicht der richtige Ort für ihn. Nicht in seiner Verfassung. Aber er kann Benjamin doch nicht allein lassen.

Er reißt sich los, rennt zu dem Wagen und versucht, einen letzten Blick auf seinen Sohn zu werfen. Doch alles, was er sieht, ist seine eigene Trauer. Sein verzweifeltes Gesicht, die Tränen in seinen Augen. Gespiegelt in den dunklen Scheiben des Leichenwagens.

Der Wagen, in dem Tim sitzt und darauf wartet, dass die Welt endlich aufhört, sich weiterzudrehen, ist einfach ausgestattet und riecht nach Desinfektionsmitteln. Die beiden kräftigen Beamten haben ihn ein wenig beruhigen können. An die Spritze, die ihm der Arzt gegeben hat, kann er sich kaum noch erinnern.

Jetzt soll er pusten. Reine Routine, sagen sie. Ihm ist ohnehin alles egal. Keine Tränen, kein Gefühl der Trauer. Sein Kopf ist einfach nur leer. Er spürt, dass sein Verstand nach und nach aus seinem Körper entschwindet. Es fühlt sich an wie damals bei Bens Geburt. Genauso unerklärbar und unbegreiflich. Wie von einer fremden Kraft gelenkt. Nur eben anders.

Eins Komma vier.

Die Blicke der Beamten verändern sich.
Die Schiebetür des großen Wagens fällt ins Schloss. Zwei Beamte nehmen neben ihm Platz. Der Fahrer startet den Wagen.
Wohin seine Frau gebracht wurde, will er wissen.
Er würde sie später sehen können, heißt es. Natürlich nur, wenn sie sich dazu in der Lage fühle.
Er nickt, versteht allerdings nicht so recht. Trotzdem verzichtet er darauf, nachzufragen. Im Moment will er einfach nur noch weg von hier. Den Ort dieses furchtbaren Unglücks verlassen.
Sie fahren vor dem großen Gebäude vor. Tim erkennt es sofort. Unzählige Male ist er daran vorbeigefahren und hat sich gefragt, wie es dort drinnen wohl aussehen mag.
Wieder denkt er an Birte. Warum ist er in dieser Situation nicht an ihrer Seite? Wie kann es sein, dass man sie voneinander getrennt hat? Diese Fragen beschäftigen ihn. So sehr, dass er die Männer noch einmal fragt.
Sie blicken ihn an. Verwundert. Irritiert. Weshalb er diese Frage stelle. Ob er so betrunken sei, dass er sich nicht mehr erinnere, was passiert sei.
Natürlich nicht, aber ...
»Dann sollte Ihnen klar sein, dass es in nächster Zeit nicht so einfach für Sie sein wird, Ihre Frau zu sehen!«

★★★

Tim sitzt auf einem abgewetzten Holzstuhl und wartet. Der Raum ist genauso karg wie alles andere in diesem Gebäude. Trostlos. Einzig für den Zweck erschaffen, Menschen zu brechen. Es fällt ihm schwer, sich vorstellen zu müssen, mehrere Tage hier zu verbringen. Ein grauenvoller Gedanke.
Endlich geht die Tür auf. Zwei Männer führen Birte herein und fordern sie auf, sich zu setzen. Birte sieht mitgenommen aus. Sie ist in schlechtem körperlichem Zustand. Die Ränder unter ihren Augen sind aschfahl, die Wangen eingefallen und ihre Haare ungekämmt. Die Nacht über hat sie bestimmt kein Auge zugemacht. Ohne ihn zu begrüßen, nimmt sie ihm gegenüber Platz.
»Wie geht es dir?«

Birtes Antwort bleibt aus. Sie scheint noch nicht bereit zu sein zu reden.

Tim weiß nicht, was er sagen soll. Birtes Anwesenheit lähmt ihn. Sofort kommen wieder die Bilder des Unfalls hoch. Die Sekunden des Aufpralls, die Schreie, Bens lebloser Körper. Die ersten Stunden danach, die Leere, die sich in ihm breitgemacht hatte. Und schließlich die räumliche Trennung von Birte.

»Wir müssen jetzt zusammenhalten.« Tim zwingt sich die Worte über die Lippen. Er muss sich zusammenreißen.

Sie senkt ihren Blick und schüttelt unaufhörlich den Kopf. Dabei murmelt sie Unverständliches. Es vergeht eine halbe Ewigkeit, bis sie endlich wieder aufschaut.

Tim sieht sofort, dass sie Tränen in den Augen hat. Aber da scheint noch etwas anderes zu sein. Vielleicht ist es dieses leichte Stirnrunzeln. Oder das Zucken ihrer Mundwinkel.

Im nächsten Moment landet Birtes flache Hand mit voller Wucht in seinem Gesicht. Sie steht auf und schreit ihn an. Die Worte prasseln auf ihn ein, ohne dass er versteht, was sie sagt. Sie holt erneut aus, doch dieses Mal gehen die Männer, die sie hereingeführt haben, dazwischen und halten sie zurück.

Tim sieht sie verstört an. Die Männer ziehen Birte von dem Tisch weg, an dem sie sitzen, und reden beruhigend auf sie ein.

»Birte«, flüstert er. »Du brauchst Ruhe. Ich werde dich jetzt wieder allein lassen.« Tim steht auf und nickt seiner Frau kurz zu. Erfolglos versucht er, ihren flirrenden Blick einzufangen. Vor der Tür wird Tim von zwei Männern in Empfang genommen. Sie geleiten ihn nach draußen. Als er den Raum schon fast verlassen hat, dreht er sich noch einmal zu seiner Frau um.

»Ben war mein Ein und Alles«, sagt sie plötzlich und kommt ihm zuvor. »Du hast mir meinen Sohn genommen, und dafür wirst du büßen.«

Ihre Stimme klingt hart, beinahe verächtlich.

Tim schnappt nach Luft. Will schreien. Aber alles, was er hervorbringt, ist ein Geräusch, das an das unstete Pfeifen eines Wasserkessels erinnert.

Dann treffen sich ihre Blicke doch noch. Nur für den Bruchteil einer Sekunde. Es ist, als sehe Tim einer Fremden in die Augen.

Eine schreckliche Erkenntnis macht sich in ihm breit und frisst sich langsam, Millimeter für Millimeter, in sein Bewusstsein. Tim atmete schwer, Tränen schießen aus seinen Augen. Alles um ihn herum verschwimmt, während Birte die Tür des Raums aufstößt. Er sinkt in sich zusammen und kauert auf dem grauen Linoleumboden. Ein letzter Blick, dann verschwindet Birte für lange Zeit aus seinem Leben.

★★★

Die Einsamkeit ist das Bedrückendste. Nicht die Trauer um Ben. Nicht einmal die Wut auf sich selbst. Es ist die Einsamkeit, die Tim auffrisst. Morgens allein aufzuwachen, tagsüber verzweifelt nach Ablenkung zu suchen und abends immer wieder mit den gleichen Gedanken und Bildern des Unfalls vor Augen nicht in den Schlaf zu finden.

Die Trennung von Birte nimmt ihn stärker mit, als er es sich eingestehen will. Sie waren fast immer zusammen gewesen, schon in der Schule. Während seines Studiums hatten sie sich kurzzeitig aus den Augen verloren. Als sie sich auf einer Silvesterparty wiedertrafen, ging dann alles ganz schnell. Im Jahr darauf verlobten sie sich, Tim bekam den Job bei der renommierten Beratungsgesellschaft, und Birte war als Werbegrafikerin für einige der bedeutendsten Hamburger Unternehmen tätig. Die Heirat und Birtes Schwangerschaft waren die Krönung ihres Lebens gewesen.

Jetzt ist alles kaputt. Nichts ist mehr übrig von ihrer heilen Welt. Und Tim weiß, dass es niemals wieder ein Zurück geben wird.

Er sitzt auf einem Stuhl und denkt darüber nach, wie es weitergehen soll. Die Leere, die ihn umgibt, schnürt ihm die Luft ab. Niemand, mit dem er reden kann. Niemand, der ihn in den Arm nimmt und tröstet. Stattdessen endlose Gespräche über den Unfallhergang und die Minuten danach.

Als wenn das noch etwas ändern würde. Ben ist tot, verdammt noch mal! Er hatte ihn doch nur für ein paar Sekunden aus den Augen gelassen …

Tim weint und schreit, doch niemand hört ihn. Jetzt, wo auch Birte nicht mehr an seiner Seite ist, wenden sich alle von ihm ab.

Er erhebt sich und wandert nachdenklich durch den Raum. Wie soll er bloß diesen Schmerz überwinden, der ihn seit Tagen lähmt? Er seufzt schwer und geht in Richtung Tür. Die einzige in dem kleinen Raum.

Es klopft. Eine Metallklappe, die in die Tür eingelassen ist, wird von außen geöffnet. Im nächsten Augenblick schiebt jemand wortlos einen Teller Erbsensuppe in Tims Zelle. Die Klappe schließt mit einem lauten Geräusch. Und Tim ist wieder allein mit sich.

DER WALD

Es gab keinen befestigten Weg, der in den Wald führte. Nicht einmal einen Trampelpfad. Lediglich ein paar abgeknickte Äste von Sträuchern, direkt hinter dem heruntergekommenen Toilettenhäuschen, ließen erahnen, dass jemand an dieser Stelle das Waldstück betreten hatte.

Tim warf einen schnellen Blick in die übel riechenden WC-Räume, doch außer einem Spritzbesteck und ein paar leeren Bierdosen gab es nichts Ungewöhnliches. Keine Spur von einem kleinen Jungen, der hier versehentlich von seinen Eltern vergessen worden war.

Er ging um das Gebäude herum und schob die abgeknickten Zweige beiseite. Bedächtig setzte er den rechten Fuß vor. Der moosige Boden war feucht und fühlte sich weich an. Wie ein Federbett.

Noch einmal sah er sich in Richtung Parkplatz um. In der stillen Hoffnung, dass ihm vielleicht jemand zu Hilfe kommen würde. Doch sein Golf war weit und breit das einzige Fahrzeug, das zu sehen war. Einen Moment lang war er versucht, die 110 anzurufen und einen Streifenwagen anzufordern. Aber sein Handy lag noch im Auto, und mehr als einen schnellen Blick wollte er ohnehin nicht in den Wald werfen.

Je länger Tim über seine Beobachtung nachdachte, desto überzeugter war er, dass er nicht irrte. Er hatte mit eigenen Augen gesehen, dass nur die Eltern in den alten Opel eingestiegen waren. Und der Junge? Was hatten die beiden Erwachsenen bloß mit ihm gemacht, während er mit Mascha telefoniert hatte?

Überhaupt, sie waren ein seltsames Pärchen gewesen, soweit er es aus den Augenwinkeln beobachtet hatte. Der Mann mit dem ergrauten Lockenkopf musste die vierzig bereits deutlich überschritten haben. Mit seinem ungepflegten Vollbart und den heruntergekommenen Klamotten, die aussahen, als hätte er sie wahllos aus einem Altkleidercontainer gezogen, hatte er nicht sonderlich vertrauenerweckend gewirkt. Ganz anders seine Begleiterin, eine junge Frau, kaum älter als dreißig. Sie hatte einen kurzen Jeansrock, dunkle Leggins und ein eng anliegendes Top getragen. Trotz ihres wohlgeformten Körpers hatte sie auf Tim einen mädchenhaften Eindruck gemacht. Möglicherweise war sie gar nicht die Partnerin des Grauhaarigen gewesen, sondern dessen Tochter?

Tim wich einem Ast aus, der ihn um ein Haar im Auge getroffen hätte. Erst jetzt realisierte er, dass er bereits ein gutes Stück in den Wald eingedrungen war. Aus den Sträuchern waren Bäume geworden. Eichen und Buchen. Auch einige Nadelbäume ragten links und rechts von ihm auf. Der Geruch von Moos und feuchter Erde drang in seine Nase.

Vielleicht war er doch übergeschnappt, fuhr es ihm plötzlich durch den Kopf. So wie es ihm die Ärzte all die Jahre über einzureden versucht hatten. Was, wenn er sich seine Beobachtung nur eingebildet hatte? Hier in diesem abgelegenen Waldstück an der A 1 deutete jedenfalls nichts auf das Verschwinden eines Kindes hin. Und schon gar nicht auf ein Verbrechen. War es vielleicht so, dass ihm sein Großhirn ein Schnippchen geschlagen hatte, weil es damit überfordert gewesen war, Maschas Neuigkeiten zu verarbeiten?

Er vernahm ein Knacken im Unterholz. Wahrscheinlich ein Tier. Er hatte davon gehört, dass die Wildschweinplage zu einem echten Problem in den Vorstadtwäldern geworden war. Hoffentlich keine Bache, die mit ihren Jungtieren unterwegs war.

Tim zwängte sich an Brombeersträuchern vorbei, die ihm den Weg versperrten. Mit dem linken Hosenbein blieb er hängen und riss sich an einem Dornenast seine Stoffhose auf. Sofort spürte er einen stechenden Schmerz an der Rückseite seiner linken Wade. Er fluchte und befreite sich mit einer raschen Bewegung aus dem Dornengeflecht.

Plötzlich hielt er inne.

Knack.

Da war es wieder. Das Geräusch der Wildschweine.

Knack.

Die Bache schien näher zu kommen. Oder war es ein Fuchs?

Tim sah sich um. Ein Sonnenstrahl durchbrach die Baumkronen und blendete ihn einen Augenblick lang. Dann wieder das Geräusch. Diesmal klang es wie ein Rascheln. Ein kalter Windzug verursachte einen Schauer, der seinen Körper vom Nacken abwärts erfasste.

Es raschelte jetzt noch lauter. Das Geräusch schien aus den mannshohen Brombeersträuchern zu kommen. Er fuhr herum. In Erwartung eines angriffslustigen Wildschweins. Doch stattdessen blickte Tim in einen dunklen Gewehrlauf, der sich ihm langsam näherte.

Unter dem dunkelgrünen Filzhut zeichnete sich ein zerfurchtes, unfreundliches Gesicht ab. Funkelnde Augen und ein spitz zulaufender Mund ließen erahnen, dass der Mann nicht zögern würde, abzudrücken.

»Wären Sie bitte so freundlich, Ihre Waffe runterzunehmen?« Tim kniete auf dem feuchten Waldboden. Seine zerstochene Wade schmerzte. Obwohl er am liebsten laut losgeschrien hätte, versuchte er, halbwegs freundlich zu bleiben.

»Was haben Sie hier zu suchen? Sie halten sich in abgesperrtem Gebiet auf.«

»Abgesperrt?«

»Die Nandus aus dem benachbarten Tiergehege.« Der Jäger klang genervt. »Ausgebüxt.«

»Und deshalb sperren Sie den ganzen Wald ab?«

»Vielleicht müssen wir sie erschießen.«

»Die Nandus?«

»Sie richten zu viel Schaden an«, antwortete der Jäger knapp. Er senkte den Lauf seines Gewehrs und fixierte Tim. »Sehen Sie zu, dass Sie von hier verschwinden!«

»Moment!«, rief Tim. »Ich bin hier, weil ich ein kleines Kind suche. Es muss hier irgendwo sein. Ich habe selbst gesehen, wie es im Wald verschwunden ist.«

Ganz so war es nicht gewesen, führte sich Tim vor Augen. Alles, was er gesehen hatte, war eine Familie, die zu dritt aus ihrem Auto ausgestiegen und zu zweit wieder eingestiegen war.

»Sind Sie etwa hier, weil Sie kleine Kinder beobachten?« Sofort verfinsterten sich die Augen des Jägers wieder. »Vielleicht wäre es besser, wenn ich die Polizei rufe.«

»Bitte tun Sie das!«, drängte Tim. »Sie sollen einen Suchtrupp schicken. Und schießen Sie bloß nicht auf die Nandus, solange das Kind nicht gefunden ist.«

»Wissen Sie, was ich allmählich glaube?« Der fremde Mann hob erneut sein Gewehr und richtete es auf Tim. »Sie sind ein Perversling. So ein mieser Typ, der kleinen Kindern auflauert, um sich an ihnen zu vergehen. Los, stehen Sie auf!«

»Hey, was soll denn das?«, rief Tim aufgebracht. »Sie denken vollkommen falsch. Wir müssen doch das Kind —«

»Ruhe jetzt, wir machen einen kleinen Ausflug«, unterbrach ihn der Mann. »Leute wie Sie haben kein Recht darauf, frei herumzulaufen.«

»Spinnen Sie eigentlich? Verstehen Sie denn nicht, was ich Ihnen gesagt habe? In diesem Wald wurde ein kleines Kind ausgesetzt. Die Eltern sind einfach abgehauen.«

»Aufstehen, habe ich gesagt!«

Was war bloß in diesen Waidmann gefahren? Tim richtete sich mühevoll auf. Seine Wade pulsierte vor Schmerz. Er spürte die Dornen, die in seiner Haut steckten. Taumelnd versuchte er, sein Gleichgewicht zu finden.

»Und jetzt? Wo gehen wir hin?« Skeptisch blickte er den Jäger an. Dieser mürrische Waldsheriff jagte ihm allmählich Angst ein.

»Das werden Sie noch früh genug sehen. Los jetzt!«

»Mir reicht es jetzt, ich gehe zurück zu meinem Wagen. Sie können froh sein, wenn ich Sie nicht anzeige.«

»Mitkommen, habe ich gesagt!«

Im nächsten Moment rammte der Jäger den Lauf seines Gewehrs in Tims linke Seite. Genau dorthin, wo Tim seine Milz vermutete. Er schrie laut auf und rang nach Luft. Schmerzverzerrt krümmte er sich am Boden. Doch aus dem Augenwinkel sah er bereits die nächste Gefahr. Der mächtige Lederschuh des Jägers rauschte auf ihn zu. Mit einer schnellen Drehung gelang es Tim gerade noch rechtzeitig, dem Tritt des Jägers auszuweichen. Er landete jedoch mit dem Steiß auf einer Baumwurzel und schrie erneut auf. Mehr aus Panik als vor Schmerz. Denn plötzlich konnte er seine Beine kaum noch spüren. Sie fühlten sich taub an. Bei seinem Sturz musste ein Nerv getroffen worden sein.

Langsam stützte er sich auf beide Arme und robbte ein paar

Meter weiter. Bloß weg aus der Reichweite dieses Wahnsinnigen. Der Waldboden fühlte sich unangenehm an. Feucht und hart. Und überall Wurzeln, Äste und Stöcke. Verdammt!, durchfuhr es Tim. Er blickte sich erschrocken um. Der Irre nahm schon wieder Anlauf. »Du pädophiles Schwein!«, schrie der Mann. Bedrohlich schwang er sein Gewehr.

Tim sank auf den Waldboden und tauchte unter dem heranrauschenden Lauf weg. Er spürte ein Kribbeln, das durch seinen Körper strömte. Für einen Augenblick vergaß er den höllischen Schmerz, den seine gequetschte Milz hervorrief. Hastig griff er nach einem der Stöcke, mit denen der Boden übersät war. Der kurze Augenblick, in dem er seine Deckung auf dem Waldboden verließ, wurde ihm beinahe zum Verhängnis. Das Gesicht des Mannes, das aus der Nähe noch vernarbter aussah, erschien plötzlich unmittelbar neben seinem Ohr.

»Du glaubst doch wohl nicht, dass du entkommst, oder?« Obwohl der Jäger nur flüsterte, klang jedes einzelne Wort wie eine Todesdrohung. »Dein Alptraum hat gerade erst begonnen.« Jetzt lachte der Mann. Widerlich schmatzend und gurgelnd.

Alptraum? Dies hier war brutale, unausweichliche Realität.

Tim verharrte. Unauffällig tastete er seine Beine ab. Er konnte sie wieder spüren. Dünn und gebrechlich. Sie waren längst nicht mehr so muskulös wie noch vor einigen Jahren. Er konnte sich nicht mehr daran erinnern, wann er das letzte Mal joggen gewesen war.

Er stemmte sich mit dem Stock in der Hand hoch und überwand die Schmerzen, die seinen Körper noch immer lähmten. Erst auf die Knie, dann auf die Fußsohlen. Bis er dem Fremden gegenüberstand und von dessen durchdringendem Blick getroffen wurde.

Tim fackelte nicht lange und holte mit seiner Rechten aus. Der Stock traf den Jäger seitlich am Kopf. Knapp über dem Ohr. Eine Reaktion blieb aus. Einzig dieses gurgelnde Lachen war immer noch zu hören. Der Schlag hatte dem Mann offenbar nichts ausgemacht. Dann eben noch einmal. Diesmal landete der Stock ein Stück weiter vorn. Am Haaransatz, in Höhe der Schläfe.

Volltreffer.

Der Irre wankte. Das Funkeln in seinen Augen verschwand.

Stattdessen flirrten die Pupillen wie zwei unkontrollierbare Flipperkugeln hin und her. Noch ein letztes Grinsen, dann fiel er vornüber auf den Waldboden, direkt vor Tims Füße.

Erleichtert ließ Tim den Stock aus seiner Hand gleiten. Mit einem dumpfen Geräusch fiel er auf den Hinterkopf des Jägers und blieb auf dessen Rücken liegen.

Erst jetzt betrachtete Tim den Stock genauer. Der Schreck, der ihm in die Glieder fuhr, als er realisierte, dass der Stock gar keiner war, warf ihn fast um. Er vergewisserte sich noch einmal, aber es bestand kein Zweifel. Vor ihm lag ein Knochen, der aussah wie der eines menschlichen Oberarms. Nur größer.

★★★

Tim war außer Atem. Erschöpft quälte er sich die Stufen zum Hochsitz hinauf. Seine Flucht vor dem unbekannten Mann hatte ihn an den Rand der Erschöpfung gebracht.

Nach dem Schock, den Jäger mit einem Knochen niedergestreckt zu haben, war er orientierungslos davongelaufen. Hinein in das dicht bewaldete Gelände und den immer sumpfiger werdenden Untergrund. Er war über einen schmalen Bach gesprungen und auf dem matschigen Boden weggerutscht. Jetzt tat ihm nicht mehr nur die Wade weh, auch das rechte Sprunggelenk schmerzte. Ganz zu schweigen von seiner gequetschten Milz, die ihm noch immer die Luft abschnürte.

Laut schnaufend nahm er die letzten Stufen, bis sein geschundener Körper endlich die Plattform des Hochsitzes erreicht hatte. Minutenlang blieb er regungslos liegen, um sich zu erholen. Er schloss für einige Momente die Augen und versuchte sich zu vergegenwärtigen, was gerade passiert war.

Wer zum Teufel war dieser Kerl? Weshalb hatte er ihn angegriffen und ihm diese abstrusen Dinge an den Kopf geworfen? Und was hatte es mit diesen Nandus und dem angeblich abgesperrten Gebiet auf sich? Ein Eichhörnchen, das über das Geländer des Hochsitzes rannte, ließ ihn aus seinen Gedanken hochfahren. Das kratzende Geräusch der Krallen des Tiers auf den Holzbrettern verursachte einen leichten Schauer bei Tim.

Er fröstelte. Seine schwarzen Halbschuhe waren durchweicht vom nassen Schlamm und dem verfaulten Laub. Die Kälte, die der Wald ausstrahlte, kroch beinaufwärts an ihm hoch wie feuchter Nebel an einem Gebirgskamm. Der Juni war längst noch nicht so warm, wie er sein sollte. Und so regnerisch wie seit Jahren nicht mehr.

Mühsam kam Tim wieder auf die Knie. Er spürte, dass sein Wahrnehmungsvermögen langsam wieder einsetzte. Die Reflexion dessen, was er eben erlebt hatte, ließ nur einen Schluss zu: Der Knochen, mit dem er den Jäger außer Gefecht gesetzt hatte, war so gewaltig gewesen, dass er von einem großen Wildtier stammen musste. Hirsche und Rehe kamen in Frage, selbst ein ausgewachsener Keiler war denkbar.

Vorsichtig zog er sich am Geländer hoch. Einen Moment lang verfluchte er sich dafür, den Wald überhaupt betreten zu haben. Wahrscheinlich gab es eine simple und einleuchtende Erklärung für das Verschwinden des kleinen Jungen. Doch statt einfach zu Mascha zu fahren, hatte er sie mal wieder vor den Kopf gestoßen. Dabei hatte sie ihm doch gerade das Unglaubliche mitgeteilt, dass sie ein Kind von ihm erwarte.

Sofort erschien Ben wieder vor Tims innerem Auge. Sein Lachen ertönte in seinen Ohren, der schelmische Blick, die leuchtenden Augen, alles war zum Greifen nah. Obwohl er schon drei Jahre tot war, war Ben allgegenwärtig. Ein Schatten, der ihm die Luft zum Atmen nahm und den er nicht mehr loswurde. Ob er sich jemals wieder über etwas freuen konnte? Allmählich verlor er den Glauben daran.

Er überlegte, Mascha anzurufen. Er musste sich entschuldigen und ihr sagen, dass die Nachricht ihn ganz einfach überrumpelt hatte. Natürlich freute er sich darauf, Vater zu werden. Wenn sie ihm ein wenig Zeit gäbe, würde er mit Sicherheit ein liebevoller Vater werden. Genau wie schon bei Ben.

Erst einmal war es jedoch wichtig, dass Mascha die Polizei verständigte. Jemand musste diesen wahnsinnig gewordenen Jägersmann dingfest machen. Und natürlich das verschwundene Kind suchen, falls er sich doch nicht geirrt hatte.

Verfluchter Mist! Sein Handy lag ja im Auto.

Tim ärgerte sich über sich selbst. Weshalb war er hier und suchte nach einem kleinen Jungen, ohne auch nur den geringsten Anhaltspunkt zu haben? Mascha hatte doch angekündigt, für ihn kochen zu wollen. Sie kochte mit Vorliebe indisch, Currys in allen Variationen. Zum Dessert seine heiß geliebte Crème brulée, die niemand so gut zubereitete wie sie. Alles würde so perfekt wie immer zwischen ihnen sein. Sie würden sich massieren und vielleicht ein gemeinsames Bad nehmen. Mit Kerzenschein und Räucherstäbchen. Eine Flasche Sekt würde ihre Stimmung weiter heben ...

Herrgott noch mal, sie war ja schwanger. Den Champagner musste er allein trinken.

Einen Moment lang wurde Tim schwindelig. Er klammerte sich an dem Holzgeländer fest und blickte vom Hochsitz auf die umliegenden Bäume. Warum war er hier? War er tatsächlich auf der Suche nach dem Jungen, den dieses seltsame Pärchen auf dem Autobahnparkplatz vergessen hatte? Oder war es Maschas Anruf gewesen, der ihn innerlich so aufgewühlt hatte, dass er Zuflucht in diesem unwägbaren Wald gesucht hatte?

Je länger er darüber nachdachte, desto mehr zweifelte er daran, eine weitere Vaterschaft verkraften zu können. Niemals würde ein neues Kind Ben ersetzen können. Wie bloß sollte er noch einmal dieselbe Liebe entwickeln, die er für Ben empfunden hatte? Am stärksten quälte ihn jedoch etwas anderes: Wie sollte er Mascha jemals vertrauen, nach all dem, was seine Exfrau ihm angetan hatte?

Tims Gedanken schweiften zurück. Das linke Hinterrad des großen SUV hatte seinen kleinen Sohn damals voll erwischt. Ben war auf der Stelle tot gewesen. Ihre glückliche Familie von einem auf den anderen Moment zerstört. Auch ihre Ehe hatte er nicht retten können. Obwohl Tim wusste, dass Bens Tod ein tragischer Unfall gewesen war, hatte er sich das Ganze einfach nicht verzeihen können. Und Birte ihm erst recht nicht.

Birte hatte sich im Gegensatz zu ihm schon nach kurzer Zeit wieder in ihre Arbeit als Werbegrafikerin gestürzt. Sie hatte den Weg zurück in einen normalen Alltag geschafft, während er die Strafe für den Unfall verbüßt hatte. Tim war es nicht mehr gelungen, in seinem alten Beruf als Unternehmensberater Fuß zu fassen.

Als Senior Consultant in einem international agierenden Beratungsunternehmen war er erfolgreich gewesen und hatte mehr Geld verdient, als er sich je hatte träumen lassen. Aber der Schmerz über den Tod seines Sohnes hatte ihn von Tag zu Tag mehr aufgefressen. In der Psychiatrie hatten sie versucht, ihn von seinen Seelenqualen zu erlösen. Kurzzeitig hatten sie Erfolg gehabt, doch dann war alles wieder von vorn losgegangen. Mit Tabletten und Alkohol hatte er versucht, sich zu betäuben. Auf dem Höhepunkt seiner Krise hatte er an einem Tag den kompletten Inhalt der Packung Schlaftabletten, ohne die er nicht mehr auskam, in den Händen gehalten. Nahe am Abgrund hatte er gestanden, im wahrsten Sinne des Wortes. Doch er war zu feige gewesen.

Etwas mehr als sechs Monate waren seitdem vergangen. Sechs Monate, in denen viel passiert war. Sechs Monate, in denen endlich auch er den Weg zurück ins Leben gefunden hatte. Und das war das Verdienst eines einzigen Menschen: Mascha.

Das Flattern eines Vogels ließ ihn aufhorchen. Eine Singdrossel schien aufgeschreckt worden zu sein und flog fast geräuschlos davon. Tim runzelte die Stirn. Sofort kam die Angst wieder zurück. Ein Windstoß traf ihn im Nacken. Ganz schwach, aber dennoch spürbar. Er schloss die Augen und atmete kraftvoll ein und aus. Seine Halsschlagader pulsierte plötzlich so schnell, dass er befürchtete, sie könne jeden Moment platzen.

Als er die Augen wieder öffnete, hatte er das dringende Bedürfnis, sie sofort wieder zu schließen. Dort hinten zwischen den Bäumen stand ein Junge.

★★★

Jeder Wald hat seinen eigenen Geruch. In der Hauptnote riechen sie alle gleich. Nach dem torfig Feuchten, dem Modrigen, das ihn an die alte Waschküche seiner Großmutter erinnerte. Nach dem Laub, das gerade im Begriff war, sich von Bakterien zerfressen zu lassen und zu Humus zu werden. Und nach den Früchten, die wild wuchsen und von den Tieren gefressen wurden. Der Wald besaß seinen ganz eigenen Kreislauf. Und sein eigenes Tempo.

Doch es gab eben auch diese individuellen Gerüche. Je nachdem, welche Baumart dominierte. Welche Tiere heimisch waren. Der Wald, über dessen Boden Tim in diesem Augenblick rannte, roch nach Tod.

Unter seinen Füßen knirschte es. Fassungslos sah er nach unten und erkannte, dass er mit jedem seiner Schritte poröse Knochen zermalmte, die sich auf dem Waldboden verteilten. Alles um ihn herum war voll davon. Als hätte jemand ein Massengrab freigelegt.

»Tierknochen«, keuchte er. Der Knochen, mit dem er den Jäger außer Gefecht gesetzt hatte, war nur der Anfang gewesen. Vielleicht war hier an dieser Stelle eine Herde Wildschweine oder Rehe verendet. Oder jemand hatte Tierkadaver entsorgt.

Die Geräusche der zerberstenden Knochen jagten ihm Schauer durch den ganzen Körper. Es war, als schrien Hunderte verstorbener Seelen unter ihm. Wie in einem der Alpträume, die nach Bens Tod zu seinen ständigen Begleitern geworden waren. Wenn er schweißnass aufwachte, weil sich der Unfall immer und immer wieder vor seinem inneren Auge abgespult hatte.

Wieder blickte er nach unten. Auf seine Füße. Vor einigen Jahren hatte er einen Artikel über jemanden in einem Magazin gelesen, der behauptete, dass träumende Menschen niemals ihre Füße sähen. Doch auf Tim traf das nicht zu. Seine Füße schoben sich wie kleine Kolben vor und zurück, während er immer schneller rannte. Dem Jungen hinterher, den er für wenige Augenblicke zwischen den Bäumen stehend gesehen hatte.

»Ich will hier raus«, rief er verzweifelt in den Wald hinein.

Es vergingen endlose Sekunden, ehe er wieder Waldboden unter seinen Schuhen spürte. Er wurde langsamer, doch seine Beine fühlten sich noch immer zittrig an. Die Tierknochen hatten ihm einen gehörigen Schrecken eingejagt. Schlimmer war nur noch dieser verrückte Waidmann gewesen.

Tim hatte längst keine Ahnung mehr, in welche Richtung er lief. Er hoffte, in Richtung Autobahn. Zurück zu seinem Fahrzeug. Zurück zu Mascha. Er lehnte sich an den dicken Stamm einer Buche. Dann ließ er sich langsam niedersinken. Sein Kopf dröhnte.

In diesem Moment fasste Tim einen Entschluss. Er würde zu dem Hochsitz zurückgehen und von dort den Weg zurück zu seinem Auto einschlagen. Irgendwie würde er den Pfad, auf dem er hergekommen war, schon wiederfinden. Und wenn er dem Verrückten noch einmal begegnete, würde er ihm so viele Tierknochen über den Schädel zimmern, wie nötig waren, um ihn in die Flucht zu schlagen.

Sein kreisender Blick blieb an einigen Sträuchern hängen, die ganz in der Nähe im Schatten mehrerer Eichen wuchsen. Tim war sich sicher, im Dickicht gerade etwas hellblau Schimmerndes gesehen zu haben. Kleidungsfetzen, die ihm bekannt vorkamen. Sein Puls schnellte augenblicklich in die Höhe. Als er nur noch drei Körperlängen entfernt war, wusste er, dass er sich nicht geirrt hatte. Der Junge war hier gewesen.

Er nahm das Sweatshirt in die Hand und führte es langsam in Richtung seiner Nase. Es roch nach frischem Kinderschweiß und war an den Ellenbogen aufgerieben. Ein Pullover, wie ihn auch Ben getragen hatte. Tim befühlte ihn mit sorgenvoller Miene, dann hängte er ihn zurück und richtete seinen Blick wieder auf die Umgebung.

Gleich in der Nähe der Sträucher verlief ein schmaler, kaum sichtbarer Weg in südliche Richtung. Er führte noch weiter in den Wald hinein und war durch den Regen der vergangenen Tage aufgeweicht. Tim sah sich um. Er würde jetzt so schnell wie möglich zurück zu seinem Wagen auf dem Rastplatz laufen. Wenn der Junge tatsächlich im Wald verschwunden war, sollte sich die Polizei darum kümmern.

Während er so schnell, wie ihn seine müden Beine trugen, losrannte, spürte er plötzlich einen stechenden Schmerz im Kopf. Abrupt kam er zum Stehen und fasste sich an die Schläfen. Seine Schädeldecke drohte zu zerspringen, als hätte ihm jemand einen heftigen Schlag verpasst. Taumelnd realisierte er, dass sich ein schwarzer Schatten vor seine Augen schob. Als ziehe eine Unwetterfront über ihn hinweg und verdunkele die Umgebung. Im nächsten Moment zuckte ein greller Blitz vor seinen Augen. Alles um ihn herum wurde gleißend hell und verlor an Kontur. Tim sackte zusammen und fiel vornüber.

Der Boden, auf dem sein Gesicht landete, war hart und glatt. Die Luft um ihn herum roch mit einem Mal alles andere als frisch. Kein typisch feuchter Wald- und Moosgeruch, stattdessen beißender Gestank nach Linoleum.

Er riss die Augen auf. Es vergingen einige Sekunden, in denen er um Orientierung bemüht war. Dann schloss er sie wieder, um sie sofort noch einmal zu öffnen. Erschrocken rappelte er sich hoch und sah sich hektisch um. Erinnerungsfetzen rasten durch seine Großhirnrinde. Die Szenerie des kargen Raums, in dem er sich befand, kam ihm bekannt vor. Der Tisch in der Mitte, die abgewetzten Holzstühle und die beiden Türen.

»Die Türen«, murmelte er und versuchte sich zu konzentrieren. Er erinnerte sich daran, dass eine davon in die Freiheit führte. Die andere dorthin, wo sein persönliches Grauen lag. Verschlossen hinter einer dicken Stahltür, bewacht von Männern mit Schlagstöcken und Tasern.

»Papa?«

Tim fuhr herum. Er spürte, dass seine Beine erneut nachgeben wollten. Es musste sich um eine Halluzination handeln. Sein Verstand wollte ihn überrumpeln, die schlechten Gedanken drängten zurück an die Oberfläche.

»Papa.«

»Ich weiß, dass du tot bist«, sagte er mit fester Stimme. »Du kannst mich nicht hinters Licht führen.«

Obwohl Tim sicher war, sich alles nur einzubilden, versuchte er tatsächlich, mit seinem Sohn ein Gespräch zu führen. Besser gesagt, mit der Erscheinung, die seinem Verstand vorzugaukeln versuchte, sein Sohn zu sein.

»Papa«, wiederholte der Junge, der mit gesenktem Blick in einer Ecke des Raums kauerte. Die kleinen Hände nestelten an etwas in seinem Schoß herum.

Tim trat näher an ihn heran und musterte den Jungen. Er war größer als Ben und musste bestimmt zwei Jahre älter sein. Haarfarbe und Teint kamen denen von Ben jedoch sehr nahe.

»Wer bist du bloß?«, fragte er vorsichtig und näherte sich dem Kind.

»Papa?«

»Ich bin nicht dein Papa«, antwortete Tim verlegen. Er spürte Unbehagen in sich aufsteigen. Je länger er dem Kleinen in die

Augen sah, desto mehr Gemeinsamkeiten zwischen ihm und Ben konnte er feststellen.

»Papa ist böse«, sagte der Junge plötzlich. »Sehr böse, nicht mehr wehtun!«

»Was redest du denn da?« Tim bückte sich und tätschelte dem Kind übers Haar. »Wie heißt du denn?«

Der Junge reagierte nicht. Erst als Tim mit seiner Hand in dessen Gesicht fassen wollte, hob er abrupt den Kopf und sah ihn aus großen Knopfaugen an.

Tim schrak zurück. Nicht die Augen hatten ihn irritiert, da war etwas anderes. Er kannte den Jungen, aber es handelte sich definitiv nicht um Ben. Trotzdem war er sich sicher, ihn vor nicht allzu langer Zeit gesehen zu haben. Die Konturen in Tims Kopf wurden unscharf. Er wankte. Bilder huschten an ihm vorbei. Der Parkplatz an der Autobahn, die Eltern mit ihrem Kind.

»Papa sehr böse.« Die Augen des Jungen waren plötzlich stahlgrau, sein Blick wütend.

Tim schüttelte den Kopf und versuchte verzweifelt, einen klaren Gedanken zu fassen. Er drehte sich um und lief hektisch durch den Raum. Warum war er hier? Und was hatte das Kind hier zu suchen?

»Benny ist tot, Papa sehr böse.«

Tim hielt inne und starrte den Jungen fassungslos an. Was hatte er gerade gesagt? Wie konnte er wissen, dass Ben tot war?

»Was weißt du über Ben? Und weshalb nennst du ihn Benny?« Nur Birte hatte ihn damals so genannt, er selbst hatte diese Verniedlichung immer gehasst.

Er beugte sich zu dem Jungen hinunter und fasste ihn an den Schultern. Obwohl sich sein Inneres dagegen sträubte, schüttelte er ihn. »Sag mir, wer du bist!«, schrie er ihn an und packte ihn noch fester. »Hörst du mich?«

»Papa böse.«

Tim verlor die Kontrolle. Er stieß den Kleinen so heftig, dass er mit dem Hinterkopf gegen die Tür schlug, vor der er saß. Erschrocken über sich selbst ließ er los und rückte von dem Kind ab.

»Entschuldige, das wollte ich nicht. Hast du dir wehgetan?«

Anstatt zu weinen, grinste ihn der Junge bloß an. Dann stand er langsam auf und fingerte mit seiner winzigen Hand in Richtung Türgriff.

»Hiergeblieben, kleiner Mann!«, rief Tim. »Erst sagst du mir, wer du bist.«

»Du bist böse, Benny tot!« Der Junge sah ihn mit aufgerissenen Augen an. Sie funkelten wütend, als würde er sich im nächsten Moment auf Tim stürzen wollen.

Noch einmal zogen die Bilder vor Tims innerem Auge vorbei. Maschas Stimme. Ein alter grüner Kombi. Die Bäume. Dieses Kindergesicht – es kam ihm so bekannt vor. Und dieses Sweatshirt, das der Kleine trug. Wenn er sich doch bloß daran erinnern könnte, wie er hierher, in diesen Raum, gekommen war.

Allmählich fiel es ihm ein. Der Parkplatz an der Autobahn, der Wald und der unheimliche Jäger. Der Junge, hinter dem er hergelaufen war. Hier im Wald war er also. Aber warum dann dieser Raum?

Wieder blitzte es, wie vorhin im Wald. Die Umgebung verschwamm zu einem grellen Einerlei. Tim blinzelte und versuchte, sich gegen die Helligkeit zu wehren. Nur noch mit Mühe gelang es ihm, die Umrisse des Jungen zu erfassen. Er sah, dass der Kleine bereits den Türgriff hinunterdrückte. Tim kniff die Augen noch weiter zusammen, er wollte dem Jungen folgen. Hinaus aus diesem Raum, durch die Tür, die in die Freiheit führte.

Er kam nicht dazu. Die einzige Reaktion, zu der er fähig war, war ein lauter, hysterischer Schrei, als er die klaffende Wunde am Hinterkopf des Jungen sah.

***

Der Wald strahlte eine beängstigende Ruhe aus, als Tim langsam wieder zu sich kam. Er stand noch immer an demselben Fleck, an dem sich vor einigen Minuten alles um ihn herum verdunkelt hatte, nachdem er von einem gleißenden Blitz getroffen worden war. Sein Körper zitterte, auf der Stirn spürte er kalten Schweiß. Erst jetzt erkannte er den dicken Ast, gegen den er gerannt war. Auf seiner Stirn fühlte er ein wachteleigroßes Horn.

»Benny ist tot, Papa sehr böse«, hallte es in seinen Ohren nach.

Verzweifelt versuchte Tim, das Erlebte einzuordnen. Er dachte an den blutenden Hinterkopf des kleinen Jungen. Dieses Kind, das genauso aussah wie der Junge, dem er in den Wald gefolgt war. Tim lief einige Meter zurück und griff erneut nach dem Sweatshirt, das noch immer auf dem Beerenstrauch hing. Vorsichtig zog er es auseinander und hielt es hoch. Es fühlte sich feucht und schwer an. Ein dunkler Fleck zeichnete sich auf der Rückseite des Sweatshirts ab. Es dauerte einen Moment, ehe er begriff. Dann führte er es zu seiner Nase und roch daran. Der süßliche Geruch war unverkennbar. Es handelte sich um Blut.

Die wildesten Gedanken schossen ihm auf einmal durch den Kopf. Ob der Junge auch Bekanntschaft mit diesem durchgedrehten Jäger gemacht hatte? Oder war er gestolpert und hatte sich verletzt? Sein ungutes Gefühl verstärkte sich immer mehr. Er musste den Jungen suchen. Wenn er sich in Gefahr befand, musste er ihn finden. Nicht noch einmal wollte er tatenlos mit ansehen, wie ein Kind vor seinen Augen starb. Er würde eingreifen, bevor es zu spät war. Anders als damals.

Er stopfte das Sweatshirt in die hintere Hosentasche seiner Jeans. Dann ging er los, immer tiefer in den Wald hinein. Den Weg, den er eigentlich nicht nehmen wollte. Tim war mit einem Mal wie besessen von der Vorstellung, dem kleinen Jungen das Leben zu retten.

Er lief jetzt eine Zeit lang schnell durch unwegsames Gelände, ohne auch nur die geringste Ahnung zu haben, ob er der Spur des Jungen überhaupt folgte. Hinter einer Gabelung des Trampelpfads spiegelte sich plötzlich das Dickicht der Bäume in einem stillen Gewässer. Es schien nicht groß zu sein, war mehr ein Tümpel. Vielleicht ein Karpfenteich. Um ein Haar wäre er auf dem feuchten Untergrund weggerutscht und mit dem Becken auf einen der großen Findlinge gestürzt, die in der Nähe des Teichs in den Boden eingegraben waren.

Sein Blick glitt über die Wasseroberfläche. Sie glänzte wie ein frisch gewienerter Fliesenboden. Doch außer den sich spiegelnden Bäumen und einer mit den Wolken kämpfenden Sonne war nichts auf dem Wasser zu sehen.

Aufmerksam scannte er das Gelände rund um den Teich. Sein

Herz pumpte, die Lunge pfiff. Der kurze Sprint hatte ihm schmerzhaft deutlich gemacht, wie untrainiert er war. Ein Sonnenstrahl schaffte es mit einem Mal durch die Baumkronen und tanzte auf dem Wasser, doch im nächsten Augenblick schob sich bereits wieder eine Wolke davor. Aufmerksam beobachtete Tim den Schatten, der rasch über die Wasseroberfläche wanderte. Hin zum anderen Ufer, das keine zwanzig Meter von ihm entfernt lag.

Plötzlich wurde die zarte Membran des Wassers zerstört. Wellen bildeten sich und breiteten sich aus. In immer größeren Kreisen und an immer neuen Stellen im Teich. Tim blickte auf und schrak sofort zurück.

Am anderen Ufer stand ein Junge, nur mit einem roten T-Shirt bekleidet, und warf Steine ins Wasser.

Der lose Boden auf dem Grund des Teichs verschluckte Tims Füße wie Treibsand. Trotz größter Anstrengung gelang es ihm in der braunen Brühe kaum, ein Bein vor das andere zu setzen.

Sein Blick fiel ins Wasser. Erst jetzt sah er, dass sich mehrere ausgewachsene Karpfen um seinen Körper wanden und mit ihren wulstigen Lippen, die aussahen, als hätte sie jemand mit Botox aufgespritzt, versuchten, auf seiner Haut anzudocken wie kleine Putzerfische. Wäre er doch bloß außen um den Teich herumgelaufen. Stattdessen stand er jetzt bis zum Hosenbund im Wasser und kam kaum vorwärts.

Der Junge war längst verschwunden. Gleich nachdem sich ihre Blicke getroffen hatten, war ein Lächeln über seine Lippen gehuscht. Dann hatte er sich umgedreht und war wieder in das dunkle Gehölz gerannt, aus dem er so plötzlich aufgetaucht war.

Tim schob sich durch das Teichwasser, während die Karpfen nicht von ihm abließen. Sie waren riesig, jeder für sich mindestens einen halben Meter lang. Er musste an den obligatorischen Weihnachtskarpfen denken, den es immer am zweiten Weihnachtstag bei Birtes Eltern gegeben hatte. Er hatte sich jedes Mal so viele Kartoffeln wie möglich aufgeladen, nur um satt zu werden. Dieses trockene, grätige Süßwassermonster gehörte definitiv nicht zu seinen Leibspeisen.

»Nur noch ein paar verfluchte Schritte!«, keuchte Tim und

versuchte, seinen Fuß durch den schlammigen Grund zu ziehen. Er blieb stecken und spürte sofort, dass er seinen Schuh verloren hatte. Er überlegte nicht lange, hielt sich die Nase zu und tauchte ab. In dem trüben Gewässer sah er jedoch kaum die Hand vor Augen. Erfolglos tastete er den Grund gab. Nur sandiger Boden, der durch seine Finger rann. Erst als ein Karpfen an seinem Mund knabbern wollte, gab er auf und tauchte wieder auf.

Erschöpft stapfte er weiter durch den Teich, bis er das andere Ufer erreichte. Tim stand jetzt genau an der Stelle, an der vorhin der Junge die Steine ins Wasser geworfen hatte. Er warf noch einen letzten Blick zurück, doch sein Schuh war nirgends zu sehen. Dann streifte er auch den linken ab und rannte weiter in den Wald hinein.

Auf dieser Seite des Teichs gab es keinen Pfad. Tim irrte zwischen Bäumen und Sträuchern umher. Orientierungslos und nass bis auf die Haut. Jede Wurzel und jeder Stein bohrte sich in seine Fußsohlen, die nur noch von seinen schwarzen Socken bedeckt wurden. Schmerz empfand er schon lange keinen mehr. Er spürte nur den Drang, unbedingt den Jungen zu finden.

Der Baumbewuchs dünnte zunehmend aus, Beerensträucher und kleine Tannensetzlinge bestimmten das Bild. Von dem Kleinen war dennoch weit und breit nichts zu sehen. Wohin rannte bloß ein kleiner Junge in einem einsamen Wald? Noch dazu, wenn er offenbar verletzt war. Er musste Angst haben und verzweifelt darüber sein, dass seine Familie ohne ihn weitergefahren war.

Die Umgebung veränderte sich erneut, der Wald wurde wieder dichter. Eichen und Buchen mit dicken Stämmen und weitverzweigtem Wurzelwerk schossen in den Himmel und erschwerten die Sicht. Die Aussichtslosigkeit seines Unterfangens wurde ihm mehr und mehr bewusst. Er hatte weder eine Ahnung, wie tief er bereits in den Wald vorgedrungen war, noch wusste er, ob er dem Jungen überhaupt noch auf den Fersen war.

Nun bemerkte Tim, dass er sich auf einer Art Pfad befand. Er hatte sich wie aus dem Nichts vor ihm aufgetan und wurde von Meter zu Meter breiter, bis er nach einer Weile in einen befahrbaren Weg mündete. Auf dem aufgeweichten Boden erkannte er sogar Abdrücke von Reifenspuren.

Tim dachte an forstwirtschaftliche Gefährte, die mit ihren hochmodernen Greifarmen die altgedienten Bäume fällten, als wären sie aus Pappmaché. Ihm fiel der verrückte Jäger ein, der womöglich mit seinem Wagen in den Wald gefahren war.

Eigentlich hätte ihn die Tatsache, dass er die Einsamkeit des tiefen Waldes verlassen hatte, beruhigen müssen. Aber genau das Gegenteil war der Fall. Tim zitterte, als sein Blick den Boden absuchte. Die Fußspuren des kleinen Jungen waren deutlich zu sehen. Eine nach der anderen, in einem Abstand zueinander, der darauf schließen ließ, dass der Junge gelaufen sein musste.

Er folgte den Spuren eine Weile und rannte plötzlich selbst immer schneller. So schnell, dass sein Puls hastiger schlug, als er zählen konnte. Seine Lunge brannte und schnürte ihm die Luft zum Atmen ab.

In einiger Entfernung erhellte einfallendes Sonnenlicht den Wald. Die Fußspuren auf dem Weg führten in diese Richtung. Genau wie die Reifenabdrücke, die auf ein grobes Profil hindeuteten.

Tim sprintete die letzten Meter bis zur Lichtung. Als er die wuchtigen Bäume endlich hinter sich gelassen hatte und auf die freie Fläche blickte, hielt er abrupt inne. Es fiel ihm schwer, zu glauben, was er sah.

Das Quietschen der Schaukel verursachte einen stechenden Schmerz knapp oberhalb seiner Augenhöhlen. Für einen kurzen Moment war Tim versucht, den grinsenden Jungen von der Schaukel zu zerren und ihn zu fragen, wer zum Teufel er sei und was er hier zu suchen habe. Weshalb führte er ihn hier in diesem verfluchten Wald an der Nase herum?

Tim versuchte, den Blick des Jungen einzufangen. Erfolglos. Es war, als registriere er ihn nicht einmal. Langsam trat Tim auf den Blondschopf zu, bis er nur noch wenige Meter von ihm entfernt stand.

Er beobachtete ihn, suchte nach einer Wunde am Kopf oder sonst wo am Körper, doch der Junge schien unversehrt zu sein. Dabei hatte er das Blut auf seinem Sweatshirt gesehen und gerochen.

Wie alt mochte er sein? Vielleicht vier. Oder schon fünf. Tim hatte Probleme, das Alter zu schätzen. Ben war damals deutlich jünger gewesen.

»Wer bist du?«, fragte Tim vorsichtig. »Weshalb läufst du vor mir weg?«

Keine Reaktion.

»Sprich mit mir. Du brauchst keine Angst zu haben.« Tim spürte, dass seine Worte verpufften. Der Junge hatte keine Angst, er grinste stattdessen weiter vor sich hin und blickte ins Leere.

»Weshalb bist du nicht bei deinen Eltern? Ich habe beobachtet, wie sie ohne dich weggefahren sind.«

Das monotone Quietschen der Schaukel ließ den Schmerz hinter seiner Stirn immer stärker werden. Tim schloss die Augen und presste die Hände gegen seine Schläfen. Er wünschte sich nichts mehr, als endlich aufzuwachen und festzustellen, dass alles nur ein Alptraum war. Doch als er die Augen wieder aufschlug, saß der kleine Junge noch immer auf der Schaukel. Tim griff in seine Hosentasche, zog das nasse Sweatshirt hervor und hielt es dem Jungen hin.

»Ist das deins?«

Er reagierte noch immer nicht. Stattdessen dieses gleichmäßige, ausbalancierte Schaukeln, ungewöhnlich für einen Jungen in diesem Alter. Und dann dieses Dauergrinsen, das Tim allmählich auf die Nerven ging.

»Bist du verletzt? Kann ich dir irgendwie helfen?«

Zwecklos. Der Junge schien ihn nicht wahrzunehmen. Tim trat noch näher heran. Der Abstand betrug nur noch eine knappe Körperlänge, als der Kleine plötzlich von der Schaukel sprang, sich an ihm vorbeidrängte und davonrannte. In einiger Entfernung drehte er sich noch einmal um. Tim sah ihn an und versuchte, die Mimik des Jungen zu lesen. Das Grinsen war verschwunden, stattdessen flackerten seine Augen hin und her. Der Mund verzog sich zu einer Grimasse, die er nicht deuten konnte.

»Jetzt warte doch mal!«

Diesmal reagierte der Junge. Für einen kurzen Augenblick lächelte er unsicher, doch dann lief er davon. Wieder verschwand er im Wald. Tim blickte ihm kopfschüttelnd hinterher, zu erschöpft, um ihm nachzurennen. Offenbar wollte sich der Junge gar nicht von ihm helfen lassen. Was immer er hier zu suchen hatte, Tim hatte einfach keine Kraft mehr, ihm zu folgen.

Er wandte sich um und ließ seinen Blick über die Lichtung kreisen. Immer wieder kämpften sich vereinzelte Sonnenstrahlen durch den wolkenverhangenen Himmel und sorgten für eine vorsommerliche, friedvolle Atmosphäre. Für einen kurzen Augenblick musste Tim bitter über sich selbst lachen. Alles, was er hier erlebt hatte, erschien so unwirklich, dass er an seinem Verstand zweifelte. Wahrscheinlich gab es keinen Jungen, keinen grünen Opel und schon gar keinen verrückt gewordenen Jäger. Nur warum fühlte es sich derart real an?

Vorsichtig befühlte er seinen Körper. Er schmerzte. Am Kopf und an der Stelle, an der ihm der Jäger das Gewehr in die Seite gerammt hatte. Und an seinem Hintern. Er mochte sich nicht ausmalen, welche Qualen erst auf ihn zukamen, falls sein Steißbein, auf das er gefallen war, womöglich gebrochen war.

Diese Schmerzen waren echt, daran gab es zumindest keinen Zweifel. Aber warum bloß war er überhaupt auf diesem verdammten Autobahnparkplatz aus seinem Wagen ausgestiegen? Hätte er sich doch nur um Mascha gekümmert, die ihm gerade erst offenbart hatte, dass sie schwanger war.

Tim sank auf den weichen Waldboden und vergrub den Kopf in seinen Händen. Ruhe und Normalität, das war alles, was er sich wünschte. Keine Erinnerungen mehr an den Tod seines Sohnes und das unendliche Leiden in der Zeit danach. Mehr als nur einmal hatte er Ben im Jenseits beinahe die Hand reichen können.

Vorsichtig richtete er sich wieder auf und sah sich um. Erst jetzt erkannte er in einiger Entfernung die Umrisse eines alten Holzhauses zwischen den Bäumen. Der Junge war in die andere Richtung gelaufen. Dorthin, von wo sie gekommen waren. Tim musste an die Reifenspuren auf dem Waldweg denken. Sie hatten genau zu diesem einsamen Haus geführt. Womöglich einem forstwirtschaftlich genutzten Gebäude.

Er raffte sich auf, überquerte die Lichtung und näherte sich schmerzenden Schrittes dem Haus, das einen verfallenen und augenscheinlich unbewohnbaren Zustand offenbarte. Er ging um das Gebäude herum und versuchte, einen Blick ins Innere zu werfen, doch alle Fensterläden im unteren und oberen Geschoss waren verschlossen. Als sich Tim bereits wieder abwenden wollte, fiel sein Blick auf die Eingangstür des Hauses. Sie war tatsächlich nur angelehnt.

Tim sah sich noch einmal um. Die Lichtung. Der Wald, durch den er sich mühsam gekämpft hatte. Und die Schaukel, auf der der Junge gesessen hatte. Er war der Grund gewesen, weshalb Tim diesen verfluchten Wald überhaupt betreten hatte. Er schüttelte den Kopf. Über sich selbst und das, was mit ihm geschah.

Dann öffnete er langsam die Tür und betrat das Haus.

★★★

Im Innern des Hauses erkannte Tim die Hand vor Augen nicht. Nachdem die Tür hinter ihm ins Schloss gefallen war, hatte er sofort die Orientierung verloren. Durch die geschlossenen Fensterläden drang kein einziger Lichtstrahl ins Haus.

Vorsichtig tastete sich Tim an einer Wand entlang, bis seine Finger endlich einen Lichtschalter berührten. Erleichtert betätigte er ihn. Es vergingen mehrere Sekunden, ehe sich der Raum langsam erhellte. Die Energiesparbirne, die einsam von der Decke baumelte, spendete ein kühles, grelles Licht, an das sich Tims Augen nicht gewöhnen wollten.

Angestrengt sah er sich um. Vor ihm stand ein alter Eichentisch mit vier abgewetzten Stühlen. Dahinter ein Schreibtisch, auf dem allerhand Unrat herumlag. Leere Flaschen, Essensreste und etwas, das aus der Entfernung wie der abgetrennte Kopf eines Wildschweins aussah. Tim blickte angewidert zur Seite. Eine ausladende Vitrine im Landhausstil ragte in den Raum. Sie war von Holzwürmern zerfressen und machte den Eindruck, jeden Moment unter dem Gewicht des verstaubten Geschirrs zusammenzubrechen.

Einen Moment lang war Tim enttäuscht. Was hatte er erwartet? Eine Erklärung, was es mit dem Jungen auf sich hatte? Oder zumindest mit diesem verrückten Jäger. Sollte er nicht froh sein, diesem Wahnsinnigen nicht noch einmal über den Weg gelaufen zu sein?

Er verzichtete darauf, die Treppe in die obere Etage hinaufzusteigen. Stattdessen ging er zurück zu der Tür, durch die er hereingekommen war. Es gab nichts, was ihn hier noch hielt. Er würde jetzt den Wald verlassen, sich in sein Auto setzen und endlich zu Mascha fahren.

Ein letzter Blick durch den Raum. Auf den Schreibtisch und den ausgetrockneten Wildschweinkopf. Und auf den Holzdielenboden davor. Er war voller Blut. Tim zuckte zusammen und schloss die Augen. Seine Beine zitterten und wollten nachgeben. Mühevoll stützte er sich auf den großen Eichentisch.

Noch bevor er einen erneuten Blick riskierte, kitzelte ihn der Geruch des Bluts bereits in der Nase. Dann sah er, dass es frisches Blut war. Menschenblut.

Tim klammerte sich an einem der Stühle fest und versuchte, den Brechreiz zu unterdrücken. Obwohl er sich dagegen sträubte, wanderte sein Blick noch einmal zurück auf den Fußboden. Er presste sich die Hand vor den Mund, um Schlimmeres zu verhindern. Er hatte noch nie zuvor eine Leiche gesehen. Und schon gar keine, die derart grausam entstellt zu sein schien.

Sofort erstarrte er bei diesem Gedanken. Natürlich hatte er schon einmal eine Leiche gesehen, und sogar die eines Kindes. Das Grausamste, das man sich vorzustellen vermochte. Der Unfall damals. Die bangen Minuten danach. Der kleine Körper mit der blutenden Wunde am Hinterkopf. Es war, als weigerte sich sein Verstand, seinen toten Sohn mit einer Leiche gleichzusetzen, die hier in diesem verdammten Haus direkt vor ihm in einer riesigen Blutlache lag.

Tim atmete mehrfach tief ein und aus. Er musste sich beruhigen, einen kühlen Kopf bewahren. Langsam richtete er sich auf, schloss für einen Moment die Augen und bewegte sich dann vorsichtig in Richtung der Leiche. Obwohl sie bäuchlings lag, erkannte Tim an der Statur der Person, dass es sich um einen Mann handelte. Am Hinterkopf klaffte eine große Wunde, aus der Blut herausquoll. Genau wie damals bei Ben.

Mit einem Mal überkam ihn Panik. Jetzt erst realisierte er, was die noch frische Wunde zu bedeuten hatte. Der Mann konnte noch nicht allzu lange tot sein. Tim ging noch näher heran und beugte sich mit einem mulmigen Gefühl hinunter. Er konnte erkennen, dass es sich bei der Wunde um eine Schussverletzung handelte.

In Tims Fingerkuppen machte sich ein Kribbeln breit. Ein tauber Schmerz durchfuhr seine Handflächen und wanderte die Arme hinauf. Kalter Schweiß drang durch die Poren auf seiner Stirn. Der Mann, der da vor ihm lag, war tatsächlich erschossen worden. Sein halber Hinterkopf war zerfetzt. Etwas Großkalibriges, kam es Tim in den Sinn. Er musste an den Jäger denken.

Es dauerte eine Weile, ehe seine Übelkeit verschwand. Dafür verstärkte sich das Angstgefühl. Vorsichtig ertastete er die Stelle, an der sich die Halsschlagader des Mannes befinden musste. Obwohl er von dessen Tod überzeugt war, wollte Tim absolut sichergehen.

Überall war Blut. Er fühlte die warme Flüssigkeit zwischen seinen Fingern und an den Füßen, die nur von Socken bedeckt waren. Tim wurde schwarz vor Augen, doch noch gelang es ihm, erfolgreich gegen seinen schwachen Kreislauf anzukämpfen. Endlich fand er die Hauptschlagader des Mannes.

Kein Pulsschlag. Wie er vermutet hatte.

Im nächsten Augenblick schrak Tim völlig verängstigt zusammen. Der Tote bewegte plötzlich seinen Kopf. Erst nur ein wenig, dann kippte er zur Seite. Reflexartig sprang Tim auf und entfernte sich einige Meter von dem Mann. Geschockt blieb er stehen und blickte auf den reglosen Körper. Er schwankte zwischen Hoffnung, dass der Mann doch noch lebte, und absurder Angst, dass dieser Alptraum ihn ins Reich der Untoten führte.

Tim wartete und beobachtete den Mann. Gefühlte Minuten. Bis er sich absolut sicher war, dass er sich nicht mehr rührte. Keinerlei Bewegung, nicht einmal ein Zucken. Natürlich war der Mann längst tot. Der Kopf war durch sein Abtasten einfach nur zur Seite gekippt. Tim spürte geradezu, wie ihn diese ganze Sache hier in den Wahnsinn trieb.

Er ließ weitere Minuten verstreichen, dann bückte er sich noch einmal zu dem Toten hinunter und packte ihn an der Schulter, um ihn vorsichtig herumzudrehen. Der Mann war kräftig gebaut und groß gewachsen. Nur mit großer Mühe und einer ruckartigen Bewegung gelang es ihm schließlich, den Körper auf den Rücken zu wuchten, sodass er ihm direkt ins Gesicht sehen konnte.

Vielleicht waren es die weit aufgerissenen Pupillen des Mannes und das Blut, das aus dessen Mund rann, die ihn im ersten Moment verharren ließen. Doch als er nach einigen Sekunden verstand, was er sah, kehrte die Panik mit einer solchen Wucht zurück, dass sie ihm die Kehle zuschnürte und sein Schrei im Hals erstickte.

Tim stürzte in Richtung Tür und riss an dem Griff. Für einen kurzen Augenblick glaubte er, die Tür blockiere lediglich. Doch dann verstand er, was vor sich ging. Jemand hatte ihn eingesperrt. Nervös sah er sich um. Wieder fiel sein Blick auf die Treppe ins obere Stockwerk. Er zögerte nicht lange und rannte hinauf, in der vagen Hoffnung, dort über ein Fenster einen Weg nach draußen zu finden.

Seine Fußsohlen schmerzten immer mehr. Die Socken, die er noch immer trug, waren aufgerissen. Er lief so hastig, dass er stolperte und sein Schienbein an einer Stufe anstieß, wobei er sich eine leichte Risswunde zuzog. Schmerzverzerrt richtete er sich auf und lief weiter. Weg von dem, was er gerade gesehen hatte. Er verdrängte einfach, dass ihm das Gesicht des Toten bekannt vorkam. Ohne zu wissen, woher. Er wollte nicht einmal darüber nachdenken.

Auch in der oberen Etage war es stockdunkel. Mühsam tastete sich Tim vor, bis er einen der schweren, dunklen Vorhänge zu fassen bekam. Er versuchte, ihn zur Seite zu ziehen, doch er schien sich verhakt zu haben. Einen Augenblick lang hielt er inne und atmete schwer aus. Dann tastete er sich an der Wand entlang bis zum nächsten Fenster.

Sein linker Fuß blieb plötzlich an einem schweren Gegenstand hängen, der kaum nachgab. Um ein Haar wäre Tim gestolpert und hätte das Gleichgewicht verloren. Doch er fing sich und griff nach dem Vorhang des hinteren Fensters. Mit einem kräftigen Ruck zog er ihn auf. Im nächsten Moment war der Raum erhellt. Lichtstrahlen blendeten Tim. Staubkörner aus dem dunkelroten Vorhang wirbelten durch die Luft und setzten sich auf seine Atemwege. Das trockene Husten, das sofort einsetzte, erinnerte ihn an damals, als er infolge von Benjamins Tod unter Asthma-Anfällen gelitten hatte.

Hastig riss er das Fenster auf und blinzelte. Die durch die Wolken brechende Sonne hüllte die Umgebung in ein gleißendes Licht. Und dennoch gab es nichts Schönes, das Tim diesem Wald abgewinnen konnte. Die ganze Szenerie wirkte gespenstisch und unwirklich.

Von dem Jungen war weit und breit nichts mehr zu sehen. Er war in den Tiefen des Waldes verschwunden. Vielleicht aus Angst, womöglich aber aus einem ganz anderen Grund. Ein seltsamer Gedanke brach sich plötzlich in Tim Bahn. Hatte der Junge ihn vielleicht vorsätzlich hierhergelockt und eingesperrt? War es womöglich eine Falle, in die er getappt war?

Er trat einen Schritt vom Fenster zurück und schloss die Augen. Maschas Anruf. Die Nachricht, dass sie schwanger war, was doch eigentlich unmöglich war. Die Beobachtung auf dem Autobahnparkplatz. Der durchgedrehte Jäger. Der kleine Junge, hinter dem er hergelaufen war. Und dann auch noch die schrecklich zugerichtete Leiche im Stockwerk unter ihm. Trotz des vielen Bluts war er sich sicher, diesen Mann schon einmal gesehen zu haben.

Ein knackendes Geräusch ließ ihn plötzlich zusammenfahren. Es klang, als laufe jemand die knarzenden Bohlen der Holztreppe hinauf. Tim riss die Augen auf und sah sich hektisch um. Wieder blieb sein Fuß hängen. An dem Gegenstand, über den er vorhin schon beinahe gestolpert wäre. Er war schwer, aber weich. Er bewegte sich, wenn er dagegenstieß.

Langsam, als wolle er nicht sehen, was dort zu seinen Füßen lag, ging Tim in die Knie. Er schloss die Augen. Seinen Kopf senkte er erst im letzten Moment, als er längst ahnte, was ihn erwartete. Dann öffnete er ängstlich die Augen.

Vor ihm lag eine weitere Leiche. Diesmal eine Frau, und er war sich absolut sicher, dass er auch sie irgendwoher kannte. Nur woher, das wollte ihm auch bei ihr nicht einfallen.

Er versuchte, sich zu beruhigen, und betrachtete die Leiche mit einer Mischung aus Neugier und Ekel. Ihr Gesicht war zwar unversehrt, doch es konnte keinen Zweifel geben, dass sie tot war. Ihr Brustkorb war zerfetzt, das Einschussloch lag eine Handbreit unterhalb ihres Herzens und war so groß wie ein Tennisball.

Knack.

Da war wieder dieses Geräusch. Etwa die knarzenden Bohlen? War es Realität, oder fand es nur in seinem Kopf statt?
Knack.
Er wollte sich umdrehen, nachsehen, ob jemand heraufkam. Doch im nächsten Moment traf ihn ein heftiger Schlag am Hinterkopf. So hart, dass Tim in Bruchteilen einer Sekunde das Bewusstsein verlor und vornüberfiel. Auf den blutüberströmten Körper der Frau, deren Name ihm nicht mehr eingefallen war.

ZWEI JAHRE ZUVOR

Das Licht hier draußen ist ganz anders als das Licht hinter den hohen Mauern im Lauerhof. Es scheint absurd, aber das Licht ist ohne Zweifel freundlicher und sanfter, obwohl die Welten hier nur durch eine simple Mauer getrennt sind.
Und doch ist da noch mehr. Tim erkennt in der Freundlichkeit auch die Bedrohung, die er so sehr fürchtet. Die dunkle Wolke am Himmel, die sich unaufhaltsam vor die Sonne schiebt. Sie türmt sich auf wie ein gigantischer Amboss.
Cumulonimbus. Das Zeichen, das er erwartet hatte. Hier draußen wird alles noch viel schlimmer werden als das, was er in den letzten Monaten erlebt hat.
Einen Fuß vor den anderen. Den Blick nach vorn gerichtet. Nach rechts und links sehen, nur der Ordnung halber. Aber niemand ist da, um ihn abzuholen. Was hat er auch erwartet?
Tim ist nicht enttäuscht. Er hat die ganze Zeit gewusst, dass sie nicht kommen würde. Damals, in dem Moment, als sie ihm gegenübergesessen und ihn geohrfeigt hat, hat er verstanden, dass er sie verloren hat. Ein Jahr lang hat er sie jetzt nicht gesehen. Und wahrscheinlich würden viele weitere dazukommen.
Für einen kurzen Moment sieht er Ben vor sich. Er steht auf der anderen Straßenseite und lehnt an einem Laternenpfahl. Sein Sohn blickt ihn aus traurigen Augen an. Als stehe er dort wie ein Mahnmal, um ihm zu sagen: Papa, du hast noch nicht lange genug gebüßt.
Da sind sie wieder, diese Bilder, die ihn seit Monaten verfolgen. Nachts, wenn er nicht einschlafen kann. Tagsüber, wenn er sich vor Müdigkeit kaum noch auf den Beinen halten kann. Sie sind immerzu da, die Bilder von seinem Sohn. Mal grausam, mal schön. Und doch enden alle immer gleich tragisch. Die klaffende Wunde am Kopf. Der Moment, in dem der Reißverschluss zugezogen wird und er Ben zum letzten Mal sieht.
Tim bleibt stehen und schließt die Augen. Als er sie wieder öffnet, ist Ben verschwunden. Er sieht sich erneut um, fühlt sich

allein, verlassen von allen. Er hat niemanden, der an seiner Seite steht. Seine Eltern, die vor sechzehn Jahren in Eschede ihr Leben verloren haben, genauso wenig wie Freunde. Sie haben sich nach Bens Tod von ihm abgewendet.

Ein Taxi nähert sich. Tim überlegt nicht lange und winkt es herbei. Als es hält, zögert er keine Sekunde und steigt ein.

»Wohin?«, fragt der Mann hinter dem Steuer, ohne ihn anzusehen.

»Zum Friedhof«, antwortet Tim.

»Zu welchem?«

»Ich weiß es nicht.«

»Was soll das heißen, Sie wissen es nicht? Sagen Sie mir, wohin ich Sie fahren soll, oder steigen Sie sofort wieder aus.«

»Bringen Sie mich zu dem Grab meines Sohnes, mehr verlange ich nicht von Ihnen.« Tim wühlt einen Zwanzig-Euro-Schein aus seiner Jackentasche und drückt ihn dem Taxifahrer in die Hand.

»Was soll der Scheiß?« Der Mann dreht seinen Kopf zur Seite und blickt Tim an. Er fixiert ihn einige Sekunden, dann schüttelt er den Kopf. Sein Gesichtsausdruck ist eindeutig, Tim versteht sofort. Der Taxifahrer weiß, wer er ist.

»Raus«, sagt er leise.

»Wie bitte?«

»Ich sagte: Raus«, wiederholt der Mann. »Sie wissen genau, weshalb. Also verschwinden Sie. Ich will mit Typen wie Ihnen nichts zu tun haben.«

»Aber —«

»Steigen Sie jetzt endlich aus, bevor ich Sie eigenhändig rausschmeiße. Ich werde niemanden fahren, der sein eigenes Kind auf dem Gewissen hat, weil er sich besoffen hinters Steuer setzt. Verstanden?«

»Natürlich«, sagt Tim. Seine Stimme klingt monoton, längst zu schwach, um sich zu wehren. Er öffnet die Beifahrertür und steigt aus.

Im letzten Moment, bevor die Tür zufällt, beugt er sich noch einmal hinunter und blickt dem Mann ins Gesicht. Was er sieht, erschreckt ihn. Nicht etwa Hass schlägt ihm entgegen. Nein, es ist etwas anderes. Schlimmer als Hass. In seinen Augen erkennt er die kalte Ablehnung. Pure Verachtung. Für immer verstoßen – nicht nur von Birte und den Menschen, die ihm mal nahegestanden haben. Sondern von der Gesellschaft.

★★★

Tim steht vor dem Grab und versucht verzweifelt, irgendetwas zu fühlen. Trauer, Wut, Hass. Wenigstens das Verlangen, die Zeit zurückdrehen zu können. Die verzweifelte Hoffnung, doch bloß in einem nicht enden wollenden Alptraum gefangen zu sein. Nichts. In seinem Kopf herrscht vollkommene Leere. Keine feuchten Augen, kein Zucken seiner Gesichtsmuskeln. Die Gedanken an Ben scheinen verblasst in diesem Moment. Er hat sogar Probleme, sich das Gesicht seines Sohnes vor Augen zu rufen. Die Erinnerungen an ihn verschwimmen plötzlich mehr und mehr. Als ob sein Körper sich davor schützen müsse.

Tim geht in die Knie. Sein Blick wandert über die Grabstelle. Sie sieht anders aus, als er gedacht hat. So klein …

Mit einem Mal versteht er. Es ist kein normales Grab, sondern ein Urnengrab. Birte hat es tatsächlich gewagt, seinen Sohn zu verbrennen. Sie hat ihn nicht einmal gefragt, was er davon hält. Sie hat es einfach getan. Sie hat es wirklich übers Herz gebracht, diesen kleinen Körper in eine Höllenglut schieben zu lassen. Alles an ihm zu Staub zerbröseln zu lassen. Wie konnte sie nur so grausam sein? Er hätte es nie zugelassen, wenn er davon gewusst hätte. Aber ihn hatte niemand mehr gefragt, als er damals hinter den hohen Mauern verschwunden war.

Seine Finger gleiten gedankenverloren über die Trauerschleife des verwelkten Gestecks. Es ist Birtes Gesteck. »Deine Mama« steht dort geschrieben. Sie hat es zu Bens drittem Geburtstag aufgestellt.

Tim erkennt ein Foto zwischen den Blumen. Zu sehen sind Ben und seine Mutter, in inniger Umarmung. Er erinnert sich noch genau daran, wann das Foto entstanden ist. Nur ein paar Tage bevor Ben starb, waren sie am Meer gewesen. In Scharbeutz, wo sie im Sommer, sooft es ging, die Sonne genossen hatten. Eine glückliche Familie.

Sie hatten im Strandkorb gesessen und die Seele baumeln lassen.

Ben hatte im Sand gespielt. Mit seinen Autos und dem kleinen Fußball, den er seinem Sohn zu Weihnachten geschenkt hatte. Er selbst hatte die beiden damals fotografiert. Ben und Birte, die liebsten Menschen in seinem Leben. Er wollte den Moment einfangen, in dem alles so perfekt erschien. Er hatte nicht im Geringsten ahnen können, dass es eines der letzten Fotos von Ben sein sollte.

Plötzlich zuckt Tim zusammen. Er hört Stimmen, die sich nähern. Schritte auf den kieselsteinbedeckten Wegen des Friedhofs. Er richtet sich auf und sieht sich um. Mehrere uniformierte Polizisten nähern sich ihm schnellen Schrittes. Dicht gefolgt von Birte. Sie fuchtelt wild mit den Armen und zeigt in seine Richtung.

Es ist das erste Mal seit fast einem Jahr, dass er sie sieht. Sie hat sich verändert, wirkt noch dünner als früher. Beinahe hager. Die Haare sehen strähnig aus, so wäre sie früher niemals aus dem Haus gegangen. Tim möchte ihr entgegenlaufen. Sie einfach nur in den Arm nehmen. Trotz allem, was passiert ist. Aber er spürt, dass der Augenblick nicht der richtige ist.

Die Polizisten sind nur noch wenige Meter von ihm entfernt. Sie nähern sich jetzt langsamer, beinahe zögerlich. Birte wirft ihm kaum verständliche Wortsalven entgegen. Sie ist fürchterlich aufgebracht, schreit wüste Beschimpfungen.

»Rühren Sie sich nicht von der Stelle«, ruft einer der Uniformierten. »Sie wissen sicherlich, dass Ihnen untersagt worden ist, sich hier aufzuhalten.«

»Wie bitte?«

»Ihre Frau hat eine Unterlassungsklage eingereicht, dass Sie sich ihr und dem Grab Ihres Sohnes bis auf zwanzig Meter nicht nähern dürfen.«

»Das würde sie niemals machen«, antwortet Tim, nach Fassung ringend. »Birte, sag ihnen, dass das nicht stimmt.« Er fixiert seine Frau, doch sie weicht seinem Blick unerschrocken aus.

»Das kannst du mir nicht antun.« Tim sinkt wieder auf die Knie und bricht weinend über dem Urnengrab seines Sohnes zusammen. »Sag es ihnen«, ruft er immer wieder verzweifelt. »Ich will doch nichts weiter, als Ben nahe sein.«

Birte schweigt. Noch immer vermeidet sie, ihn anzusehen.

»Bitte, Birte, ich habe genug gelitten«, fleht er. »Nimm mir nicht auch noch die Möglichkeit, hier in Ruhe um Ben zu trauern.«

Langsam, fast wie in Zeitlupe, dreht sich Birte zu ihm um. Ihre Mundwinkel zucken, wie bei einem Lächeln. Für einen kurzen Moment erkennt er ihre Grübchen, die er immer so sehr geliebt hat. Will sie ihm etwa verzeihen?

Er lächelt zurück. Doch im nächsten Moment erstarrt Birtes Gesicht.

Sie kneift ihre Augen zusammen. Ihr Blick ist kalt und entschlossen. Dann bewegen sich ihre Lippen. »Schaffen Sie ihn weg von hier«, sagt sie mit harter Stimme.« Ich möchte ihn nie wieder sehen. Und schon gar nicht hier.«

DAS KRANKENHAUS

Er stemmte sich mit aller Kraft, die er noch aufbringen konnte, gegen die schwere Platte, die auf ihm lag. Sie musste aus Metall sein. Oder aus einem besonders massiven Holz. Die Platte nahm ihm die Luft zum Atmen. Sie presste seinen Brustkorb immer stärker zusammen. Wenn ihm nicht bald jemand half, würde er elendig ersticken. Erdrückt unter dieser unerträglichen Last. Gestorben hier in dieser nach Tod stinkenden Hütte in diesem gottverlassenen Wald, den er niemals hätte betreten dürfen. Er sah sich um, versuchte, Einzelheiten auszumachen. Doch alles um ihn herum war dunkel, nicht die kleinste Lichtquelle war zu erkennen. Jemand musste den Vorhang vor dem Fenster wieder zugezogen haben.

Jeder Atemzug schmerzte. Lange würde er nicht mehr durchhalten. Noch nie war er dem Tod so nahe gewesen wie in diesem Moment. Nicht einmal damals, als es ihm so schlecht ging, dass er glaubte, nur ein Suizid könne seinem Leid ein Ende setzen.

»Ich glaube, er wacht auf. Sehen Sie!«

Diese Stimme, durchfuhr es ihn. Sie hörte sich genau wie die von Mascha an. Aber woher zum Teufel kam sie nur? In dieser verfluchten Dunkelheit sah er einfach nichts. Er presste beide Hände gegen die Platte und schrie um Hilfe. Spürte selbst, dass er panisch klang. Hilflos. Und dennoch war er sich nicht einmal sicher, ob seine Stimme überhaupt zu hören war.

»Tim, ich bin hier, an deiner Seite. Kannst du mich hören?«

»Mascha, bist du es?«

»Sag doch etwas, Tim. Hast du Schmerzen?«

»Natürlich habe ich Schmerzen«, keuchte er. »Hilf mir doch hier heraus. Diese Platte ist …« Er schluckte schwer. »Sie ist einfach viel zu schwer.«

»Warum versteht er mich denn nicht?«, fragte Mascha. »Er hat doch seine Augen geöffnet.«

»Mascha, ich verstehe dich doch«, rief Tim und klang verzweifelt. »Schieb bitte diese Platte endlich von mir herunter.«

»Nun, das kann verschiedene Gründe haben«, antwortete eine tiefe Männerstimme, die Tim noch nie zuvor gehört hatte. »Nach solch einem Unfall ist es nicht verwunderlich, dass er noch nicht ansprechbar ist. Wir müssen ihm Zeit geben.«
»Wie lange denn?«
»Das kann niemand beantworten. Ich gehe aber davon aus, dass es Ihrem Mann schon in ein paar Tagen besser gehen wird. Spätestens dann, wenn das SHT nachlässt.«
»SHT?«
»Schädel-Hirn-Trauma. Im Falle Ihres Mannes nichts Dramatisches, er hat lediglich eine Gehirnerschütterung erlitten.«
»Sie ist nicht meine Frau«, keuchte Tim, obwohl er mittlerweile ahnte, dass sie ihn nicht verstehen würden.
»Was ist mit den anderen Verletzungen?«, fragte Mascha.
»Er hat Glück gehabt«, antwortete der Mann. »Sein kleiner Finger ist gebrochen, und seine Nase. Außerdem ist sein Brustkorb geprellt, das kann unangenehm sein, weil es zu Atemnot führen kann. Ansonsten geht's ihm aber ganz gut.«
»Vielen Dank.«
Das Gespräch der beiden verstummte. Tim wurde augenblicklich schlecht vor Panik. Das Gefühl, nicht gehört zu werden, machte ihn wahnsinnig. Erneut stemmte er sich gegen die schwere Platte. Diesmal gelang es ihm tatsächlich, sich aufzurichten. Nicht weit, aber immerhin so viel, dass er sehen konnte, mit wem Mascha gesprochen hatte. Einem Mann ganz in Weiß, der ihm von irgendwoher bekannt vorkam.

***

»Wie viele Finger sehen Sie?«
»Vier.«
»Versuchen Sie sich bitte zu konzentrieren. Wie viele Finger?«
Tim musterte die Krankenschwester, die seit Minuten auf ihn einredete. Eva war ihr Name, sie sah streng aus und schien nicht die geringste Spur Mitleid mit ihm zu haben.
»Hören Sie«, sagte er angestrengt. »Mir geht es wirklich beschissen. Mir tut jeder einzelne Knochen weh. Mein Kopf zerplatzt

jeden Augenblick. Aber meine Augen und mein Verstand funktionieren einwandfrei. Keine Ahnung, was dieser Test bezwecken soll, aber Sie halten zweifellos vier Finger hoch.«

»Tut mir leid, aber es sind nur drei.« Schwester Eva wandte sich von ihm ab und verschwand wortlos im Badezimmer. Nach einer Weile kam sie mit einem Glas Wasser in der Hand zurück. »Nach einem so schweren Unfall ist es vollkommen normal, dass Ihr Körper noch nicht wieder so funktioniert, wie Sie das kennen.« Sie zog eine Schachtel aus der Tasche ihres weißen Kittels, holte einen Tablettenstreifen aus der Packung und drückte eine der kreisrunden Pillen heraus. »Nehmen Sie die.«

»Was ist das für ein Medikament?«

»Ein Kreislaufmittel. Die Tage im Koma haben Ihren Körper geschwächt, er muss sich jetzt erst einmal stabilisieren. Auch Ihre Kopfverletzungen waren nicht unerheblich.«

Tim nickte. Mehr widerwillig stopfte er sich die Tablette in den Mund und schluckte sie mit einem großen Schluck Wasser hinunter.

»Ruhen Sie sich jetzt ein wenig aus, wir werden später mit den Übungen weitermachen.«

»Eine Frage noch«, sagte Tim mit schwacher Stimme, als Schwester Eva schon fast die Zimmertür erreicht hatte. »Können Sie mir etwas über meinen Unfall erzählen?«

»Wie bitte?«

»Mein Unfall«, sagte Tim. »Deshalb liege ich doch überhaupt hier im Krankenhaus. Mich würde interessieren, was genau geschehen ist. Ich kann mich nämlich leider an nichts erinnern.«

»Selbst wenn ich etwas dazu sagen könnte, wäre es zum jetzigen Zeitpunkt viel zu früh dafür.«

»Was soll das heißen?«, fragte Tim irritiert. »Ich muss wissen, was mit mir passiert ist. Seitdem ich vor zwei Tagen wieder zu Bewusstsein gekommen bin, spricht hier einfach niemand mit mir. Nicht einmal meine …« Tim brach ab. Die Gedanken an Mascha verunsicherten ihn. Sie war gestern und vorgestern bei ihm gewesen, doch er konnte sich trotz größter Anstrengung nicht mehr daran erinnern, über was sie sich unterhalten hatten.

»Wie gesagt, Sie müssen zuerst stabilisiert werden«, sagte Schwes-

ter Eva. »Dann wird man mit Ihnen sprechen. Noch sind die Ärzte allerdings der Meinung, dass es zu früh für eine Vernehmung ist.«
»Wieso denn bitte eine Vernehmung? Sagen Sie mir doch einfach, was geschehen ist.«
»Beruhigen Sie sich. Sie können sicher sein, dass Sie schon bald informiert werden.« Schwester Eva wandte sich ab und öffnete die Tür. Dann verschwand sie auf dem Krankenhausflur. Es vergingen einige Sekunden, ehe die schwere Zimmertür leise zufiel.
Tim blickte starr an die Zimmerdecke. Er war jetzt wieder ganz allein.

Knack.
Er fixierte den Jungen, der plötzlich vor ihm stand. Wie konnte es nur sein, dass er wie Ben aussah? Auch wenn es nicht mehr vieles in seinem Leben gab, das er mit Bestimmtheit sagen konnte, so war er sich bei dieser einen Sache doch sicher: Ben war seit drei Jahren tot.
»Wer bist du?«, flüsterte er.
»Ich bin doch dein Sohn.« Die Stimme des Jungen klang mechanisch und seltsam tief. Gar nicht wie die eines Kindes. »Erinnerst du dich denn gar nicht mehr an mich?«
»Natürlich erinnere ich mich«, antwortete Tim ungehaltener, als ihm lieb war. »Es ist nur so, du dürftest eigentlich nicht hier sein.«
»Wie fühlst du dich?«
Tim blickte seinen Sohn irritiert an. Das waren doch nicht die Worte eines kleinen Kindes. Der Junge klang wie sein Psychotherapeut. »Ich weiß nicht, wer du wirklich bist«, sagte er schließlich. »Aber du machst mir ein wenig Angst.«
Der Junge zog die Augenbrauen hoch, bis sich mehrere tiefe Falten auf seiner Stirn bildeten. Wie bei einem alten Mann. Seine blauen Augen funkelten mit einem Mal bedrohlich.
»Was ist los mit dir?«, fragte Tim.
»Ich werde dafür sorgen, dass du in deinem Leben nicht mehr glücklich wirst«, antwortete der Junge mit einem diabolischen Grinsen auf den Lippen. »Die Monster werden für immer ein Teil von dir sein. Du kannst ihnen nicht entkommen.« Noch immer

grinste der Kleine, so wie der Junge, dem er vor ein paar Tagen in diesem Wald begegnet war.
Der Wald.
Verdammt, durchfuhr es Tim. Von einer Sekunde auf die andere erschienen die Bilder vor seinem inneren Auge. Durch den Unfall waren sie offenbar kurzzeitig verloren gegangen. Während die Szenen wie in Zeitlupe an ihm vorbeizogen, wünschte er sich, dass er die Ereignisse im Wald, diese Phantasien, eines Tages für immer aus seinem Kopf würde verdrängen können.

Was auch immer passiert war, nachdem Mascha ihn auf seinem Handy angerufen hatte und er auf den Autobahnparkplatz abgefahren war – er redete sich in diesem Moment ein, dass es nichts zu bedeuten hatte. Auch wenn es sich so verdammt real angefühlt hatte: Er war gar nicht in diesem Wald gewesen, sondern hatte alles nur geträumt. In diesem Traum war er dem Jungen tief in den Wald gefolgt. Bis zu dieser Hütte.

Tim spürte, wie sich plötzlich seine Finger versteiften. Unter seinem Nachthemd fühlte er seine bebende Brust. Mit kontrollierten Atemzügen versuchte er, sich zu beruhigen.

Die Hütte.
Die beiden toten Körper.
Der angebliche Unfall?
Seine Kopfverletzungen.
Der Moment, in dem alles um ihn herum dunkel geworden war. In dieser Hütte. In diesem verfluchten Waldstück irgendwo an der A 1 nördlich von Lübeck.

Er dachte an die riesigen Karpfen. Die berstenden Knochen unter seinen Füßen. Und den wahnsinnigen Jäger, mit dem er sich geprügelt hatte. Der Mann, dem er seine Gehirnerschütterung zu verdanken hatte, weil er ihn höchstwahrscheinlich mit einem heftigen Schlag auf den Hinterkopf bewusstlos geschlagen hatte.

Die Polizei musste den Mann finden und ihn zur Verantwortung ziehen. Für den Angriff auf ihn. Aber vor allem für die Morde an den beiden, die er tot in der Hütte vorgefunden hatte.

Tim versuchte, sich hochzustemmen, um jemandem Bescheid zu geben. Ohne Erfolg. Seinen Unterarmen fehlte durch die Tage im Krankenbett jede Kraft, die Handgelenke schmerzten. Mit einem

Mal spürte er Panik in sich aufsteigen. Er riss die Augen auf. Sein Blick fiel auf die schmerzenden Handgelenke. Die Haut war an einigen Stellen aufgeschürft. Er zitterte plötzlich am ganzen Körper, als er den Blick an sich hinunterwandern ließ und sah, dass seine Hände und Füße mit dicken Stoffschlaufen am Bettgestell fixiert waren.

★★★

»Mach weiter.« Tim schmiegte sein Gesicht an Maschas glatte Handinnenfläche. »Ich habe dich vermisst.«
»Ich war hier, jeden Tag.«
»Ich weiß«, antwortete Tim. »Man hat es mir gesagt.«
»Du kannst dich wirklich nicht daran erinnern, dass ich hier stundenlang gesessen habe und wir uns unterhalten haben?«
Tim schüttelte den Kopf und wandte sein Gesicht von Mascha ab. Es war ihm unangenehm, nicht zu wissen, dass sie miteinander gesprochen hatten. Geschweige denn, worüber.
»Heißt das, du kannst dich an gar nichts mehr erinnern, was in den letzten Tagen passiert ist?«
»Um ehrlich zu sein, ich weiß so gut wie nichts mehr. Bis zu deinem Anruf ging es mir gut. Dank dir hatte ich mein Leben endlich wieder im Griff. Ich war glücklich. Aber jetzt – plötzlich ist alles wieder so ...« Tim brach ab und griff nach Maschas Hand.
»Von welchem Anruf sprichst du?«
»Na, dein Anruf, während ich noch auf der Autobahn unterwegs war.«
»Du phantasierst schon wieder, Tim«, sagte Mascha und legte ihm die Hand auf die Stirn. »Vielleicht hast du Fieber, du fühlst dich warm an.«
»Was soll denn das, Mascha?«, fragte Tim irritiert. »Mir geht es schon beschissen genug, also spar dir bitte deine Späße.«
»Verdammt, das ist kein Spaß. Wir hatten nicht mehr miteinander gesprochen, seitdem du plötzlich verschwunden warst. Ich habe den ganzen Abend auf dich gewartet, hatte für uns beide gekocht. Ich wollte dir nämlich etwas Wichtiges sagen.«
»Aber das weiß ich doch«, sagte Tim ungläubig. »Du hast es mir

am Telefon gesagt. Und ich ...« Er stockte. »Ich weiß, dass meine Reaktion nicht in Ordnung gewesen ist. Du hast mich überrumpelt in der Situation. Aber jetzt möchte ich dir sagen, dass es absolut in Ordnung für mich ist. Ich freue mich darauf.«
»Wovon sprichst du bloß? Du verwirrst mich.« Mascha blickte ihn skeptisch an.
»Mir ist klar geworden, wie sehr ich dich in diesem Moment verletzt haben muss«, antwortete er. »Ich bin manchmal einfach ein Idiot. Ich hoffe, du verzeihst mir.«
»Ich rufe jetzt einen Arzt«, sagte Mascha. »Er soll dir etwas gegen dein Fieber geben.«
»Aber verstehst du denn gar nicht, was ich dir sagen will? Ich freue mich wirklich auf unser Baby. Ich kann es gar nicht mehr abwarten.«
»Welches Baby denn?« Mascha blickte ihn konsterniert an. »Wir haben an diesem Tag nicht miteinander telefoniert. Und das, was ich dir sagen wollte, hatte mit Sicherheit nichts mit einem Baby zu tun. Wie kommst du denn bloß auf so etwas? Du weißt doch, dass —«
»Du willst mir also sagen, dass wir gar nicht miteinander telefoniert haben?«, unterbrach Tim sie. »Verstehe ich dich richtig?« Er brachte seine Worte derart verunsichert hervor, dass Mascha eine besorgte Miene machte. »Und du kannst dich nicht daran erinnern, dass ich unser Telefonat abrupt beendet habe, weil ich auf diesen Autobahnparkplatz abgebogen war und dort etwas gesehen habe, das mich aus der Fassung gebracht hat?«
»Auch wenn es schwer für dich ist, das zu begreifen, aber es gab kein Telefonat zwischen uns, Tim. Dein Unfall hat in deinem Kopf offenbar so einiges durcheinandergewirbelt.« Erneut griff sie nach seiner Hand und streichelte ihn sanft. »Du hast viel geträumt in den vergangenen Tagen. Das war keine leichte Zeit für dich.«
»Dieser Unfall«, wiederholte er mit monotoner Stimme. »Was weißt du eigentlich darüber?«
»Nicht viel. Nur dass es dich ziemlich heftig erwischt haben muss. Die Polizei sagt, dass du einen Schutzengel gehabt haben musst. Du hättest auch tot sein können.«
»Das sagt tatsächlich die Polizei?« Tim blickte Mascha neugierig

an. »Wie genau ist es überhaupt zu diesem Unfall gekommen? Ich kann mich leider an nichts mehr erinnern. Nicht einmal mehr an die Gespräche mit den Polizisten in den vergangenen zwei Tagen.«

»Wir haben darüber gestern und vorgestern gesprochen«, entgegnete Mascha verwundert. »Ich habe hier gesessen und dieselben Gespräche schon einmal mit dir geführt.«

»Alles weg«, sagte Tim. »Sobald ich aus einer längeren Schlafphase aufwache, habe ich das Gefühl, jedes Mal wieder aufs Neue vor einer schwarzen Wand zu stehen. Die Erinnerungen an die letzten Tage sind einfach komplett weg. Mein Kopf ist so löchrig wie ein Schweizer Käse. Erzähl mir doch bitte noch einmal alles, was du über meinen Unfall weißt.«

»Man hat mir ein Foto deines Wagens gezeigt. Das Wrack sah wirklich schlimm aus. Wie gesagt, Genaues weiß ich auch nicht. Du musst dich überschlagen haben, der Wagen ist dann offenbar an einem Baum zerschellt. Es grenzt an ein Wunder, dass du keine wirklich ernsthaften Verletzungen davongetragen hast.«

»Ich hatte also einen Autounfall, verstehe ich das richtig?«

»Was denn sonst?« Mascha sah ihn verständnislos an. »Was soll diese Frage?«

»Zum Beispiel hätte ich überfallen und niedergeschlagen worden sein können.«

Sie schüttelte irritiert den Kopf. Dann zuckte sie resigniert mit den Schultern und erhob sich von der Bettkante. »Ich denke, es ist besser, wenn ich nach dem Arzt sehe.«

»Was ist mit dieser Hütte im Wald?«, sagte Tim plötzlich. »Ich habe dort schreckliche Dinge gesehen.«

»Ganz bestimmt«, antwortete Mascha beschwichtigend. Sie strich ihm über die Stirn und lächelte ihn an. »Leider kann ich dir dazu nichts sagen.«

»Da waren diese zwei Leichen«, fuhr Tim fort. Seine Stimme klang noch brüchig, aber überzeugend. »Ich bin mir sicher, den Mörder zu kennen. Und ich glaube auch, dass er es war, der mich niedergeschlagen hat. Das Ganze war kein Unfall.«

»Was redest du da bloß? Man hat dich schwer verletzt aus dem völlig zerstörten Wrack meines Wagens herausgezogen. Natürlich hattest du einen Unfall.«

»Wo soll denn dieser Unfall passiert sein?«

»Irgendwo in Ostholstein. Aber was spielt das auch für eine Rolle? Außer du erinnerst dich vielleicht, wohin du überhaupt unterwegs warst ...«

Mascha versuchte zu lächeln und nickte Tim aufmunternd zu. »Alles wird gut, du wirst dich schon bald wieder an alles erinnern können, da bin ich mir sicher. Ich gebe jetzt Dr. Richter Bescheid, er soll einen Blick auf dich werfen.«

»Wo ist mein Handy?«

»Dein Handy?« Mascha klang überrascht. »Ich habe keine Ahnung, wo es ist. Soll ich bei einem der Kommissare nachfragen? Wahrscheinlich haben sie es im Wrack des Wagens gefunden. Weshalb brauchst du es jetzt?«

»Kannst du dir das nicht denken? Ich würde mich gerne mit eigenen Augen davon überzeugen, dass wir beide nicht miteinander telefoniert haben, bevor es passiert ist.«

»Bevor was passiert ist?«

»Das, was ich erlebt habe«, antwortete Tim ungeduldig. »In diesem Wald. Das Kind, das aussah wie Ben. Der Jäger, der hinter den Nandus her war. Und dann die Hütte mit den beiden Leichen. Es war grauenhaft, das —«

»Tim, hör auf«, fiel ihm Mascha ins Wort. »Du machst mir wirklich Angst. Ich hole jetzt sofort Dr. Richter. Und dann rufe ich bei der Kripo an und frage, ob sie dein Handy gefunden haben.«

»Okay, danke«, sagte Tim leise. Erschöpft sank er in sein Kissen. Es dauerte nur wenige Sekunden, dann schloss er die Augen.

***

»Warum fixieren Sie mich?« Tims Stimme bebte. Die Morgensonne fiel durch die Lamellen des Rollos und traf für einen kurzen Moment seine Netzhaut, sodass er blinzeln musste.

»Sie reagieren sehr stark auf das Erlebte, vor allem im Schlaf«, antwortete Dr. Richter beruhigend. Er war ein groß gewachsener Mann in Tims Alter, der ihn mit seinen zum Seitenscheitel gekämmten schwarzen Haaren optisch an frühere Geschäftspartner aus Hamburg erinnerte. »Sie können von Glück sagen, dass Sie sich bei dem Unfall keine lebensbedrohlichen Verletzungen zugezogen haben. Die Folgen der Kopfverletzungen und des Schocks, den Sie erlitten haben, müssen wir allerdings noch näher untersuchen. Die Fixierung ist eine reine Vorsichtsmaßnahme.«

»Eine Vorsichtsmaßnahme?«, wiederholte Tim empört. »Haben Sie eigentlich eine Vorstellung, wie sich das anfühlt? An ein Krankenhausbett gefesselt zu sein und sich an nichts erinnern zu können, was in den vergangenen Tagen passiert ist? Mir geht es doch bereits viel besser, sagen Sie mir, wann ich mit meiner Entlassung rechnen kann.«

»Ich fürchte, da muss ich Sie wohl enttäuschen.« Richter machte eine ernste Miene und zog die Augenbrauen hoch. »Seit Ihrem Unfall sind gerade einmal sechs Tage vergangen. Sie haben ein mittelschweres Schleudertrauma, einen geprellten Brustkorb und Knochenbrüche an der linken Hand und der Nase. In derartigen Fällen verlassen unsere Patienten die Klinik in der Regel nicht vor dem zehnten Tag. Ein paar Tage müssen Sie es also noch hier aushalten.«

»Ich habe keinerlei Schmerzen mehr.«

»Natürlich nicht, schließlich bekommen Sie starke Medikamente. Seit gestern fahren wir jedoch die Dosis an Schmerzmitteln langsam zurück. Können Sie das spüren?«

Tim nickte. Die Wirkung der Medikamente ließ tatsächlich nach. Zum ersten Mal, seitdem er aus dem anfänglichen Koma aufgewacht war, hatte er heute Morgen das Gefühl gehabt, einen einigermaßen klaren Kopf zu haben. Die Schwere, die seinen Körper tagelang gelähmt hatte, war ein Stück gewichen – auch wenn er im Gegenzug die Schmerzen stärker spürte.

Das deutlichste Zeichen, dass er sich auf dem Weg der Besserung befand, war sein Kurzzeitgedächtnis, das allmählich wieder zu funktionieren schien. Endlich wusste er, was am Tag zuvor passiert war. Maschas Besuch und die wenigen Informationen, die sie ihm über seinen angeblichen Unfall gegeben hatte, waren seine frischesten Erinnerungen. Und gleichzeitig auch die für die letzten Tage einzigen gesicherten Informationen auf seiner Festplatte.

»Ich glaube, ich kann Ihnen erlauben, heute zum ersten Mal aufzustehen und ein paar Schritte zu gehen«, sagte Richter und unterbrach Tims Gedanken. »Versuchen Sie, sich im Bad etwas frisch zu machen. Wenn Sie keine starken Schmerzen haben und Sie sich sicher genug auf den Beinen fühlen, können Sie auch etwas auf dem Gang auf und ab laufen. Fragen Sie die Schwestern, sie werden Ihnen helfen.«

»Was ist mit der Polizei?«, fragte Tim plötzlich.

»Wie bitte?«

»Die Polizei«, wiederholte Tim. »Ich möchte endlich mit jemandem sprechen, der mir sagen kann, was passiert ist. Nicht mehr mit diesen Streifenpolizisten, die mir nicht weiterhelfen können oder wollen. Ich weiß nämlich leider noch immer nichts Genaues. Wie konnte es überhaupt zu diesem Unfall kommen? Mir ist das noch immer vollkommen unerklärlich.«

»Sie erinnern sich also an gar nichts?«

»Keine meiner Erinnerungen, die ich abrufen kann, hat mit einem Autounfall zu tun«, antwortete Tim. »Verstehen Sie, was ich meine?«

»Natürlich kann ich nachvollziehen, dass die Situation nicht leicht für Sie ist. Ein Schleudertrauma mit Gedächtnisverlust bedeutet für den Patienten immer auch große psychische Belastungen.«

»Was wissen Sie denn eigentlich über meinen Unfall?«

»Nicht genug«, sagte Richter achselzuckend. »Aber ich denke, dass Sie einen großen Schutzengel gehabt haben. Ich habe gestern kurz mit dem zuständigen Hauptkommissar gesprochen. Er sagte, dass der Aufprall so heftig gewesen ist, dass die Retter im ersten Moment das Allerschlimmste angenommen haben. Ich kann Sie aber beruhigen, er möchte so schnell wie möglich mit Ihnen sprechen.«

Tim musste an die Worte von Schwester Eva denken. Auch sie hatte erwähnt, dass die Polizei ihn vernehmen wollte. Was hatte das bloß zu bedeuten? Er war es doch, der nach Antworten suchte.

»Ich möchte noch heute mit diesem Kommissar reden«, sagte er mit fester Stimme. »Können Sie dafür sorgen?«

»Aus medizinischer Sicht würde ich davon abraten und noch ein bis zwei Tage warten.«

»War das ein Ja?«

Richter seufzte schwer und schüttelte den Kopf. Schweigend

machte er sich einige Notizen, dann steckte er sein Klemmbrett unter den Arm und verließ mit einem raschen Kopfnicken den Raum.

Knack.

Er fühlte sich regelrecht erleichtert, als plötzlich der Schmerz durch seinen Körper fuhr. Wie eine spitze Nadel, die langsam durch die Haut ins Fleisch drang. Noch war es ein angenehmer Schmerz, doch er ahnte, dass es nicht lange dauern würde, ehe er die Idee, aufzustehen, verfluchen würde.

Jeder Schritt war eine Überwindung. Unter seiner Schädeldecke hämmerte es in immer kürzeren Abständen. Wie ein brodelnder Kochtopf, dessen Deckel unruhig auf und ab sprang. Plötzlich spürte er auch seine geprellten Rippen. Die Schmerzen drückten auf seinen Brustkorb und nahmen ihm die Luft zum Atmen.

Knack.

Tim lehnte sich an die Wand des Krankenhausflurs und schloss für einen kurzen Moment die Augen. Als er merkte, dass ihm schwindelig wurde, riss er sie abrupt wieder auf und starrte auf den langen Gang, der vor ihm lag. Weit und breit war niemand zu sehen, weder Krankenhauspersonal noch Patienten. Er war weit genug gegangen und trotz der Schmerzen zufrieden, nach all den Tagen endlich wieder das Krankenhausbett verlassen zu haben. Wenn auch nur für ein paar Minuten.

Knack.

Gerade als er sich umdrehen wollte, um zurückzugehen, bemerkte er, dass sich zu seiner Linken eine Tür öffnete, die des Patientenzimmers direkt neben seinem. Ein Mann mittleren Alters trat ihm in gebückter Haltung entgegen. Er trug einen altmodischen Bademantel und ausgelatschte Pantoffeln. Im nächsten Moment hob der Mann seinen Kopf und blickte Tim aus funkelnden Augen an.

Tim erschrak derart heftig, dass er stolperte und sich nur mit Mühe auf den Beinen halten konnte. Der Mann, der keine zwei Meter von ihm entfernt stand, war zweifellos der wahnsinnige Jäger, dem er in diesem seltsamen Wald begegnet war. Der Mann, den er verdächtigte, zwei Menschen getötet und ihn selbst niedergeschlagen zu haben.

»So trifft man sich wieder.« Der Jäger grinste schräg, sodass Tim sofort wieder die Bilder ihres schmerzvollen Aufeinandertreffens im Wald vor Augen hatte. »Was ist denn mit Ihnen passiert? Weshalb sind Sie hier?«

»Soll das ein Scherz sein?«, platzte es aus Tim heraus. »Sie fragen mich ernsthaft, was mit mir passiert ist? Glauben Sie etwa, ich wüsste nicht, was in der Hütte geschehen ist? Ich habe es doch mit eigenen Augen gesehen.«

»Sie waren in der Hütte?« Der Blick des Mannes veränderte sich plötzlich. Skepsis und Unruhe mischten sich unter das Lächeln, das mit einem Mal gequält aussah.

»Hören Sie doch auf mit dieser Heuchelei.« Tim sprach so laut, dass seine Worte über den Gang hallten. »Das hier, das waren Sie.« Er drehte sich zur Seite und zeigte auf seinen bandagierten Hinterkopf. »Und die beiden Leichen, die ich gesehen habe, das waren auch Sie.«

»Seien Sie still«, zischte der Jäger. »Sie sollten so schnell wie möglich vergessen, dass Sie überhaupt dort gewesen sind. Sie haben dort nichts gesehen, verstanden?«

»Was sind Sie bloß für ein skrupelloses Schwein. Dieses Mal lasse ich Sie nicht davonkommen.« Tim humpelte einige Schritte auf den Mann zu und versuchte, ihn mit seinen Händen zu fassen zu bekommen. Vergeblich. Der Körper des Mannes entglitt ihm sofort.

»Wer zum Teufel sind Sie?«, schrie Tim. »Und was haben Sie hier zu suchen?«

»Sie haben mir einen Knochen übergebraten, falls Sie das vergessen haben sollten. Die Ärzte sagen, ich hätte großes Glück gehabt. Ein paar Millimeter weiter unterhalb und ich hätte tot sein können.«

»Sie sind doch auf *mich* losgegangen«, antwortete Tim fassungslos.

»Ach ja? Ich kann mich nur daran erinnern, dass Sie auf der Suche nach kleinen Jungs waren. Eigentlich sollte ich Sie anzeigen, Sie ekelhaftes Schwein.« Der Mann grinste wieder. Diesmal einen Augenblick zu lange.

Knack. Knack.

Seine Wut kehrte zurück und stieg impulsartig in ihm hoch. In diesem Moment spürte Tim die Schmerzen in Kopf und Brust nicht mehr. Er stürzte sich mit seinem ganzen Gewicht auf den Jäger und rang ihn zu Boden. Immer und immer wieder packte er den Mann am Hals und hämmerte dessen Kopf auf den harten Boden. Doch das Grinsen des Mannes wollte einfach nicht verschwinden. Er verzog nicht einmal im Ansatz vor Schmerz eine Miene, obwohl Tim längst außer Kontrolle geraten war und sich bereits eine kleine Blutlache unter dem Kopf des Jägers auf dem Linoleumboden gebildet hatte.

Tims Hände legten sich immer enger um den Hals des Mannes. Er war fest entschlossen, ihn in die ewigen Jagdgründe zu schicken.

»Sind Sie denn noch bei Sinnen?«, schrie jedoch im nächsten Moment jemand aufgebracht, packte ihn an der Schulter und zog ihn hoch. »Sie bringen ihn noch um.«

Tim gelang es nicht, sich umzudrehen. Ihm gelang es nicht einmal, zu antworten. Seine Lippen wollten sich nicht bewegen, er war mit einem Mal wie gelähmt. Gefangen in der Situation, nicht zu wissen, was mit ihm geschah. Im nächsten Moment explodierte sein Hinterkopf, schwarze Schatten erschienen vor seinen Augen. Er spürte nur noch, dass seine Beine nachgaben.

»Können Sie mich hören?«

Tim wusste nicht, was er antworten sollte. Er hörte die Stimme, verstand die Worte sogar. Trotzdem überkam ihn ein Gefühl der totalen Gleichgültigkeit. Nicht einmal die leichten Schläge in sein Gesicht störten ihn in diesem Augenblick. Das Letzte, das er wahrnahm, war das verängstigte Gesicht des Arztes, der ihn behandelte. Dann verlor er das Bewusstsein.

★★★

»Was ist passiert?«
»Es hat einen schlimmen Zwischenfall gegeben. Mehr darf ich leider nicht dazu sagen.« Schwester Eva vermied es, ihn anzusehen, während sie die Spritze aufzog.
»Hat es etwas mit mir zu tun?«
»Wie gesagt, ich darf nicht darüber reden«, antwortete Schwester Eva kurz angebunden.
»Aber Sie können mir doch wenigstens diese verdammten Fesseln

abnehmen«, drängte Tim. »Oder bin ich nun auch tagsüber schon eine Gefährdung?«

»Anweisung von ganz oben, es tut mir wirklich leid.« Die Schwester setzte die Spritze an und durchstach die Haut in seiner Armbeuge so schnell und geübt, dass Tim keinerlei Schmerz empfand.

»Ich würde gerne mit Dr. Richter sprechen«, sagte er, während er erfolglos versuchte, seine Handgelenke aus den Stoffschlaufen zu befreien.

»Sie müssen sich noch etwas gedulden, Dr. Richter hat momentan keine Zeit für Sie. Allerdings bekommen Sie gleich anderen Besuch.«

»Anderen Besuch?«, fragte Tim überrascht. »Von wem sprechen Sie?«

»Kriminalhauptkommissar Evers wartet vor der Tür, er will dringend mit Ihnen reden.«

»Das trifft sich gut«, sagte Tim. »Er muss mir nämlich noch so einiges erklären. Holen Sie ihn bitte rein.«

»Sie haben wirklich überhaupt keine Ahnung, was gestern Abend passiert ist, oder?«

»Ich habe keinen Schimmer«, antwortete Tim ehrlich. »Sagen Sie es mir doch einfach.«

»Tut mir leid.« Schwester Eva wandte sich ab und verließ das Krankenzimmer ohne jede weitere Erklärung.

Es vergingen mehrere Minuten, ehe sich die Tür erneut öffnete und ein mürrisch dreinschauender Mann Anfang fünfzig hereinkam. Sein Blick ließ vermuten, dass seine Laune alles andere als gut war.

»Kriminalhauptkommissar Frank Evers«, stellte der Mann sich knapp vor.

»Gut, dass Sie da sind«, sagte Tim statt einer Begrüßung. »Vielleicht können Sie ja dafür sorgen, dass mir diese Fesseln abgenommen werden?«

»Mit Sicherheit nicht«, antwortete der Kommissar kühl.

»Wie darf ich das verstehen?«, fragte Tim überrascht. »Allmählich glaube ich, dass hier eine dumme Verwechslung vorliegt. Immerhin bin ich das Opfer.«

»Genau darüber müssen wir dringend sprechen«, sagte Evers.

»Das, was gestern Abend geschehen ist, ist eine ernste Sache. Wenn die Pfleger und Dr. Richter nicht rechtzeitig eingegriffen hätten, würden wir uns heute wohl nicht hier, sondern direkt in der Untersuchungshaft treffen. Falls Sie verstehen, was ich meine?« Evers hielt kurz inne, ehe er wieder ansetzte. »Ach nein, Sie haben ja das Glück, immer alles sofort wieder zu vergessen.«

»Was soll das werden?«, fragte Tim skeptisch. »Ich habe überhaupt keine Ahnung, wovon Sie hier eigentlich sprechen.«

»Ach nein?«, fragte Evers. »Sie wissen nichts davon, dass Sie beinahe einen Patienten aus dem benachbarten Zimmer umgebracht haben? Wie praktisch. Sehr bedauerlich, dass Sie dabei erwischt worden sind. Ihre angebliche Amnesie wird Ihnen allerdings nichts nützen: In Kürze wird die Staatsanwaltschaft Anklage wegen versuchtem Totschlag gegen Sie vorbereiten.«

»Das kann doch nicht sein«, stammelte Tim. »Sehen Sie denn nicht, dass ich hier ans Bett gefesselt bin?«

»Hören Sie auf damit, das ist erbärmlich. Sie wissen ganz genau, dass Ihnen die Fesseln erst nach dem Vorfall angelegt wurden.«

»Aber weshalb sollte ich hier in diesem Krankenhaus auf jemanden losgehen?«

»Das würde ich gerne von Ihnen wissen«, antwortete Evers. »In welchem Verhältnis stehen Sie zu dem Mann, den Sie angegriffen haben?«

»Ich weiß leider nicht, von wem Sie reden«, antwortete Tim niedergeschlagen. »Der Abend und die Nacht, das alles ist ein einziges schwarzes Loch in meinem Kopf. Tut mir furchtbar leid.«

»Verdammt noch mal, Sie sind wie ein Wahnsinniger auf Ihren Zimmernachbarn losgegangen und haben ihn beinahe zu Tode gewürgt«, erklärte Evers aufgebracht. »Und das trotz all Ihrer Verletzungen. Sie waren offenbar vollkommen neben der Spur, wie unter Drogen. So wie Sie sich verhalten haben, glauben die herbeigeeilten Pfleger, dass Sie den Mann kennen. Einiges deutet darauf hin, dass es wohl um eine ältere Angelegenheit ging.«

»Wie heißt der Mann denn?«, fragte Tim abwesend. Er war vollkommen geschockt von dem, was Kommissar Evers ihm erzählte.

»Cay-Uwe Dietersen.«

»Nie gehört, das müssen Sie mir glauben.«
»Warten Sie, ich zeige Ihnen ein Bild von ihm.« Evers fingerte ein Foto aus seiner Hosentasche und hielt es Tim unter die Nase. Augenblicklich stockte Tims Atem. Sein Puls schnellte binnen weniger Sekunden in die Höhe. Er zitterte am ganzen Körper. Er war sich sicher, den Mann auf dem Foto nicht zu kennen. Und dennoch hatte er sofort eine Ahnung, was gestern Abend mit ihm passiert war. Es war dieser Blick, die grün funkelnden Augen, die ihn an die Ereignisse aus dem Wald erinnerten. An den Jäger, diesen verrückten Waidmann mit dem Gewehr in seiner Hand. Die beiden hatten große Ähnlichkeit miteinander.

»Kommt die Erinnerung wieder zurück?«, fragte Kommissar Evers.

»Ich weiß nicht«, antwortete Tim unsicher. »Was habe ich denn bloß getan?«

»Sie sind eine Gefahr für die Allgemeinheit«, sagte Evers ruhig. »Ich sage Ihnen, was Sie getan haben: Sie wollten diesen Mann töten. Ganz einfach. Dass Sie sich nicht mehr erinnern können, macht die Sache nur noch schlimmer.«

»Kann ich zu ihm?«

»Sie haben wirklich einen schrägen Humor.«

»Das ist mein Ernst. Ich möchte mich bei dem Mann für mein Verhalten entschuldigen.«

»Für Ihr Verhalten?«, fragte Evers kopfschüttelnd. »Verdammt noch mal, haben Sie eigentlich nicht verstanden, was ich Ihnen gerade gesagt habe? Sie haben den Patienten um ein Haar getötet, er liegt auf der Intensivstation. Denken Sie allen Ernstes, dass wir Sie noch einmal zu ihm lassen? Was Sie angeht, sieht es danach aus, dass Sie so schnell wie möglich in eine psychiatrische Klinik verlegt werden.«

»Wie bitte?« Tim spürte sofort, wie die Panik in ihm aufstieg. Düstere Erinnerungen an die Vergangenheit kämpften sich an die Oberfläche. »Tun Sie mir das nicht an«, flehte er.

»Bis die Anklageschrift steht, können noch ein paar Tage vergehen«, sagte Evers. »So lange können Sie hier jedoch nicht bleiben.«

»Aber ich bin nicht verrückt«, sagte Tim mit schwacher Stimme. »Das müssen Sie mir glauben.«

»Ich weiß, wer Sie sind. Und natürlich tut es mir in gewisser Hinsicht leid, was Sie mitgemacht haben. Ich habe selbst zwei Kinder.«

»Sparen Sie sich das«, brach es plötzlich aus Tim heraus. »Sie haben nicht den Hauch einer Ahnung, wie es mir ergangen ist. Ich habe keine Lust mehr auf irgendwelche Kliniken und Ärzte, die meinen, mich mit Psychopharmaka vollstopfen zu müssen. Ich wollte schon seit Tagen mit Ihnen reden. Es geht um meinen Unfall. Ich muss endlich wissen, was passiert ist. Alle sagen mir, ich hätte einen Verkehrsunfall gehabt, aber ich kann mich an absolut nichts erinnern, was mit einem Unfall zu tun hätte. In meinem Kopf sind ganz andere Bilder.«

»Merken Sie denn nicht selbst, wie wirr das klingt, was Sie da erzählen! Wenn Sie sich an nichts erinnern können, dann sorgt das nicht unbedingt für Ihre Glaubwürdigkeit.« Evers hielt inne und fasste sich nachdenklich ans Kinn. »Obwohl ich beim besten Willen keine Lust mehr verspüre, Ihnen noch länger zuzuhören, interessiert es mich dennoch, welche Bilder Sie in Ihrem Kopf haben.«

Tim musterte den Kommissar. Er spürte, dass es seinem Gegenüber egal war, was er sagen würde. Evers ging es einzig und allein darum, noch mehr Argumente zu sammeln, die beweisen sollten, dass er durchgedreht war. Dass er ein psychopathischer Wahnsinniger war, der dringend in eine geschlossene Anstalt gehörte. Trotzdem entschloss er sich dazu, dem Kommissar die ganze Geschichte zu erzählen. Vom Anruf Maschas, während er auf der A 1 unterwegs gewesen war. Von der unheimlichen Beobachtung auf dem Autobahnparkplatz. Dem furchteinflößenden Jäger, den er niedergeschlagen hatte. Dem mysteriösen Jungen, der ihn so sehr an Ben erinnert hatte. Und schließlich auch von der Hütte auf der Lichtung. Dem Ort, an dem er die zwei Leichen entdeckt hatte. Dort, wo er selbst niedergeschlagen geworden war.

Als er fertig war, sah er den Kommissar wieder an. Er hoffte auf eine Reaktion, irgendein Zeichen, dass er ihm glaubte. Oder zumindest die Gewissheit, dass er ihm zugehört hatte, ohne ihn von vornherein für verrückt zu erklären. Doch die Miene des Kommissars blieb ausdruckslos. Für einige Sekunden herrschte eine bedrückende Stille im Raum. Stille, die Tim in diesem Augenblick nicht ertragen konnte.

»Was sagen Sie dazu?«, fragte er.

»Es klingt so wie das, was es war.«

»Ich verstehe nicht.«

»Sie hatten nach Ihrem Unfall wahrscheinlich schlimme Alpträume«, sagte Evers. »Es tut mir leid, Ihnen das sagen zu müssen, aber es gibt diesen Wald nicht. Und auch keinen Jäger, keinen Jungen, der aussieht wie Ihr Sohn, und keine Hütte mit zwei Leichen. Sie haben sich das alles lediglich eingebildet.«

»Es fühlte sich so echt an«, sagte Tim leise. Obwohl sich in ihm noch immer etwas sträubte, zu glauben, dass nichts von dem, was er in diesem Wald erlebt hatte, real gewesen war, musste er die Worte des Kommissars wohl akzeptieren.

»Erzählen Sie mir bitte, wie es zu diesem Unfall gekommen ist. Ich habe nicht den blassesten Schimmer, wie und wo es passiert ist. Geschweige denn, ob ich den Unfall selbst verursacht habe.«

»Ich bin mir noch immer nicht sicher, ob ich Ihnen wirklich glauben soll«, entgegnete Evers. »Die Ärzte schließen nämlich nicht aus, dass Ihre Erinnerungslücken gar nicht existieren.«

»Was soll das heißen?«

»Könnte es nicht auch sein, dass Sie uns das alles nur vorspielen? Vielleicht wollen Sie auf diese Weise aus der ganzen Nummer herauskommen.«

»Aus welcher Nummer denn? Verdammt, sagen Sie mir jetzt endlich, was passiert ist. Weshalb liege ich hier? Was hat es mit diesem Unfall auf sich?«

»Sie wissen hoffentlich, dass Sie nicht im Besitz einer Fahrerlaubnis sind?« Kommissar Evers kam noch ein Stück näher an Tims Bett heran und fixierte ihn. »Man hat Ihnen den Führerschein damals abgenommen. Unter gewissen Umständen hätten Sie ihn vielleicht mittlerweile sogar wiederbekommen, aber soviel ich weiß, haben Sie nichts dergleichen unternommen. Stattdessen haben Sie nicht einmal aus dem Tod Ihres eigenen Sohnes etwas gelernt und erneut mit betrunkenem Kopf einen Unfall gebaut.«

»Was?«, fragte Tim entgeistert.

»Wir haben gestern Nachmittag den Bericht des Krankenhauses

mit der Analyse Ihrer Blutwerte bekommen. Offenbar hatten Sie zum Zeitpunkt des Unfalls einen Promillewert von eins Komma sechs.«

»Aber das kann doch nicht sein«, sagte Tim kopfschüttelnd. »Ich habe seit Wochen keinen Alkohol getrunken.«

»Erzählen Sie mir jetzt bitte nicht, dass Sie sich plötzlich wieder erinnern können.«

»Hören Sie, ich gebe zu, dass ich mich tatsächlich seit einigen Monaten häufiger wieder ans Steuer des Autos meiner Lebensgefährtin gesetzt habe. Aber Alkohol rühre ich schon lange nicht mehr an.«

»Ich wüsste nicht, warum wir die Ergebnisse des Labors anzweifeln sollten«, sagte Evers ruhig. »Es dürfte auch schwierig für Sie werden, etwas Gegenteiliges zu beweisen. Ich rate Ihnen, sich so schnell wie möglich anwaltlich vertreten zu lassen.«

»Dieser Unfall«, sagte Tim leise und ignorierte den Einwurf des Kommissars. »Wie genau ist es denn nun eigentlich dazu gekommen?«

»Sie waren auf der L 181 zwischen Ratekau und Timmendorfer Strand unterwegs. Unseren Erkenntnissen nach waren Sie viel zu schnell. Sie dürften um die hundertdreißig Stundenkilometer gefahren sein. Der Alkohol und vielleicht auch die blendende Sonne dürften wohl dafür verantwortlich gewesen sein, dass Sie die Kontrolle über den Golf verloren haben. Möglich ist auch, dass Sie versucht haben, ein anderes Auto zu überholen. Auf jeden Fall ist Ihr Wagen von der Straße abgekommen und hat sich dann überschlagen, bevor Sie vor einem Baum gelandet sind. Sie hatten wahrlich einen Schutzengel.«

»Habe ich jemand anderen bei dem Unfall verletzt?«, fragte Tim unsicher.

»Das wissen wir noch nicht.«

»Wieso denn nicht?«

»Wir prüfen noch, ob Sie allein in dem Wagen gesessen haben. Es gibt Hinweise, die vermuten lassen, dass dies nicht der Fall war.«

»Das kann doch nicht sein«, sagte Tim vollkommen verunsichert. »Ich war allein unterwegs und habe mit Mascha telefoniert. Und dann bin ich irgendwann auf diesen Autobahnparkplatz abgebogen. Wen soll ich denn bitte bei mir gehabt haben? Das ist doch absurd. Ich weiß nicht einmal, wie dieser Unfall zustande gekommen ist.«

»Es wurden Blutspuren im Wagen gefunden, die nicht Ihnen zuzuordnen sind. Es kann selbstverständlich verschiedene Erklärungen dafür geben, aber klar ist, dass die Spuren frisch waren.«

Tim schüttelte gedankenverloren den Kopf. Nichts von all dem, was ihm Kommissar Evers erzählte, schien ihm vorstellbar. War es tatsächlich möglich, dass er sich an keine Sekunde dieses Unfalls erinnern konnte? Dass er sich alles, was er glaubte, stattdessen erlebt zu haben, nur eingebildet hatte?

»Wie viel Zeit bleibt mir noch?«, fragte er nach einigen Sekunden des Schweigens.

»Ich kann dafür sorgen, dass Sie erst in ein, zwei Tagen verlegt werden«, antwortete Evers. »Nehmen Sie Abschied. Was auf Sie zukommt, wird womöglich schlimmer werden als alles, was war.«

»Danke.« Tim nickte, obwohl ihm mulmig zumute war.

»Glauben Sie bloß nicht, dass ich das für Sie mache«, sagte Evers. »Ich habe allerdings selbst einen kleinen Sohn, und vielleicht ist das der Grund, dass ich ein Minimum an Verständnis für Ihre Trauer aufbringe. Obwohl ich es abscheulich finde, was Sie getan haben. Sie haben es verdient, bestraft zu werden.«

»Ich habe das Leben meines Sohnes auf dem Gewissen, das ist die größte Strafe, die mir widerfahren konnte.« Tim klang plötzlich gefasst, als habe er sich mit seinem Schicksal abgefunden. »Alles, was jetzt noch kommt, wird mich nicht mehr schockieren können. Und wenn man meint, mich in eine Psychiatrie stecken zu müssen, dann ist das eben so. Vielleicht gehöre ich tatsächlich dorthin.« Tim wandte seinen Blick von Kommissar Evers ab. »Lassen Sie mich jetzt bitte allein.«

Evers entfernte sich von Tims Bett und ging in Richtung Zimmertür.

»Eine Frage noch«, sagte Tim plötzlich. »Meine Lebensgefährtin Mascha ... sie wollte sich bei Ihnen melden. Wissen Sie etwas darüber?«

»Ist mir nicht bekannt«, antwortete Evers. »Was wollte sie denn?«

»Ich hatte sie gebeten, Sie zu fragen, ob im Wrack des Wagens mein Handy gefunden wurde.«

»Ihr Handy?«

»Haben Sie es?«

»Nein.«

»Ich muss es dabeigehabt haben«, sagte Tim. »Wenn Sie es finden, könnte ich beweisen, dass ich mit Mascha telefoniert habe. Obwohl sie sich auch nicht ...« Tim brach ab. Er wollte nicht verraten, dass Mascha behauptete, ihn nicht angerufen zu haben.

»Tut mir leid, aber mir ist nichts von einem gefundenen Handy bekannt.« Evers wandte sich endgültig ab und verließ das Zimmer.

Tim war wieder allein. Unfähig, zu verstehen, was er gerade gehört hatte. Unfähig, sich zu bewegen, noch immer gefesselt an ein Krankenhausbett, weil er längst die Kontrolle über sich verloren hatte und die Ärzte glaubten, er stelle eine Gefahr für sich und die Allgemeinheit dar.

Wie war es bloß möglich, dass er so viel Alkohol im Blut gehabt hatte? Dass er offenbar viel zu schnell unterwegs gewesen war und sich der Golf überschlagen hatte? Und was um alles in der Welt hatte es mit diesen Blutspuren auf sich, von denen Kommissar Evers gesprochen hatte?

Tim stöhnte, während sein leerer Blick an die kahle Krankenhausdecke fiel. Er fühlte sich in diesem Moment unendlich allein.

★★★

Sie war nicht gekommen.

Den ganzen Tag lang hatte Tim auf sie gewartet. Er hatte auf die Tür gestarrt und jeden Moment damit gerechnet, dass sie sich öffnete und Mascha hereintrat. Doch außer der Visite am späten Morgen, die heute ungewohnt kurz und wortlos verlaufen war, hatte sich niemand blicken lassen.

Tim hatte sehnsüchtig auf ihren Besuch gehofft. Nein, wenn er ehrlich zu sich war, hatte er sogar erwartet, dass sie vorbeikommen würde. An seinem vielleicht letzten Tag, bevor sie ihn zurück in die Psychiatrie brachten. Damals, nachdem er aus dem Gefängnis entlassen worden war, hatten sie ihn schon einmal eingeliefert. Nur für ein paar Monate, aber diese Zeit würde er nie vergessen. Die Erlebnisse dort waren noch einschneidender als der Knast gewesen.

Die seltenen klaren Momente, in denen er damals realisieren konnte, dass er den Verstand verloren hatte, waren schlimmer gewesen als die Gewissheit, eingesperrt zu sein. Tür an Tür neben Menschen zu leben, die keinen klaren Satz mehr herausbrachten und stattdessen fremde Stimmen hörten, die vollgepumpt mit Psychopharmaka waren und körperlich und seelisch irreparabel zerstört, all das hatte er bereits kennengelernt. Und jetzt würden diese weißen Wände, die lang gestreckten Gänge mit den unzähligen nur von außen abschließbaren Türen und dieser Haufen Verrückter erneut auf ihn warten.

Dieses Mal womöglich sogar auf unbestimmte Zeit. Weil seine Psychosen zurückgekommen waren. Weil nichts von dem, was er glaubte, erlebt zu haben, tatsächlich der Realität entsprach. Und weil er in einem schweren Wahnzustand einen Patienten im Nachbarzimmer attackiert und um ein Haar umgebracht hatte. Einen Mann, von dem er offenbar geglaubt hatte, es handele sich um den angsteinflößenden Jäger aus seinen Alpträumen.

Ein Geräusch unterbrach seine Gedanken. Die Türklinke bewegte sich. Mascha kommt doch noch, schoss es ihm durch den Kopf. Die Enttäuschung, als im nächsten Moment Schwester Eva die Tür öffnete und hereintrat, war groß.

»Sie?«

»Es ist halb neun, wen haben Sie denn um diese Uhrzeit noch erwartet?« Schwester Eva blickte ihn mit zusammengekniffenen Augen an.

»Niemanden, schon gut.«

»Ich habe gehört, dass Sie bereits morgen früh verlegt werden sollen. Um zehn Uhr kommt der Krankentransport, der Sie ins Klinikum in Heiligenhafen fahren wird.«

»Ins Klinikum?«, fragte Tim lächelnd. »Das ist nett gemeint. Aber ich weiß, dass man mich zurück in die Klapse stecken will. Ich bin nun mal verrückt und eine Gefahr für die Allgemeinheit.«

»Was Sie getan haben, war schlimm«, sagte Schwester Eva nüchtern. »Ich kenne den Patienten, er liegt noch immer auf der Intensivstation. Noch ist er nicht über den Berg.«

»Sie müssen mir glauben, dass ich keine Ahnung habe, wie es dazu kommen konnte. Ich kenne den Mann ja nicht einmal. Mir tut das Ganze einfach nur schrecklich leid. Ich bin niemand, der einfach so auf Leute losgeht.«

»Dann hatten Sie also einen Grund?«
»Ja ...« Tim stockte. »Ich meine, nein. Wie soll ich das sagen? Irgendetwas muss mich offenbar veranlasst haben, diesen Mann anzugreifen. Ich schaffe es aber leider nicht, meine Erinnerungen sinnvoll aneinanderzureihen.«
»Und genau deshalb ist es auch besser, wenn Sie uns verlassen. In Heiligenhafen wird man Ihnen helfen können, Ihre Krankheit zu behandeln und Ihre Erinnerungen zurückzuholen.«
»Nein, das ist ein Irrglaube«, sagte Tim leise. »Ich fürchte, dass mir niemand mehr helfen kann. Nach all dem, was ich erlebt habe, ist hier obendrin wohl einiges für immer kaputtgegangen.« Er versuchte zu lächeln, scheiterte jedoch kläglich. Stattdessen liefen ihm plötzlich Tränen über die Wangen. »Können Sie mich losmachen?«, fragte er nach einer Weile.
»Das darf ich nicht«, antwortete Schwester Eva entschieden. »Davon abgesehen glaube ich auch nicht, dass das vernünftig wäre. Was ist, wenn es wieder passiert?«
»Es wird nicht wieder passieren, mir geht es bereits viel besser. Das merken Sie doch.«
»Tut mir leid. Ich kann nichts für Sie tun.« Schwester Eva zuckte unbeeindruckt mit den Schultern.
»Was muss ich machen, damit Sie mir helfen?«
»Vergessen Sie es. Ich werde Ihnen jetzt Ihre Medikamente geben. Dazu werde ich nur die Schlaufe am Arm lockern, und dann schlafen Sie. Morgen früh müssen Sie ausgeschlafen sein. Die Verlegung nach Heiligenhafen wird anstrengend für Sie werden.«
»Natürlich.« Tim wandte sich frustriert von Schwester Eva ab und wartete darauf, dass sie seinen Arm aus der Schlaufe löste, um ihm die nächste Spritze hineinzujagen. Die Tabletten, die er in den ersten Tagen bekommen hatte, reichten offenbar längst nicht mehr aus, um ihn zu stabilisieren. Seit seinem Angriff auf den Patienten aus dem Nachbarzimmer bekam er mehrfach am Tag eine Spritze in die Armbeuge gesetzt.
Schwester Eva griff nach seinem Arm und hob ihn ein Stück weit an. Mit ihrer linken Hand lockerte sie die Schlaufe der Fessel. Dann zog sie die Spritze auf und setzte sie an.
Tims Entscheidung, etwas gegen sein Schicksal zu unternehmen,

fiel innerhalb weniger Augenblicke. Spontan und vollkommen ahnungslos, wie er es überhaupt anstellen wollte. Sein Arm schnellte hoch und packte Schwester Eva am Hals. Ohne zu zögern drückte er zu. Dabei schloss er die Augen.

Die Sekunden vergingen und kamen ihm vor wie Minuten. Alles, was sie hervorbrachte, war ein Röcheln, das jedoch immer schwächer wurde. Tim drückte fester und fester zu, noch immer traute er sich jedoch nicht, hinzusehen.

Mit einem Mal war das Röcheln kaum mehr zu hören, und Tim überfiel ein Gefühl der Panik. Er ließ von ihr ab und riss die Augen auf. Ihr Gesicht war bereits blau angelaufen, die Augäpfel traten leicht hervor. Im nächsten Moment sank sie an der Bettkante herunter auf den Boden.

Tim richtete sich unter großen Schmerzen in der Brust auf und lockerte hastig die Fessel um seinen linken Arm. Dann stieg er aus dem Bett, griff Schwester Eva unter die Arme und wuchtete sie hoch. Vorsichtig legte er sie aufs Bett. Jede seiner Bewegungen wurde von einem heftigen Schmerz, der durch seinen Oberkörper fuhr, begleitet. Er fühlte nach ihrem Puls und atmete tief durch. Er schlug. Zwar schwach und unregelmäßig, aber er war da.

Es vergingen noch einige Sekunden, ehe sich auch ihre Gesichtsfarbe langsam wieder normalisierte. In ihrer Halsfalte konnte Tim allerdings die Würgemale erkennen, die er ihr zugefügt hatte. Erschrocken über sich selbst wich er ein Stück zurück. Dann sah er, dass sie mit ihrer rechten Hand noch immer die Spritze umklammerte.

»Her damit«, sagte er kurzatmig und griff nach der Spritze. Das Hochwuchten der Frau hatte ihn angestrengt, der geprellte Brustkorb ächzte vor Schmerzen.

Für einen kurzen Augenblick berührten sich ihre Hände. Tim spürte, dass die Kräfte von Schwester Eva allmählich zurückkamen. Sie hielt dagegen, während er an der Spritze zog.

»Damit kommen Sie nicht durch«, röchelte sie. »Ihr Zimmer wird von außen bewacht.«

»Sie hätten mir helfen können«, entgegnete Tim mit ruhiger Stimme. Er mühte sich wieder hinauf aufs Bett, setzte sich auf Schwester Evas Beine und stemmte sich mit dem Oberkörper auf ihre Arme. Dann fixierte er sie. »Was wäre denn so schlimm daran gewesen, wenn Sie mich einfach losgemacht hätten? Niemand hätte Sie verdächtigt.«

»Was haben Sie vor?« Sie zitterte, in ihren Augen erkannte Tim Angst.

»Keine Ahnung«, antwortete er. »Wahrscheinlich meine Unschuld beweisen.«

»Was meinen Sie?«, brachte Schwester Eva mühsam hervor.

»Wie gut kennen Sie eigentlich Dr. Richter?«

Schwester Eva sah ihn fragend an.

»Auf wessen Seite steht er?«

»Was zum Teufel reden Sie denn da?«

»Der Mann, den ich gestern Abend angegriffen habe«, redete Tim unbeeindruckt weiter. »Weshalb ist er hier? Sagen Sie es mir.«

»Keine Ahnung.« Schwester Eva räusperte sich. Langsam kam ihre Stimme zurück. »Wieso interessiert Sie das? Ich denke, Sie kennen den Mann nicht.«

»Sein Name ist Cay-Uwe Dietersen. Der Kommissar hat es mir gesagt.«

Schwester Eva zuckte mit den Schultern.

»Sagen Sie mir, was mit ihm passiert ist. Weshalb wird er hier behandelt?« Tims rechte Hand legte sich erneut um ihren Hals und drückte leicht zu. »Reden Sie! Was wissen Sie über den Mann?«

»Ich kann Ihnen nichts Genaues sagen«, keuchte Schwester Eva. »Er kam vor ein paar Tagen hier an, mit einer Kopfverletzung. Ich glaube, der Mann ist Jäger. Da passieren solche Unfälle im Wald schon mal.«

Tims Mundwinkel zuckten. Er wusste nicht, ob er lachen oder schreien sollte. Doch bevor er sich darüber Gedanken machte, ob das, was Schwester Eva gerade gesagt hatte, nur seinem Wahnsinn entsprungen war, riss er ihr endgültig die Spritze aus der Hand und rammte sie mit voller Wucht in ihren Bauch.

EINEINHALB JAHRE ZUVOR

Heute ist sein letzter Tag. Tim sitzt auf einem Stuhl im Fernsehraum und starrt auf den flimmernden Bildschirm des alten Röhrenfernsehers. Wie jeden Tag werden Tierdokumentationen gezeigt, das scheint Teil des Therapieprogramms zu sein.

Um ihn herum die leeren Blicke der anderen Menschen, mit denen er die vergangenen sechs Monate verbracht hat. Sie müssen noch bleiben. Vielleicht sogar für immer. Obwohl einige von ihnen schlimme Dinge getan haben und er ihnen draußen nicht über den Weg laufen will, empfindet er in diesem Moment tatsächlich so etwas wie Mitleid für sie.

Links von ihm sitzt Arne, den alle nur »Kante« nennen. Er steht auf und fingert aus seiner Hosentasche eine Packung Tabak hervor. Den billigen aus dem Discounter. Eigentlich ist das Rauchen schon seit Jahren hier verboten, doch niemand hält sich daran. Der Fernsehraum ist voll von Patienten, die sich hier zum Rauchen treffen.

»Dreh mir eine, Arne«, sagt Tim, ohne den kräftigen Mann, der noch keine dreißig ist, anzublicken. »Wahrscheinlich ist es unsere letzte gemeinsame Zigarette.«

»Hast du es endlich geschafft?«, fragt Arne emotionslos. »Was muss man machen, um hier rauszukommen? Oder denkst du nur, du bist was Besseres?«

»Schwachsinn«, antwortet Tim ungerührt. »Im Gegensatz zu euch anderen weiß ich nun mal, worauf es ankommt.«

»Ach ja, und worauf bitte schön? Los, sag schon, wem hast du hier deine Kohle zugeschoben? Oder hast du etwa die Frau Doktorin flachgelegt?«

»Dreh mir zuerst 'ne Kippe, dann erzähle ich dir, worauf es ankommt.«

»Arschloch«, murmelt Arne. Er greift in die Packung Tabak und stopft ihn mit geübten Fingern in das dünne Papierblättchen, das er in der linken Hand hält. Mit wenigen Handgriffen ist die Zigarette gerollt und angezündet. Tim nimmt einen kräftigen Zug und hustet den heißen Rauch genüsslich aus.

»Ich komme raus, weil ich nicht mitgespielt habe«, sagt er nach einer Weile des Schweigens. »Ich wollte nicht so werden wie ihr. Den ganzen Scheiß in mich hineinfressen und diesem verfluchten Mist hier gnadenlos ausgesetzt sein.«

»Was willst du damit sagen?«

»Ich glaube, du hast genau verstanden, was ich dir sagen will«, antwortet Tim. »Oder denkst du etwa, ich würde nicht sehen, wie sie dich und die anderen hier zerstören.«

»Hör nicht auf ihn. Ihm haben sie mehr gegeben als uns anderen zusammen.«

Tim blickt den aufgedunsenen Mann an, der in der Tür steht und provozierend grinst. Er heißt Jens und ist der Wortführer der anderen. Jemand, mit dem Tim schon das eine oder andere Mal aneinandergeraten ist. Er hat keine Angst vor ihm, aber etwas mulmig ist ihm durchaus bei dem Gedanken daran, weshalb Jens bereits seit Jahren hier ist und wahrscheinlich niemals rauskommen wird. Jens hat seine Eltern umgebracht. Erstochen, angeblich weil sie ihn als Kind wie einen Sklaven gehalten haben. Es kursieren viele Gerüchte, Jens selbst spricht nicht darüber. Es heißt, er leide – resultierend aus seiner Kindheit – unter tiefen traumatischen Störungen, die sich in Form von schweren Psychosen bei ihm äußerten. Aggressives Verhalten wechselt mit schweren depressiven, oftmals suizidalen Phasen. Doch in diesem Moment wirkt Jens sehr beherrscht.

»Uns beide unterscheidet etwas«, sagt Tim. Er steht auf und fixiert Jens. »Du weißt, was ich meine.«

»Wenn du denkst, du hast hier von uns allen Respekt verdient, weil du morgen gehen kannst, muss ich dich leider enttäuschen. Nicht du.«

»Im Gegensatz zu dir habe ich niemanden ermordet«, sagt Tim. Er fühlt sich stark in diesem Moment. Glaubt, dass er die richtigen Argumente hat. »Der Tod meines Sohnes war ein tragischer Unfall.«

»Du warst besoffen und musstest in den Bau dafür«, wirft Arne ein. »Im Endeffekt bist du genauso ein Mörder wie Jens. Ich sehe da keinen Unterschied.«

»Halt deinen verdammten Mund«, bricht es aus Tim hervor. »Keiner hier weiß, was mit mir passiert ist. Und niemand hat das Recht, über mich zu urteilen, verstanden?«

»Ach, aber du darfst über andere urteilen, ja?« Jens geht auf Tim zu und stellt sich so dicht vor ihn, dass sich ihre Nasenspitzen beinahe berühren. Tim bemerkt den kalten Schweiß auf Jens' Stirn. Seine Pupillen sind noch weiter als sonst. Er weiß sofort, was das zu bedeuten hat – Jens ist noch immer falsch eingestellt. Seine Medikation will einfach nicht gelingen. Die Ärzte schaffen es seit Monaten nicht, diesem Irren die richtige Dosierung zu verpassen. Von Woche zu Woche pumpen sie ihn mit immer mehr Haloperidol und diesem ganzen anderen Giftzeug voll. Ohne den geringsten Erfolg. Wahrscheinlich ist diesem Mann ohnehin nicht mehr zu helfen. Er ist unheilbar krank.

Nun frisst sich plötzlich doch die Angst durch seinen Körper. Tim bereut, dass er sich auf dieses Gespräch eingelassen hat. Schon morgen kann er gehen und die Zeit mit all diesen Verrückten endlich hinter sich lassen. Weshalb sollte er sich also mit diesem unkontrollierbaren Mörder anlegen?

»Lass gut sein, Jens«, sagt er beschwichtigend. »Ich hab's nicht so gemeint.«

»Du hast es nicht so gemeint? Wie hast du es denn bitte schön gemeint?«

»Ich wollte einfach nur sagen, dass ich eine etwas andere Vorgeschichte habe als du. Zum Beispiel deine Eltern ...« Tim sucht nach den richtigen Worten. »Ich gehe davon aus, dass du sie gehasst hast.«

»Das habe ich. Leider.«

»Jeder, der so etwas wie du erlebt hat, würde seine Eltern hassen. Weshalb ›leider‹?«

»Weil ich immer gehofft habe, dass sich mein Hass auf sie irgendwann legt. Dass sie mir vielleicht sogar gleichgültig werden. Hätte mir einiges erspart, wenn ich sie nicht umgelegt hätte. Aber obwohl die beiden seit fast zwanzig Jahren tot sind, hasse ich sie noch immer.«

Tim nickt, obwohl er sich nicht ganz sicher ist, worauf Jens hinauswill. Die Angst vor dem Mann, dessen unförmiger Körper einen chronisch kranken Eindruck macht, verzieht sich allmählich wieder. Es scheint, als wäre Jens nicht auf eine körperliche Auseinandersetzung aus.

»Ehrlich gesagt, glaube ich nicht, dass du verstehst, was ich erlebt habe«, sagt Jens plötzlich. »Du hast nicht einmal Ahnung von alldem hier. Du weißt nämlich noch nicht, was mit dir passieren wird, wenn du erst mal hier raus bist.«

»Möglich.«

»Soll ich dir verraten, was geschehen wird?«

»Du willst es offenbar loswerden«, antwortet Tim. »Habe ich also eine Wahl?«

»Nein.« Jens grinst. Dann greift er in seine hintere Hosentasche und zieht eine Selbstgedrehte hervor. Von Arne lässt er sich Feuer geben.

»Erzähl schon«, sagt Tim. Er will nur noch, dass sie ihn in Ruhe lassen. Dass er endlich die geschlossene Abteilung der psychiatrischen Klinik in Heiligenhafen verlassen kann.

»Jeder hier weiß, dass das, was ich dir jetzt sage, der Wahrheit entspricht«, sagt Jens. »Es gibt nämlich keine Ausnahmen, und wenn, dann nur, weil da draußen Dinge passieren, die verschwiegen werden. Falls du verstehst, was ich meine?«

Tim schüttelt den Kopf. Er versteht kein Wort. Offenbar ist Jens dabei, endgültig den Verstand zu verlieren.

»Bist du bereit für die Wahrheit?«, fragt Jens.

»Die Wahrheit interessiert mich schon lange nicht mehr«, antwortet Tim. »Sag einfach, was du sagen musst.«

»Selbstverständlich.« Jens macht eine einladende Geste. »Schau dir an, wie wir hier sitzen. All die kaputten Gestalten. Arne, Susanne, Peter, Holger, Barbara und wir beide. Glaubst du allen Ernstes, dass wir noch eine Chance haben?«

»Keine Ahnung«, antwortet Tim zunehmend genervt von der Unterhaltung. »Mich interessiert lediglich, dass ich morgen hier rauskomme. Nur das zählt.«

»So haben die meisten von uns bei ihrem ersten Mal gedacht.« Jens' Grinsen ist mittlerweile einem mitleidigen Lächeln gewichen.

»Wie meinst du das?«

»Bist du wirklich so naiv, Tim?«

Tim zuckt mit den Schultern. Er ahnt jetzt, worauf Jens hinauswill.

»Du denkst also, dich wird es kein zweites Mal treffen?«, fragt der

Mann mit dem grobporigen Gesicht. Er klingt überlegen, mit einer seltsamen Ruhe in der Stimme. »Vergiss es ganz einfach. Du wirst wiederkommen. Immer und immer wieder. Und sie werden dich genauso mit diesem Dreckszeug vollpumpen wie uns. Bis du eines Tages so aussiehst wie ich. Und spätestens dann wirst du dich an meine Worte erinnern: Dein Alptraum hat gerade erst begonnen.«

DIE FLUCHT

Auf dem Flur war es derart grell, dass Tim sich die Hand vor die Augen halten musste. Tagelang hatte er in einem abgedunkelten Einzelzimmer gelegen. Tageslicht hatte er nur dann gesehen, wenn Schwester Eva einmal am Morgen sein Fenster aufgerissen hatte, um frische Luft hereinzulassen. Den Rest des Tages hatten sie ihn von allen äußeren Einflüssen abgeschirmt.

Suchend blickte er sich um. Weit und breit war nichts von den angeblichen Sicherheitsleuten zu sehen, von denen Schwester Eva gesprochen hatte.

Tim ging weiter den Gang entlang. Vor der großen Schwingtür, die zum Treppenhaus führte, blieb er stehen. Durch die Milchglasscheibe erkannte er die Schemen einer Person. Vorsichtig schob er die Tür einen Spaltbreit auf und warf einen Blick in das weitläufige Treppenhaus. Sofort erblickte er den Polizisten, der sich gerade ein Getränk am Kaffeeautomaten zog.

Wieder sah er sich um. Tim war sich sicher, dass es nur diesen einen Weg gab, der aus dem Krankenhaus führte. Er musste sich an dem Mann vorbeischleichen. Aber vielleicht wusste der Polizist gar nicht, wer er war. Er konnte einfach die Tür öffnen, dem Mann freundlich zunicken und bis zum Fahrstuhl weitergehen.

Tim zögerte. Das Risiko war groß, aber noch größer schien ihm die Gefahr zu sein, dass Schwester Eva sich berappelte. Er hatte keine Ahnung, welches Medikament genau in der Spritze gewesen war, die er ihr verabreicht hatte. Dass das Mittel ausreichte, sie für einen längeren Zeitraum außer Gefecht zu setzen, bezweifelte er.

Kurzerhand öffnete Tim die Tür und ging langsam in den Bereich des Treppenhauses. Der Streifenpolizist drehte sich im nächsten Moment zu ihm um.

»Halt!«, rief er. »Wer sind Sie, und wohin wollen Sie?«

»Darf ich fragen, was Sie hier machen?« Mit entrüsteter Geste zog Tim seinen Bademantel fest und humpelte langsam an dem Mann vorbei. »Warum stehen Sie hier herum, anstatt das Zimmer dieses Verrückten zu bewachen? Hätte ich gewusst, dass die

Sicherheitsvorkehrungen hier so lasch sind, wäre ich wohl besser in meinem Zimmer geblieben.«

»Sie brauchen sich keine Sorgen zu machen«, sagte der Polizist, den Tim auf um die dreißig schätzte, mit einer Stimme, die beruhigend klingen sollte. Tatsächlich aber war ihm die Angst, erwischt worden zu sein, anzumerken. »Eine Schwester kümmert sich gerade um den Mann, von dem Sie sprechen. Außerdem weiß ich, dass er ans Bett fixiert wurde. Es kann Ihnen also nichts passieren. Morgen früh soll er verlegt werden.«

»Tatsächlich?«

»Der Patient kommt in eine psychiatrische Klinik, aber behalten Sie das bitte für sich.«

»Natürlich.« Tim lächelte wohlwollend und ging weiter. »Schlimm, wenn man sieht, wie manche Menschen vom rechten Pfad abkommen.«

»Da haben Sie recht.« Der Polizist nickte Tim zu und verschwand in Richtung der Milchglastür, um zurück auf seinen Posten zu gehen. Kurz bevor er die Tür öffnete, wandte er sich noch einmal um. »Darf ich fragen, wohin Sie gehen?«

»Wie bitte?« Tim fuhr erschrocken um.

»Es ist bereits nach zehn. Wohin wollen Sie denn zu dieser späten Stunde noch?«

»Nur ein wenig die Beine vertreten.« Tim lächelte angestrengt, dann drehte er ab und verschwand im Fahrstuhl, dessen Türen sich gerade geöffnet hatten.

Sein Herz pulsierte plötzlich derart stark, während er die vier Etagen ins Erdgeschoss hinunterfuhr, dass er Atemübungen machen musste, um sich zu beruhigen. Einen Augenblick lang befürchtete er zu hyperventilieren.

Unten angekommen lief Tim raschen Schrittes in Richtung Ausgangstür. Mit gesenktem Kopf vorbei an der Frau am Nachtschalter. Die Schiebetür nach außen öffnete sich nicht. Für einen kurzen Moment geriet er in Panik. Nur noch diese eine letzte Tür, die sich öffnen musste, um frei zu sein.

»Zimmernummer?«, rief die Frau hinter dem Schalter. Sie klang müde und hatte ganz offensichtlich Probleme, die Augen offen zu halten.

»431.«
»Wie bitte?«
»Entschuldigung, ich meinte natürlich die Nummer 341.«
»In Ordnung, klingeln Sie einfach, wenn Sie wieder hereinmöchten.«
»Klar.« Tim nickte, vermied es aber weiterhin, aufzublicken. Lautlos öffnete sich die Schiebetür der Klinik. Er hielt inne, unterdrückte jedoch den Impuls, sich nach Schwester Eva und dem Polizisten umzusehen. Dann trat er ins Freie und verschwand in der hereingebrochenen Dunkelheit Lübecks.

Die letzten Meter schlich er wie eine Katze. Auf allen vieren über den Asphalt kurz vor der Hüxtertorbrücke, der nach dem heißen Tag noch immer Wärme ausstrahlte.

Tim tastete sich am Heckflügel des parkenden Taxis entlang, bis er den Griff der hinteren rechten Tür zu fassen bekam. Jetzt erst hob er den Kopf und warf einen flüchtigen Blick ins Innere der Mercedes E-Klasse. Alles war so, wie er es erhofft hatte. Der Fahrer hatte nicht den Hauch einer Ahnung, dass in wenigen Sekunden ein ungebetener Fahrgast in sein Taxi einsteigen würde. Soweit Tim es erkennen konnte, las der Mann Zeitung. Vielleicht machte er auch ein Nickerchen. Aus der Tasche seines Bademantels zog Tim die Spritze hervor, die er Schwester Eva in den Bauch gerammt hatte.

Er brauchte dringend ein Auto und hatte auf dem Weg vom Krankenhaus hierher mehrere Optionen im Kopf durchgespielt. Ein Auto zu knacken traute er sich noch zu, es kurzzuschließen war jedoch nichts, was er heute zum ersten Mal in seinem Leben probieren wollte. Allerdings hatte er auch kein Geld dabei, um sich von einem Taxi fahren zu lassen. Also blieb Tim nur, einen Taxifahrer dazu zu zwingen, ihn an den Ort zu bringen, der laut Dr. Richter und Hauptkommissar Evers gar nicht existierte.

Der Ort, von dem er glaubte, dass dort vor ein paar Tagen seine jüngste psychische Krise begonnen hatte. Der Ort, an dem er Schreckliches beobachtet hatte. Er musste einfach zurück zu diesem Parkplatz an der A1. Zurück in diesen Wald. Zu dieser Hütte, in der er die beiden Leichen gefunden hatte. Noch immer wollte ihm nicht einfallen, woher er die beiden schrecklich zugerichteten Menschen gekannt hatte. Aber er war fest entschlossen, es herauszufinden.

Tim umfasste jetzt den Griff der Wagentür. Er zählte innerlich bis drei, dann zog er, so fest er konnte. Das Geräusch der sich öffnenden Tür blieb jedoch aus. Stattdessen hatte er Probleme, sein Gleichgewicht zu halten, und fiel rücklings auf den Bürgersteig. Der Fahrer des Wagens hatte offenbar von innen verriegelt.

»Verdammt!«, fluchte Tim, nachdem er sich wieder aufgerappelt hatte. Er überlegte nicht lange, ging hinten um den Wagen herum und klopfte an die Scheibe auf der Fahrerseite. Der Mann, der tatsächlich geschlafen hatte, zuckte zusammen und öffnete nach einigen Sekunden das Fenster.

»Alles in Ordnung?« Der Taxifahrer musterte Tim.

»Sehe ich etwa so aus?«, entgegnete Tim schroff. Er musste sich zusammenreißen. »Fahren Sie mich in Richtung Timmendorfer Strand. Und bitte über die Autobahn.«

»Aber von hier wäre es wesentlich schneller und günstiger, wenn ich ...«

»Bitte nehmen Sie die A 1«, sagte Tim nur.

»Wie Sie meinen.«

Tim ging erneut um das Taxi herum, öffnete die Beifahrertür und setzte sich neben den Fahrer. Die rechte Hand hielt er die ganze Zeit über auf seiner Bademanteltasche, in der er die Spritze fürs Erste wieder hatte verschwinden lassen.

»Fahren wir.«

Der Fahrer blickte Tim skeptisch aus dem Augenwinkel an. Es schien, als zögerte er.

»Nun machen Sie schon«, drängte Tim.

»Welche Adresse?«

»Wie bitte?«

»Ich muss der Zentrale melden, wohin ich fahre. Das ist Pflicht, also brauche ich jetzt die Adresse, zu der ich Sie bringen soll.«

»Hören Sie«, sagte Tim mit genervter Stimme. »Machen Sie einfach das, wofür ich Sie bezahle.«

»Tut mir leid. Suchen Sie sich ein anderes Taxi, oder nehmen Sie den ersten Bus, sobald es hell wird. Ich werde Sie jedenfalls nicht fahren. Verlassen Sie jetzt bitte meinen Wagen.«

Tim starrte durch die Windschutzscheibe auf die Hüxtertorbrücke und die nächtliche Altstadt, die sich dahinter abzeichnete. Ihm stand nicht der Sinn nach Diskussionen und Erklärungen. Er wollte nichts weiter als dieses Fahrzeug, das ihn an diesen gottverdammten Autobahnparkplatz brachte. Wieder befühlte er vorsichtig die Spritze in seiner Bademanteltasche. Dann zog er sie mit einer schnellen Bewegung hervor und hielt sie dem Fahrer an den Hals.
»Raus«, sagte er leise.
»Was soll denn der Scheiß?«
»Ich sagte: Raus!«
»Ich hoffe, Sie wissen, dass der Wagen geortet werden kann«, keuchte der Mann. »Sie kommen nicht weit.«
Tim sah den Mann an, plötzlich musste er lächeln. »Das ist perfekt«, sagte er schließlich. »Ich brauche nur etwas Vorsprung.«
»Wie bitte?«
»Die Polizei soll ruhig kommen«, sagte Tim. »Dann sehen sie endlich, was tatsächlich geschehen ist.«
»Was reden Sie denn da für ein seltsames Zeug? Sind Sie etwa betrunken?«
»Nein, ganz und gar nicht. Machen Sie jetzt, was ich Ihnen sage. Raus hier! Und zwar sofort.« Tim drückte die Nadel der Spritze noch ein Stück tiefer in die Haut am Hals des Mannes. Der Fahrer ächzte, zu gleichen Teilen vor Schmerz und aus Angst, die Haut könnte aufreißen und die Nadel in ihn eindringen.
»Was ist das für ein Zeug?«, fragte der Mann mit einem Zittern in der Stimme. »Oder ist die Nadel etwa verseucht?«
»Glauben Sie mir, Sie würden es nicht überleben«, log Tim. Die Spritze hatte er auf dem Weg hierher einfach mit Saft aus einer weggeworfenen Plastikflasche aufgefüllt.
»Ich habe keine Ahnung, was Sie tatsächlich vorhaben«, sagte der Fahrer. »Aber ich brauche meinen Wagen dringend zurück, und zwar unversehrt. Das Taxi ist alles, was ich habe.«
»Sie haben ihn morgen wieder, vertrauen Sie mir einfach. Aber steigen Sie jetzt endlich aus, bevor ich etwas tue, was ich bereuen werde.«
Der Fahrer schnallte sich vorsichtig ab, während Tim die Spritze etwas zurückzog. Dann öffnete der Mann die Tür und stieg aus.

Ohne sich noch einmal umzusehen, knallte er die Tür zu und blieb einige Meter entfernt stehen.

Tim rutschte hastig auf den Fahrersitz. Es fiel ihm schwer, zu glauben, dass es ihm mit dieser Nummer tatsächlich gelungen war, den Taxifahrer in die Flucht zu schlagen.

Voller Adrenalin drehte er den Zündschlüssel herum, legte den ersten Gang ein und fuhr an. Er wendete rasch, dann bog er ab in die Falkenstraße, immer in Richtung Autobahn. Nicht schneller als fünfzig und möglichst unauffällig. Denn noch war es zu früh für eine Verfolgung durch die Polizei.

Kurz hinter Lübeck hatte Tim das letzte Fahrzeug überholt und war mit überhöhter Geschwindigkeit in die sternenklare Nacht davongerast. Seitdem war er ganz allein auf der A 1 unterwegs. Die Cockpituhr zeigte an, dass es Viertel nach eins war. Er war müde und hatte Probleme, die Augen offen zu halten. Trotz des Adrenalins, das seit Stunden durch seinen Körper pumpte.

In der Dunkelheit fiel es Tim schwer, sich zu orientieren. Und von Kilometer zu Kilometer schwanden seine Hoffnungen, dass es diesen Ort mit all den schrecklichen Entdeckungen, die er dort gemacht hatte, überhaupt gab. Es musste so sein, wie sie ihm im Krankenhaus versucht hatten einzureden. Irgendwo, gar nicht weit von hier, hatte er einen fürchterlichen Unfall gehabt. Der Rest war einzig und allein Teil seiner Alpträume gewesen.

Plötzlich kniff er die Augen zusammen. Das eingeschaltete Fernlicht reflektierte in der Dunkelheit auf einem Verkehrsschild. Tim erschrak, als er das »P« auf dem Schild erkannte. Sofort trat er heftig auf die Bremse und bog auf die Abfahrt ab.

»Das ist die Stelle«, rief er sich selbst aufgeregt zu. Genau hier hatte es angefangen, während er mit Mascha telefoniert hatte. Er war sich absolut sicher. In Höhe Ratekau fuhr er auf den Parkplatz Sereetzer Feld ab.

Mascha!, durchfuhr es ihn plötzlich. Wie konnte Mascha bloß behaupten, dass sie nicht miteinander telefoniert hatten? Das Telefonat habe nicht stattgefunden. Sie sei auch nicht schwanger, hatte sie behauptet. Dabei konnte er sich noch an jedes einzelne Wort erinnern.

Seit zwei Tagen hatte er nichts von ihr gehört. Sie hatte ihn im Krankenhaus nicht mehr besucht und auch sonst keine Nachricht für ihn hinterlassen. Sie war vollkommen ahnungslos, was passiert war. Dass er den Patienten aus dem Nachbarzimmer angegriffen hatte. Dass er Schwester Eva überwältigt und eine Spritze verpasst hatte, die für ihn selbst vorgesehen war. Und dass er schließlich aus dem Krankenhaus abgehauen war.

Tim ließ das Taxi langsam ausrollen. Genau hier hatte er vor ein paar Tagen geparkt, vor ihm der alte Opel Astra, aus dem das Pärchen mit dem Jungen ausgestiegen war. Tim parkte den Mercedes und zog den Zündschlüssel heraus, als ihm wieder einfiel, dass das Taxi per GPS geortet werden würde. Schneller, als ihm lieb sein würde. Sie sollten ihn finden, aber zuerst wollte er allein in den Wald und sich davon überzeugen, ob seine Erlebnisse real gewesen waren.

Er startete den Motor wieder. Langsam verließ er den Parkplatz, um das Taxi schließlich ein paar hundert Meter weiter rechts auf dem Standstreifen der A1 abzustellen. In den Rück- und Seitenspiegeln erkannte er, dass noch immer weit und breit kein anderes Auto zu sehen war. Tim ließ das Standlicht an und schaltete die Warnblinker ein. Er wollte vermeiden, dass der abgestellte Wagen womöglich noch einen Unfall verursachte. Dann stieg er aus.

Mitten in der Nacht stand er hier auf dieser gottverlassenen Autobahn irgendwo in Ostholstein. Unbehagen und Aufregung wechselten einander ab, als er zurück in Richtung des Parkplatzes ging.

★★★

Tim blinzelte. Sein Blick fiel nach rechts. Ein Eichhörnchen huschte nur wenige Zentimeter an seinem Kopf vorbei. Es rannte über den Waldboden bis zur nächsten Rotbuche, an der es hinaufschoss, als hebele es sämtliche physikalischen Gesetze der Schwerkraft aus. Im nächsten Augenblick kämpften sich zaghafte Sonnenstrahlen durch die Baumkronen und blendeten ihn.

Plötzlich fuhr er hoch. Was zum Teufel ging hier eigentlich vor sich? Seine Gedanken rasten. Verzweifelt versuchte er sich in

Erinnerung zu rufen, wo er sich überhaupt befand. Und weshalb war er hier? Warum lag er hier auf diesem Waldboden und blickte Eichhörnchen hinterher? In einiger Entfernung erkannte er hinter Bäumen und Sträuchern verdeckt ein kleines Gebäude. Obwohl kaum einsehbar, war sich Tim sicher, dass es sich um das Toilettenhäuschen handelte, das direkt an dem Autobahnparkplatz lag, zu dem er in der Nacht aufgebrochen war.

Erleichtert atmete er durch. Die Bilder der letzten Nacht erschienen jetzt immer schneller vor seinem inneren Auge. Nachdem er das Taxi auf dem Seitenstreifen abgestellt hatte und zurück zum Parkplatz gegangen war, hatte er in der Dunkelheit der Nacht eine Weile gebraucht, um sich zu orientieren. Schließlich hatte er den Weg gefunden, dem er auch vor einigen Tagen in den Wald hinein gefolgt war. Vorbei an dem Toilettenhäuschen durch ein Dickicht von Bäumen, Sträuchern und hohen Gräsern. Einzig ein schwaches Licht, das durch ein eingeschlagenes Fenster des Toilettenhäuschens schien, hatte ihm geholfen, sich in der Dunkelheit zurechtzufinden.

Kaum hatte er den Wald betreten, hatte sich eine schwere Müdigkeit über ihn gelegt. Wie ein warmer Nebel war sie über ihn hereingebrochen und hatte ihn wie ein Schlafsack umhüllt. Willenlos hatte er sich auf den weichen Waldboden fallen lassen und war schließlich eingeschlafen, als das Morgengrauen nicht mehr weit entfernt gewesen war.

Mühsam kam Tim auf die Beine und schüttelte Erde und Blätter von seiner Kleidung. Dann sah er sich um. Tatsächlich sah alles so aus wie in seiner Erinnerung. Die Brombeersträucher, die Buchen und die wenigen Nadelbäume. Der Geruch nach Moos und fauligem Laub. Hier hatte alles vor ein paar Tagen begonnen. Diesen Weg hatte er genommen, um dem kleinen Jungen in den Wald zu folgen.

Plötzlich hatte Tim es eilig. Das Taxi war per GPS wahrscheinlich schon geortet worden. Noch hatten sie ihn nicht gefunden, doch er versuchte sich vorzustellen, wie Hundertschaften der Polizei die Umgebung um das abgestellte Taxi durchkämmten. Früher oder später würden sie ihn ausfindig machen, aber vorher musste er unbedingt zu dieser Hütte. Er musste sich davon überzeugen,

dass er diesmal nicht Opfer seiner Psychosen geworden war. Dass in dieser verfluchten Hütte zwei fürchterlich zugerichtete Leichen lagen.
Knack.
Tim zuckte zusammen. Das Angstgefühl, das plötzlich durch seinen Körper strömte, kam so unvermittelt, dass er zur Seite sprang und sich hinter dem dicken Stamm einer Eiche versteckte.
Knack.
Er schloss die Augen und versuchte sich zu sammeln. Doch es gab keinen Zweifel. Exakt an dieser Stelle hatte er vor wenigen Tagen dasselbe Geräusch zum ersten Mal gehört. Dreimal hatte es damals geknackt. Er hatte geglaubt, dass er auf ein Rudel Wildschweine gestoßen war. Oder auf irgendein anderes Tier, das den Wald bewohnte. Doch dann hatte er mit einem Mal in den Lauf eines Gewehres geschaut.
Knack.
Tim presste seinen Körper an den Stamm der Eiche. Er traute sich nicht einmal, einen flüchtigen Blick auf die Waldlandschaft vor ihm zu werfen.
Knack.
Sein Herz raste jetzt so schnell, dass er befürchtete, das Bewusstsein zu verlieren. Seine Beine zitterten, die Fingernägel krallten sich in die Baumrinde. Die Angst, erneut dem verrückten Jäger mit seinem Gewehr zu begegnen, lähmte ihn. Wenn er es gewesen war, der die beiden in der tief im Wald gelegenen Hütte ermordet hatte, würde er dieses Mal mit Sicherheit nicht zögern, auch ihn zu erschießen.
Tim stemmte sich mit aller Macht gegen das Unbehagen, die Angst vor dem, was diesmal hier in diesem Wald auf ihn wartete. Waren die Wildschweine nicht einfach die logische Erklärung für dieses Knacken? Ihr Wühlen im Unterholz, das Graben nach Trüffeln. Warum bloß glaubte er, dass etwas anderes dahintersteckte?
Erneut schloss er die Augen. Leise begann er bis drei zu zählen. Dann sprang er mit einem wilden Schrei und mit beiden Armen rudernd hinter der Eiche hervor. Sein Kopf und der Brustkorb mit den geprellten Rippen schmerzten so sehr, dass ihm noch im

gleichen Moment schwarz vor Augen wurde. Doch das war nichts im Vergleich zu dem Schmerz, den er bei dem Anblick der Person empfand, die plötzlich weinend vor ihm stand.

Tim fixierte Birte. Auf der Suche nach irgendetwas an ihr, das sie entlarvte. Das ihm zeigte, dass sie gar nicht die Birte war, mit der er verheiratet gewesen war, sondern pure Einbildung. Vielleicht auch nur jemand, der genauso aussah wie Birte. So wie der Junge im Wald, der ihn an Ben erinnert hatte. Aber dieses Mal gab es keinen Zweifel daran, dass tatsächlich seine Exfrau vor ihm stand.

»Egal, was du hier zu suchen hast«, sagte Tim mit so ruhiger Stimme, dass er über sich selbst überrascht war, »bitte verschwinde von hier.«

»Hallo, Tim.« Sie klang zittrig und angsterfüllt. »Das alles ist so schrecklich.«

»Egal, wovon du sprichst, hör auf damit. Ich will nichts damit zu tun haben.«

»Wie kannst du denn so mit mir reden?«, fragte Birte. »Hör mir doch nur einen Moment lang zu.« Sie wirkte jetzt hysterisch, kaum fähig, einen klaren Satz zu formulieren.

»Bist du mir etwa gefolgt?«, fragte Tim. »Arbeitest du mit der Polizei zusammen?«

»Was redest du denn da, Tim? Weshalb sollte ich dir gefolgt sein? Ich bin hier, weil ich …« Birte stockte und hielt sich die Hand vors Gesicht. Dann brach sie in Tränen aus.

Tim zuckte zusammen. Ihr Anblick löste etwas in ihm aus. Ihr weinendes Gesicht, zuletzt hatte er es vor drei Jahren gesehen. Als er im Polizeiwagen gesessen und in das Alkoholmessgerät gepustet hatte. Birte stand inmitten der vielen Menschen und wurde von ihren Eltern gestützt. Sie weinte so bitterlich, dass die Schuldgefühle bis heute alle anderen Emotionen in ihm überlagerten. Die Verzweiflung in ihm, als der Leichenwagen herangerollt und Ben abtransportiert worden war, war dagegen kaum greifbar.

Tim verschloss die Augen vor seinen Erinnerungen. Obwohl sie so verschwommen und unvollständig waren, würde er sie niemals ganz abschütteln können. Sein gesamtes Leben lang würden sie ihn verfolgen. Und doch war in diesem Moment etwas anders als sonst.

Etwas fehlte in seinem Kopf, in seiner Seele. Es war das Gefühl der Schuld, das ihm abhandengekommen war.

»Ich habe etwas Schreckliches entdeckt.«

Tim fuhr aus seinen Gedanken hoch und blickte Birte an. Sie hatte sich ein wenig beruhigt, sah jedoch noch immer verängstigt aus.

»In diesem Wald befindet sich eine alte Hütte«, fuhr sie fort.

»Ich war dort …« Birte brach ab. Wieder rannen Tränen an ihren Wangen herunter. »Versprichst du mir, dass du mir glaubst, was ich dir erzählen werde? Ich bin nicht verrückt, aber was ich gesehen habe, war so grauenhaft, dass ich selbst Zweifel habe, ob –«

»Ich weiß, was du gesehen hast«, unterbrach Tim Birte lächelnd. Mit einem Mal verspürte er den unbedingten Drang, ihr um den Hals zu fallen. Nicht weil sie ihm leidtat. Es war die pure Freude darüber, dass er sich nicht geirrt hatte.

Das, was er in diesem Wald erlebt hatte, war Realität und nicht Teil seiner Wahnvorstellungen, die ihn seit Bens Tod begleiteten. Auch Birte hatte in der Hütte, die auf einer Lichtung tief im Wald stand, die Leichen entdeckt.

»Warum machst du dich über mich lustig?« Birte reagierte immer aufgelöster. »Ich habe tote Menschen in dieser Hütte gesehen. Das war furchtbar, unvorstellbar grauenhaft. Verstehst du das eigentlich?«

»Natürlich verstehe ich das«, versuchte Tim sie zu beruhigen. »Ich habe sie auch gesehen. Sogar schon vor ein paar Tagen.«

»Aber warum hast du denn niemandem etwas gesagt? Du hättest die Polizei informieren müssen.«

»Du hast doch überhaupt keine Ahnung, wie es mir in den vergangenen Jahren ergangen ist«, sagte Tim plötzlich schroff. »Mir glaubt schon lange niemand mehr. Ich bin nichts anderes als ein Spinner, ein Psychopath. Und die Hauptschuld daran trägst du.«

»Wie meinst du denn das?«, fragte Birte überrascht.

Tim musterte Birte. Für einige kurze Momente schwirrten wieder die Bilder des tödlichen Unfalls und der Minuten danach vor seinem inneren Auge. Erneut hatte er das Gefühl, als sei etwas anders als sonst. Alles fühlte sich plötzlich so ungerecht an. Seine Verurteilung, die lange Zeit im Gefängnis und in der Psychiatrie. All die Schuld, die er auf sich genommen hatte.

»Tut mir leid, ich habe das nicht so gemeint«, sagte er schließlich. »Es ist nur so, dass mir seit Bens Tod einfach niemand jemals zugehört hat. Alles, was ich sage, scheint niemanden zu interessieren. Die Leute sehen in mir nur den Mann, der sein Kind totgefahren hat. Keiner hat mir jemals die Chance gegeben, eine Erklärung abzugeben.«
»Weil es dafür keine Erklärung gibt«, entgegnete Birte hart.
Tim schwieg. Birtes Reaktion machte ihm wieder einmal schmerzlich bewusst, dass sie ihm niemals verzeihen würde. Für sie würde er immer nur der Mörder ihres einzigen Kindes bleiben.
»Wen hast du gesehen?«, fragte sie plötzlich.
»Wie bitte?«
»Die beiden Toten, kennst du sie?«
»Ja«, antwortete Tim. »Zumindest hatte ich das Gefühl, sie zu kennen. Aber ich habe keine Ahnung, woher.«
»Es sind Julia und Robert«, sagte Birte. »Falls du dich noch an sie erinnerst?«
»Nein, das kann nicht sein«, sagte Tim leise. Sekundenlang schüttelte er den Kopf. Es fiel ihm schwer, zu akzeptieren, was sie sagte, aber sie hatte vollkommen recht.
Die Erinnerungen schossen augenblicklich wieder in ihm hoch. Der Tag, an dem es passiert war. An dem sein altes Leben aufgehört hatte zu existieren. Sie waren zum Brunch bei ihren gemeinsamen Freunden Julia und Robert eingeladen gewesen. Robert hatte mehrere Flaschen Sekt kalt gestellt. Voller Glück hatten die beiden an diesem Tag ihre Verlobung bekannt gegeben. Tim erinnerte sich, viel zu viel getrunken zu haben. Nach dem vierten Glas hatte er aufgehört zu zählen. Am frühen Nachmittag hatten sie sich dann von Julia und Robert verabschiedet. Trotz schwindeligen Kopfs hatte er sich ans Steuer seines Wagens gesetzt. Weshalb er das getan hatte, konnte er sich bis heute nicht erklären.
»Jemand hat die beiden erschossen«, sagte Birte plötzlich. Wieder kämpfte sie mit den Tränen. »Sie waren schrecklich zugerichtet. Wer macht so etwas bloß?«
»Ich glaube, ich weiß es.«
»Was?«, fragte Birte ungläubig.
»Bist du auf dem Weg zu der Hütte jemandem begegnet?«

»Nein, ich meine ...« Sie hielt kurz inne. »Ich weiß es nicht mehr so genau.«
»Was soll das heißen, du weißt es nicht? Du musst doch wissen, ob du jemanden gesehen hast oder nicht.«
»Als ich unterwegs gewesen bin, hatte ich tatsächlich die ganze Zeit über das Gefühl, als folge mir jemand. Ich habe das aber verdrängt, da ich niemanden gesehen habe.«
»Verdammt«, fluchte Tim. »Du hast wirklich Glück gehabt, dass er dich nicht auch umgelegt hat.«
»Von wem redest du?«, fragte Birte aufgelöst. »Wer sollte mich umbringen?«
»Dieser wahnsinnige Jäger«, erklärte Tim. »Ich habe ihm in die Augen geblickt. Kurz bevor er auch auf mich losgegangen ist.«
»Geht es dir wirklich gut, Tim?«
Er schrak zurück, als Birte ihre Hand tröstend auf seine Schulter legen wollte. »Das ist nicht der richtige Moment für so etwas«, sagte er entschieden. »Ich werde jetzt zu dieser Hütte gehen, um den Kerl zu finden. Er hat Julia und Robert auf dem Gewissen.«
»Was soll denn das? Warum willst du dich in Gefahr bringen? Lass uns doch einfach die Polizei rufen.«
»Vielleicht hast du recht«, sagte Tim. »Das wäre wohl am vernünftigsten. Trotzdem will ich noch einmal dorthin und es mit eigenen Augen sehen. Da war auch dieser Junge auf der Schaukel. Ich habe es erzählt, aber niemand wollte mir glauben, als ich im ...« Tim brach ab. Birte wusste wahrscheinlich gar nichts von seinem Krankenhausaufenthalt. Und dabei sollte es auch bleiben. »Mach dir keine Sorgen, ich passe auf mich auf.«
»Ich mache mir keine Sorgen.«
»Natürlich.« Tim nickte Birte zu und wandte sich von ihr ab. Bevor er losrannte, drehte er sich allerdings noch einmal um. »Warum zum Teufel bist du überhaupt hier?«, fragte er leise.
Ein sanftes Lächeln glitt über ihre Lippen. Für einen kurzen Moment sah sie aus, als wolle sie sich zu ihm vorbeugen und ihm einen Kuss geben. Dann öffneten sich ihre Lippen. »Lauf, Tim, überzeuge dich davon, dass du es auch gesehen hast. Dass du nicht wahnsinnig bist. Alles andere ist eine lange Geschichte. Ich erkläre sie dir später.«

Tim fixierte Birte. Sekundenlang, vielleicht waren es sogar Minuten. Dann nickte er und verschwand endgültig im Dickicht des Waldes.

★★★

Die Schaukel bewegte sich. So schwach, dass es jemand anderem womöglich gar nicht aufgefallen wäre, aber Tim war sofort alarmiert, als er die Lichtung betrat.

Er ging näher heran, ließ seinen Blick kreisen. Suchte die Umgebung nach dem Jäger ab. Und nach dem Jungen, der wahrscheinlich auf der Schaukel gesessen hatte.

Es ergab einfach keinen Sinn. Wer war dieser Junge, dem er vor einigen Tagen in den Wald gefolgt war? Der ihn auslachte, ihm Angst einjagte und ihn zum Narren hielt. Und vor allem: Weshalb war er offenbar noch immer hier, anstatt den Wald zu verlassen und zu seinen Eltern zurückzukehren?

Die Tür der Holzhütte stand offen, genau wie beim letzten Mal. Im aufkommenden Wind schlug sie rhythmisch gegen das Schloss. Ein grausames Geräusch, wie in einem dieser Horrorfilme, die er sich früher nur allzu gerne angesehen hatte.

Bei dem Gedanken daran, was sich im Innern der Hütte abgespielt haben musste, wurde Tim plötzlich flau im Magen. Er entfernte sich wieder ein Stück von der Hütte und setzte sich auf die Schaukel. Nachdenklich stieß er sich mit den Beinen vom Boden ab und begann, langsam hin und her zu pendeln.

Er musste sich davon überzeugen, dass Julia und Robert tatsächlich tot waren. Dass sie dort drinnen lagen, in dieser verlassenen Waldhütte. Kaltblütig erschossen. Erst dann, wenn er sicher war, dass es nichts mit irgendwelchen Wahnvorstellungen zu tun hatte, würde er die Polizei anrufen. Dann sollten sie den Wald durchkämmen und den Mörder der beiden suchen.

Er musste einfach nur hineingehen. Es würde ihm genügen, die Leiche von Robert zu sehen, um sicher zu sein. Nur ein paar Schritte ins Innere der Hütte. Aber das Unbehagen und die Angst hielten ihn fest im Griff.

Tim schloss die Augen. Er fragte sich, warum er mit einem Mal keine Schuld mehr empfand. Ohne eine Erklärung dafür zu haben, fühlte er sich seit dem Zusammentreffen mit Birte nicht mehr für den Tod seines Sohnes verantwortlich. Ein seltsamer Zustand, der ihn, anstatt zu beruhigen, noch nervöser machte, als er ohnehin bereits war.

Vorsichtig öffnete er die Augen. Die Tür der Hütte war plötzlich weit geöffnet. Tim sprang sofort von der Schaukel und blickte sich mit einem mulmigen Gefühl um. Im nächsten Moment erschien der kleine Junge auf der Türschwelle der Hütte. Er sah so aus wie bei ihrer letzten Begegnung vor einigen Tagen. Auf den ersten Blick freundlich, doch bei genauerem Hinsehen strahlte er etwas Diabolisches aus.

Tim zögerte keine Sekunde. Wild entschlossen lief er in Richtung der Hütte, doch schon nach wenigen Metern wusste er, dass der Junge ihm wieder entwischen würde. Er hatte die Tür hinter sich zugeschlagen und war um die Hütte herumgerannt. In diesem Augenblick verschwand er aus Tims Blickfeld.

Wer zum Teufel war dieser Junge bloß? Aus welchem Grund auch immer seine Eltern ihn in diesem Wald zurückgelassen hatten, das hier war nicht der Ort für ein Kind in diesem Alter. Er schien vollkommen verstört zu sein, reagierte einerseits provokant, in der nächsten Sekunde dann wieder scheu. Mit Sicherheit hatte er die Leichen in der Hütte gesehen. Dinge, die ein Kind niemals sehen sollte. Sobald die Polizei hier aufkreuzte, würden sie den Jungen finden und zurück zu seinen Eltern bringen müssen.

Tim atmete tief durch. Froh zu wissen, dass auch Birte hier gewesen war und die Leichen in der Hütte gesehen hatte, setzte ihm dieser ganze Horror andererseits derart zu, dass er das Gefühl hatte, keine Luft mehr zu bekommen. Sein Herz schien unregelmäßig und viel zu schnell zu schlagen. Schweißperlen bildeten sich auf seiner Stirn.

Es dauerte eine Weile, bis er sich wieder etwas beruhigt hatte. Dann nahm er all seinen Mut zusammen und näherte sich der Hütte. Bereits aus einiger Entfernung nahm er unangenehmen Gestank wahr. Verwesungsgeruch.

Der Ekel und das Unbehagen waren so groß, dass er für einige Augenblicke darüber nachdachte, umzukehren. Darauf zu warten, bis die Polizei eintraf. Sollten sie sich doch um die Leichen in der Hütte kümmern. Der Drang, sich mit eigenen Augen davon zu überzeugen, nicht den Verstand verloren zu haben, war jedoch stärker.

Tim fasste nach dem Griff der Holztür. Ein letzter Blick zurück auf die Lichtung. Auf der Suche nach dem Jungen. Und dem Wahnsinnigen, der Julia und Robert auf dem Gewissen hatte. Weit und breit war niemand zu sehen.

Dann betrat er die Hütte.

Sie hatten ihn angelogen, war sich Tim plötzlich sicher. Es hatte gar keinen Autounfall gegeben, bei dem er sich schwer verletzt hatte. Hier in dieser Hütte war es passiert. In der oberen Etage. Tim erinnerte sich jetzt an alles. Und er war überzeugt davon, dass er nicht irrte. Jemand hatte ihn von hinten niedergeschlagen, nachdem er sich über den toten Körper von Julia gebeugt hatte. Und es musste dieser Jäger gewesen sein.

Was danach geschehen war, konnte er sich allerdings nicht erklären. Wie er von hier ins Krankenhaus gekommen war, weshalb Mascha, die Ärzte und selbst die Polizei versucht hatten, ihn von der Sache mit diesem angeblichen Unfall zu überzeugen – er verstand einfach nicht, warum sie ihm diese Lügengeschichten auftischten. Was zum Teufel wollten sie damit erreichen? Es schien ihm ein Ding der Unmöglichkeit, dass er nach dem Angriff in der Hütte mit seinem Wagen geflüchtet war und einen Unfall gebaut hatte, an den er sich einfach nicht erinnern konnte.

Im Innern der Hütte sah alles so aus wie beim letzten Mal. Nachdem sich Tim einen kurzen Überblick verschafft hatte, trat er eilig hinter den Schreibtisch, auf dem noch immer der ausgetrocknete Wildschweinkopf stand.

Vor ihm lag der tote Körper eines Mannes. Jetzt, wo er wusste, dass es Robert war, erkannte er ihn auch. Zumindest glaubte er, ihn zu erkennen. Am Körperbau und den blutverklebten Haaren, die rund um die Einschussstelle am Hinterkopf zu sehen waren. Der Anblick des sich bereits in Verwesung befindlichen Körpers und sein Geruch waren derart abstoßend, dass er Probleme hatte, den Würgereiz zu unterdrücken.

Tim verzichtete darauf, Robert direkt ins Gesicht zu blicken. Stattdessen wandte er sich ab und ging in Richtung Treppe. Noch bevor er die erste Stufe betrat, hielt er inne. Da war etwas, das seine Aufmerksamkeit gefangen genommen hatte. Abrupt drehte er sich um und scannte den Raum. Dann sah er, was es war.

Er hatte Mühe, die Kontrolle über seinen Körper zu behalten. Seine Beine zitterten heftig, in seinem Kopf geriet alles durcheinander. Zweifellos lag auch unter dem großen Eichentisch im hinteren Bereich des Raums jemand. Die Blutlache, die sich um den Körper des Mannes gebildet hatte, war so groß, dass sie nur einen Schluss zuließ. Er musste tot sein.

Vorsichtig näherte sich Tim. Im schwachen Licht, das durch die halb offen stehende Tür fiel, konnte er kaum Details erkennen. Als er nur noch knapp zwei Meter entfernt war, schrak er erneut zusammen. Von einem Moment auf den anderen realisierte er, dass alles vollkommen anders sein musste, als er geglaubt hatte.

Wer zum Teufel hatte Julia und Robert umgebracht? Der Mann mit dem Jägerhut, der mit zerfetzter Brust vor ihm lag, war es allem Anschein nach nicht gewesen.

»Glaubst du mir jetzt?«

Tim fuhr herum und sah Birte in die Augen, die plötzlich vor ihm stand. Etwas in ihrem Blick machte ihm Angst.

»Weshalb bist du hier?«

»Dasselbe könnte ich dich fragen«, antwortete Birte. »Warum warst du vor ein paar Tagen schon mal hier, ohne jemandem davon zu erzählen, was du gesehen hast?«

»Hör auf damit«, entgegnete Tim ungehalten. »Ich habe jedem, mit dem ich in den letzten Tagen gesprochen habe, gesagt, was hier vorgefallen ist.«

»Tut mir leid, aber es fällt mir schwer, dir zu glauben. Weshalb hat denn niemand etwas unternommen?«

»Mich interessiert ausschließlich, wie es sein kann, dass dieser Jäger tot ist.« Tim ignorierte Birtes Kommentar und fasste sich nachdenklich an die Schläfen. »Ich bin fest davon ausgegangen, dass er Julia und Robert erschossen hat.«

»Vielleicht hat er sich selbst umgebracht.«

»Niemals«, sagte Tim. »Er ist mit Schüssen aus dem Gewehr getötet worden. Wie soll er das selbst gemacht haben?«

»Keine Ahnung, das muss doch die Aufgabe der Polizei sein«, antwortete Birte fahrig. »Wir sollten allerdings so schnell wie möglich weg von hier, bevor wir auch noch erschossen werden.«

»Warte«, sagte Tim. »Du hast mir immer noch keine Antwort auf meine Frage gegeben.«

»Kannst du dir denn nicht denken, weshalb ich hier bin?«

»Nein, und um ehrlich zu sein, weiß ich nicht, was ich davon halten soll, dich nach dieser langen Zeit ausgerechnet hier wiederzusehen. Und dass du überhaupt mit mir sprichst. Hasst du mich denn gar nicht mehr?«

»Ich glaube nicht«, antwortete Birte leise. »Es ist verdammt viel passiert in den letzten drei Jahren.«

»Allerdings.«

»Heißt das etwa, dass du dich wieder erinnern kannst?«, fragte Birte argwöhnisch. »Als wir uns das letzte Mal gesehen haben, warst du sehr verwirrt.«

»Die ersten zwei Jahre sind in meiner Erinnerung mehr schwarz als weiß«, antwortete Tim. »Es gibt nur wenige Momente, die ab und an mal den Weg an die Oberfläche finden. Manchmal denke ich, es wäre besser, wenn ich diese Zeit meines Lebens für immer verdrängen könnte. Seit etwa einem Jahr geht es mir aber zum Glück etwas besser.«

»Schön zu hören«, sagte Birte mit zusammengekniffenen Lippen. »Aber jetzt lass uns endlich von hier verschwinden.«

Tim nickte und sah ihr hinterher, während sie die Hütte langsam verließ und aus seinem Blickfeld verschwand. Etwas mahnte ihn zur Vorsicht. Er traute ihr noch nicht ganz. Nicht, solange er nicht wusste, weshalb sie hier war.

Ein seltsamer Gedanke machte sich in ihm breit. Was, wenn sie mit dem Ganzen hier etwas zu tun hatte? Vielleicht hatte sie den Jäger überrascht und ihn aus Notwehr erschossen.

Ein kühler Windstoß zog plötzlich durch den Raum. Tim brauchte einige Sekunden, um zu verstehen, was um ihn herum geschah. Die Tür der Hütte bewegte sich, im oberen Stockwerk klapperte ein Fenster. Im nächsten Augenblick gingen alle Geräusche in den lauten Rufen der Männer vom SEK unter, die mit angelegten Waffen den Raum stürmten.

★★★

Tim blickte auf seine Armbanduhr. Heute war der 27. Juni. Fast auf den Tag genau drei Jahre waren vergangen, seitdem er in einem Polizeiwagen wie diesem gesessen hatte. Es waren nur Bruchstücke, an die er sich erinnern konnte. Um ihn herum war es laut, doch in ihm drin war an diesem Tag nichts als Stille gewesen. Der Schmerz über den Tod seines Sohnes hatte sich tief in sein Inneres gefressen. Die Fassungslosigkeit hatte ihn gelähmt.

Heute war alles ganz anders. Tim tobte, er wollte sich unter keinen Umständen beruhigen lassen. Herausfordernd blickte er den Einsatzleiter an, der gerade in den Polizeibus eingestiegen war und sich ihm gegenübersetzte.

»Ich lese Ihnen zuerst Ihre Rechte vor.«

»Wissen Sie was, Sie können sich Ihre Rechte in den Arsch schieben«, sagte Tim aufgebracht. »Sie haben mir noch nicht einmal gesagt, was Sie mir überhaupt konkret vorwerfen. Und wohin haben Sie eigentlich meine Frau gebracht?«

»Ich nehme an, Sie sprechen von Ihrer Exfrau?«

»Natürlich.«

»Wir bringen sie gerade in Sicherheit.«

»Ich hoffe doch mal, nicht vor mir.« Tim lächelte gequält. Als er merkte, dass der Polizist nicht reagierte, erstarb seine Miene jedoch. »Das meinen Sie nicht ernst?«

»Hören Sie«, sagte der Einsatzleiter, »vielleicht führt Ihre psychische Erkrankung dazu, dass Ihr Kurzzeitgedächtnis aussetzt und Sie die Wirklichkeit nicht mehr richtig wahrnehmen, aber vielleicht erinnern Sie sich noch an meinen Kollegen Evers von der Kripo Lübeck?«

»Sicher.«

»Gut, dann wissen Sie also auch, weshalb Sie im Krankenhaus gelegen haben und was dort vorgefallen ist. Ihnen wird vorgeworfen, unter Alkoholeinfluss einen schweren Verkehrsunfall verursacht zu haben, wegen dem sie eingeliefert wurden. Nachdem Sie aus dem Koma erwacht sind, haben Sie versucht, den Patienten Cay-Uwe Dietersen und die Krankenschwester Eva Zimmermann zu töten. Dann haben Sie unerlaubterweise das Krankenhausgelände verlassen, einen Taxifahrer überfallen und dessen Wagen geklaut. Anschließend sind Sie hierher gefahren, um ...« Der Einsatzleiter hielt inne und musterte Tim. Dann sprach er langsamer als zuvor weiter.

»Es tut mir leid, Ihnen das sagen zu müssen, aber alles deutet darauf hin, dass Sie drei Menschen umgebracht haben. Das Ehepaar Julia und Robert Adler sowie den Briefträger Peter Wendt.«

EIN JAHR ZUVOR

Der Verkehr rollt unaufhörlich und klingt in manchen Momenten der Monotonie wie das Rauschen des Meeres. Zumindest in Tims Ohren. Und in diesem Augenblick, in dem er sich an die Zeit zurückerinnert, als er mit Ben am Meer gespielt hat. Damals war seine Welt in Ordnung gewesen. Dunkle Gedanken weiter weg als der fernste Stern der Galaxie.

Jetzt ist alles anders. Sein Leben ist zerstört, zerbrochen in diesem einen Moment, in dem er Fürchterliches getan hat. Warum nur hatte er sich ans Steuer gesetzt, obwohl er wusste, dass er viel zu viel getrunken hatte? Warum nur hatte er überhaupt den Motor gestartet und war angefahren, obwohl Ben noch gar nicht in seinem Kindersitz gesessen hatte?

Das Geräusch der Autos unter ihm beruhigt ihn tatsächlich mehr, als dass es ihn nervös macht. Von allen möglichen Optionen, sich das Leben zu nehmen, hat er sich dafür entschieden, von dieser Brücke hinunterzuspringen. Mitten in den Verkehr auf der A 1. Es ist die sicherste und unkomplizierteste Art, den eigenen Tod herbeizuführen. Er hat Bücher über gescheiterte Suizidversuche gelesen und glaubt fest daran, diesmal endgültig den Absprung schaffen zu können. Denn eines weiß er sicher: Er will nicht mehr weiterleben.

Noch einmal denkt er zurück. An die Zeit im Knast und die Verrückten in der Psychiatrie. Ihm kommt es manchmal sogar so vor, als vermisse er diese Augenblicke. Als hätte die wahre Leidenszeit erst begonnen, als er wieder auf sich allein gestellt war. Denn es gibt einfach keinen Weg zurück in das normale Leben, das er vor Bens Tod geführt hatte.

Die Zwei-Zimmer-Wohnung am Altstadtrand, in der er seit einem halben Jahr lebt, deprimiert ihn. Kein Vergleich zu dem luxuriösen Haus, das er seiner Familie gebaut hatte. Er weiß nicht einmal, was damit geschehen ist. Ob Birte noch immer dort wohnt. Alles, was er weiß, ist, dass er mittellos ist. Denn sie hat sich alles genommen, was er jemals besessen hat.

Doch das ist ihm längst egal. Er steht nicht hier, um sich von dieser Brücke zu stürzen und seinem Leben ein Ende zu bereiten, weil er sich selbst bedauert. Es geht nicht um ihn. Es geht einzig und allein um Ben. Er stellt sich vor, wie es sein wird, seinen Sohn wiederzutreffen. Ihn in den Arm zu nehmen und nicht wieder loszulassen. Zu versuchen, alles wiedergutzumachen, was er ihm angetan hat. Sein Leben ausgelöscht, noch bevor er seinen dritten Geburtstag erleben konnte. Wie es sich wohl anfühlen wird? Ist Ben noch immer ein Körper aus Fleisch und Blut oder nur noch eine leere Hülle? Eine Seele, mit der er würde reden können? Was auch immer im Himmel auf ihn wartet, er ist überzeugt davon, dort oben wieder mit Ben vereint zu sein.

Noch immer blickt Tim orientierungslos auf den Verkehr unter ihm. Die Erinnerungen an die vergangenen Jahre rauschen wie im Zeitraffer an ihm vorbei. Immer schneller, immer rücksichtsloser. Er fühlt sich getrieben, die Zeit im richtigen Moment anzuhalten. Etwa, als sie darüber diskutiert haben, wer sich ans Steuer setzen würde, um nach Hause zu fahren. Er kann sich nicht einmal genau daran erinnern, aber die Verzweiflung, diesen einen Augenblick, diese unüberlegte Aktion nicht rückgängig machen zu können, ist stärker als jedes andere Gefühl, das er je zuvor erlebt hat.

Es vergeht keine Minute in seinem Leben, in der er sich nicht mindestens einmal die Frage stellt, was er anstellen muss, um all das ungeschehen zu machen. Anfangs gab es Momente, in denen er ernsthaft glaubte, es würde ihm gelingen. Er hoffte, Ben würde irgendwie vielleicht wieder von den Toten auferstehen. Der Schmerz war so unerträglich, dass er sich an jeden Strohhalm klammerte, ohne zu merken, dass er dabei war, den Verstand zu verlieren.

Tim befühlt seine Schläfen. Der Schmerz ist noch immer da, aber die Hoffnung ist längst gewichen. Er weiß jetzt, dass Ben niemals zurückkommen wird. Der Tod ist endgültig, zumindest hier auf der Erde. Jetzt zu springen ist die einzige Möglichkeit, seinem Sohn nahe zu sein.

Er klettert über das Geländer der Brücke, die über die Autobahn führt. Ein einziger Schritt trennt ihn nur noch von Ben. Ein einziger Schritt, und dieses Leben, das ohnehin kein Leben mehr ist, wäre endlich vorbei.

Tim schließt die Augen und lehnt sich ein Stück vor, die Hände hinter dem Rücken fest um das Geländer geschlossen. Ein wirrer Gedanke macht sich plötzlich in ihm breit. Ob es Menschen gibt, die um ihn trauern werden? Kaum vorstellbar, es gibt einfach niemanden mehr, der ihm in seinem Leben wichtig ist. Und niemanden, für den er von Bedeutung wäre.

Nun ist endgültig der Augenblick gekommen. Für einen kurzen Moment spürt Tim einen Schauer über seinen Körper wandern. Er muss lächeln. Ausgerechnet jetzt spürt er seinen Körper. Zum ersten Mal seit zwei Jahren kann er ihn so richtig fühlen. Der lähmende Nebel aus Schmerz und Trauer, der ihn wie ein Kokon aus Seide umhüllt hat, ist plötzlich verschwunden. Er empfindet Anspannung, Aufregung, Angst. Emotionen, die er gar nicht mehr kennt. Eine solche körperliche Reaktion hat er nicht erwartet.

Tim horcht. Er ist irritiert. Denn plötzlich wird alles um ihn herum leiser. Durch die Konzentration auf seinen Tod scheint selbst das monotone Motorengeräusch der unter ihm vorbeirasenden Autos zu verstummen.

Er atmet tief ein. Als er die Luft wieder ausstößt, öffnet er langsam die Augen. Dann zuckt er zusammen. Er kann nicht glauben, was er sieht. Keine Autos mehr, die mit hundertfünfzig Sachen die Brücke zum Schwanken bringen. Unter ihm steht der Verkehr tatsächlich still. Stau. Keinerlei Bewegung mehr, nur ein paar Fahrer, die aus ihren Autos aussteigen und neugierige Blicke nach vorn werfen.

Er fühlt sich erwischt bei seinem jämmerlichen Versuch, sich das Leben zu nehmen. Ob ihn bereits jemand gesehen hat?

Tim realisiert, dass sein Plan gescheitert ist. Er kann nicht mehr springen. Das Risiko, nicht zu sterben, ist viel zu groß. Womöglich würde er bis an sein Lebensende ein Krüppel bleiben. Ohne sich seinen größten Wunsch, bei Ben zu sein, erfüllen zu können.

Vorsichtig schwingt er erst das eine, dann das andere Bein über das Brückengeländer. Zurück auf die sichere Seite. Die Chance ist vertan, heute wird er nicht mehr sterben. Er muss weiter darauf warten, endlich seinen Sohn in die Arme zu schließen.

DIE WAHRHEIT

»Sie werden erwartet.«

Tim blickte den Mann, der die Handschellen aufschloss und sie ihm mit einer geübten Bewegung abnahm, überrascht an. Seit seiner Festnahme vor zwei Tagen hatte er keinerlei Nachricht von außen erhalten. Niemand hatte sich gemeldet oder sich nach ihm erkundigt. Warum auch? Es gab schließlich niemanden mehr, der sich für sein Schicksal interessierte. Offenbar nicht einmal Mascha. Einzig mit seinem Anwalt hatte er Kontakt gehabt. Der hatte ihm immerhin die Nachricht von Mascha übermittelt, dass sie vorerst kein Bedürfnis verspüre, ihn zu sehen. Nach allem, was passiert war, müsse sie erst einmal zur Ruhe kommen. Umso irritierter war er, dass da draußen nun jemand auf ihn wartete.

Nur noch wenige Meter. Eine Stahltür, die geöffnet werden musste. Tim fühlte sich so klar wie schon lange nicht mehr. Kein dumpfer Nebel, der sich über seine Gedanken legte. Er wusste wieder, was passiert war, konnte sich an die vergangenen Tage genau erinnern.

»Bitte.« Der Wärter schloss auf und wies ihm den Weg. Misstrauisch betrat Tim einen weiteren Raum.

Die Erinnerungen kamen mit einer solchen Wucht zurück, dass es ihm den Boden unter den Füßen wegriss. Mit beiden Händen musste er sich im Türrahmen abstützen, andernfalls hätten seine Beine nachgegeben.

Diesen Raum, er kannte ihn von damals. Und die Frau, die an dem schlichten Holztisch in der Mitte des Raums saß, kannte er auch. Vor fast genau drei Jahren hatten sie sich genau hier gegenübergesessen. Es war für eine lange Zeit das letzte Mal gewesen, dass sie miteinander gesprochen hatten. An diesem Tag, kurz nach Bens Tod, hatte sie ihn geschlagen und geschworen, ihm niemals zu verzeihen. Es war der Moment gewesen, in dem er auch seine Frau verloren hatte.

Jetzt saß sie wieder hier. Sie sah besorgt aus, aber die Trauer und Wut von damals waren gewichen. Tim bildete sich sogar ein, ein sanftes Lächeln auf ihren Lippen zu erkennen.

Vorsichtig trat er näher. »Birte«, sagte er leise. »Was machst du hier?«
»Überrascht, mich so schnell wiederzusehen?«
»Allerdings.«
»Du kannst raus. Ich habe mit deinem Anwalt gesprochen. Es gibt keinerlei Beweise gegen dich. Zumindest, was die Sache mit Julia und Robert angeht.«
»Und die anderen Dinge, die man mir vorwirft?«
»Die wirft man dir auch weiterhin vor«, antwortete Birte. »Ich habe dich aber vorerst rausboxen können.«
»Was soll das heißen? Hast du etwa Kaution bezahlt?«
»Es war ja gewissermaßen dein eigenes Geld.« Birte lächelte. »Die Vorfälle im Krankenhaus werden derzeit noch untersucht, offenbar gibt es Ungereimtheiten. Aber eines sollte dir klar sein: Du hast sehr strenge Auflagen. Noch so eine Aktion, und ich werde dir nicht mehr helfen können. Außerdem bekommst du vorerst zweimal täglich Besuch vom sozialpsychiatrischen Dienst. Du stehst unter genauer Beobachtung.«
»Aber wieso?«, fragte Tim. »Ich verstehe das nicht. Du hast mich all die Jahre gehasst. Warum hilfst du mir jetzt?«
»Ich erkläre es dir, aber nicht hier und jetzt«, antwortete Birte. »Lass uns gehen. Wir fahren gemeinsam an einen Ort, an dem dir hoffentlich einiges bewusst werden wird. Vorher muss ich aber noch etwas von dir wissen.«
»Was meinst du?«
»Wie geht es dir heute? Dein Kopf, wie fühlt er sich an?«
»Ich befürchte, ich verstehe noch immer nicht ganz, was mit mir geschieht.«
»Sag mir, wie es um dich bestellt ist«, drängte Birte. »Mir ist klar, dass du wahrscheinlich noch immer große Probleme damit hast, auseinanderzuhalten, was real ist und was sich nur in deiner Phantasie abspielt. Umso wichtiger ist es, dass du bei halbwegs klarem Verstand bist, wenn wir zu diesem Ort fahren. Es ist unheimlich wichtig, dass du begreifst, was ich dir erzählen werde.«
»Verdammt, Birte, was soll das werden?« Tim sah sie verunsichert an. Er spürte, dass seine Augen noch immer flirrten. Noch war er längst nicht wieder gefestigt, seine Psyche nichts anderes als

ein Spinnennetz, das einem Orkan standhalten musste.« »Erzählst du mir jetzt, dass Ben noch am Leben ist und ich mir alles nur eingebildet habe? Mit so etwas würde ich nicht klarkommen, verstehst du? Ich bin froh, Bens Tod endlich angenommen zu haben.«

»Das ist es leider nicht«, antwortete Birte. »Du denkst in die vollkommen falsche Richtung. Ich muss wissen, wie schlimm deine Krise ist. Bei unserer Begegnung vorgestern hast du alles andere als einen stabilen Eindruck gemacht.«

»Ich glaube, mir geht es wieder etwas besser. Die letzten Tage haben mir natürlich zugesetzt, aber seit der Festnahme bin ich etwas zur Ruhe gekommen und habe viel nachgedacht.«

»Nachgedacht?«

»Das, was geschehen ist, hat einen Grund«, antwortete Tim. »Der mit mir zu tun hat. Da bin ich mir absolut sicher.«

»Was soll das heißen? Wovon sprichst du?«

»Keine Ahnung, war nur so ein Gedanke. Weshalb passieren all diese Dinge? Vielleicht will jemand nicht, dass es mir wieder besser geht. Dass ich den Weg zurück ins Leben finde.«

»Denkst du etwa, dass ich etwas damit …?« Birte brach ab und sah ihn irritiert an.

»Ich gebe zu, dass ich anfangs in Erwägung gezogen habe, dass es deine Form der Rache ist. Ich bildete mir ein, dass du mich fertigmachen willst, weil ich wieder auf freiem Fuß bin.«

»Spinnst du?«, sagte Birte hart. »Ehrlich gesagt, weiß ich nicht, ob ich jemandem helfen will, der so über mich denkt.«

»Beruhige dich«, entgegnete Tim beschwichtigend. »Ich habe in den vergangenen Tagen beinahe jeden verdächtigt, den ich irgendwoher kenne. Sogar Mascha.«

Birte hob die Augenbrauen und blickte Tim durchdringend an. Er spürte, dass er zurückrudern musste.

»Ich bin wirklich sehr froh, dass du hier bist und mir hilfst«, sagte er hölzern. »Natürlich habe ich niemals ernsthaft geglaubt, dass du mir so etwas antun würdest.«

»Aber du bist davon überzeugt, dass dich jemand zurück ins Gefängnis bringen will?«

Tim nickte.

»Was ist denn eigentlich mit Mascha?«, fragte sie. »Warum ist sie nicht hier und kümmert sich um dich?«

»Das weiß ich nicht«, antwortete Tim achselzuckend.

»Habt ihr Probleme? Ich dachte, ihr seid glücklich.«

»Das dachte ich auch, aber die letzten Tage haben einiges verändert. Mascha muss sich offenbar darüber klar werden, ob sie mit jemandem wie mir noch länger zusammenbleiben will. Und um ehrlich zu sein, ich kann sie sogar ein wenig verstehen. Das, was im Krankenhaus passiert ist, macht mir selbst Angst.«

»Und genau deshalb ist es verdammt wichtig, dass du jetzt klar im Kopf bist«, wiederholte Birte. »Alles, was du heute noch erfahren wirst, wird nicht einfach für dich werden, aber wenn du bei Sinnen bist und verstehst, was ich dir sage, dann wird alles gut. Bist du also bereit?«

»Du machst mir Angst, Birte.«

»Ich verstehe das als ein Ja.« Sie erhob sich von ihrem Stuhl und gab dem Gefängniswärter ein Zeichen, die Tür nach draußen aufzuschließen. »Komm jetzt mit, wir haben keine Zeit mehr zu verlieren.«

★★★

Während der zwanzigminütigen Autofahrt hatten die beiden kaum ein Wort miteinander gewechselt. Tim waren unzählige Gedanken durch den Kopf geschossen. Er hatte nicht den Hauch einer Ahnung, was Birte ihm verraten wollte. Geschweige denn, wohin sie überhaupt fuhren. Was war so wichtig, dass sich, wie sie behauptete, alles verändern würde?

»Es ist seltsam«, sagte er plötzlich. »Ich habe seit fast drei Jahren nicht länger als eine Stunde am Stück schlafen können. Es war immer wieder derselbe Alptraum, der mich aus dem Schlaf gerissen hat. Immer wieder dieselben Vorwürfe, die ich mir gemacht habe. Es gab unendlich viele Tage und Nächte, wo ich nicht in den Schlaf gefunden habe. Doch weißt du, was wirklich merkwürdig ist? Seit zwei Tagen kann ich wieder richtig schlafen. Die dunklen Gedanken, die mich so lange gequält haben, sind einfach nicht mehr da. Sogar meine Schuldgefühle sind mit einem Mal verschwunden.«

»Tatsächlich?« Birte musterte Tim argwöhnisch von der Seite.
»Ich weiß selbst nicht, wie das sein kann. Es fühlt sich dir gegenüber auch alles andere als gut an. Es kommt mir so vor, als wolle etwas in mir nicht länger die Verantwortung für Bens Tod übernehmen. Muss ich mich dafür schämen?«

»Ich glaube, diese Frage solltest du dir selbst am besten beantworten können.« Birte sah wieder nach vorn. Die Straße führte durch ein dichtes Waldgebiet.

»Wo sind wir eigentlich?«

»Gleich da.«

»Ich kann mich nicht erinnern, schon einmal hier gewesen zu sein«, sagte Tim. Er war während der Fahrt so in Gedanken versunken gewesen, dass er nicht verfolgt hatte, wohin sie eigentlich fuhren.

»Das wird sich gleich ändern«, antwortete Birte. »Warte es ab.« Sie steuerte ihren VW jetzt immer schneller durch den Wald.

Tims Füße verkrampften und simulierten eine Bremsbewegung. »Egal, was es ist«, sagte er, »ich glaube, ich will das doch nicht. Bring mich bitte nach Hause. Ich will mich ausruhen.«

»Dafür ist es jetzt zu spät. Du musst dringend erfahren, was wirklich passiert ist. Vertrau mir einfach.«

»Vertrauen«, wiederholte Tim. »Ein großes Wort. Ich befürchte, dass ich längst den Glauben daran verloren habe, jemandem vertrauen zu können.«

»Verständlich«, sagte Birte kurz angebunden. »Nun sieh dich aber um, kommt dir das hier nicht bekannt vor?«

Tim blickte aus dem Fenster. Sie hatten den dichten Wald offenbar hinter sich gelassen. Sie passierten einige skandinavisch anmutende Holzhäuser in bunten Farben. Die meisten waren rot und blau und grenzten noch direkt an den Wald. Doch mittendrin stand auch ein gelbes Haus, das sofort ins Auge stach.

»Da wären wir«, sagte Birte. »Es ist noch keine achtundvierzig Stunden her, dass wir zuletzt hier waren. Das ist das Haus von Julia und Robert. Erkennst du es wieder?« Birte parkte am Straßenrand und stellte den Motor ab.

Tim stieg aus und ging um den Wagen herum. Er versuchte zu verstehen, was Birte gerade gesagt hatte. Doch das im Wind flatternde rot-weiße Absperrband, welches das gesamte Grundstück umzäunte, machte ihm zu viel Angst, als dass er ihre Worte tief genug vordringen lassen konnte. Noch weigerte sich etwas in ihm, die losen Gedanken in seinem Kopf zusammenzufügen. Nichts an diesem Haus rief in diesem Moment Erinnerungen in ihm hervor.

»Ist denn gar nichts mehr da?« Birte stellte sich neben Tim und legte vorsichtig den Arm um ihn. Er zuckte augenblicklich zusammen, ließ die Berührung letztlich aber zu.

»Ich verstehe noch immer nicht, was das zu bedeuten hat«, sagte er leise. »Ich kenne dieses Haus nicht.«

»Doch, du kennst es«, erklärte Birte mit ruhiger Stimme. »Wir beide haben dort die Leichen gefunden. Für dich war dieses Haus immer eine Holzhütte, zumindest hast du die ganze Zeit davon gesprochen. Und dieser Jäger, mit dem du angeblich gekämpft hast und der dich niedergeschlagen haben soll, war in Wirklichkeit der hier zuständige Briefträger.«

»Das ist nicht das Haus von damals«, sagte Tim zweifelnd. »Die Auffahrt, auf der es passiert ist, sah anders aus.«

»Das stimmt, Julia und Robert sind vor zwei Jahren hierhergezogen.« Birte ließ ihn los und versuchte, Blickkontakt zu Tim herzustellen. »Sie haben es nicht ertragen, weiter in ihrem alten Haus zu leben.« Wieder hielt sie kurz inne und fixierte ihn, als wollte sie auf telepathische Weise Zugang zu ihm finden.

»Hast du eigentlich überhaupt verstanden, was ich gerade gesagt habe?«, fuhr sie plötzlich eindringlich fort. »Diese Hütte im Wald, von der du dachtest, sie würde existieren, gibt es gar nicht. Sie war ein Hirngespinst von dir. Tatsächlich bist du hier gewesen und hast Julia und Robert tot aufgefunden. Möglich, dass du dich im Schockzustand in dem angrenzenden Wald verlaufen hast, aber so wie du glaubst, es erlebt zu haben, hat es definitiv nicht stattgefunden.«

»Aber wie kann denn das nur sein?«, stammelte Tim. »Ich muss tagelang in einer katastrophalen psychischen Verfassung gewesen sein, völlig neben der Spur. Kein Wunder, dass man mich einweisen wollte.«

»Ich habe keine Ahnung, wie schlimm es um dich stand, aber immerhin hast du noch hierhergefunden und die beiden entdeckt.

Deine Wahrnehmung war allerdings offenbar ziemlich gestört.« Birte versuchte, ein mitfühlendes Lächeln aufzusetzen, und strich Tim sanft über den Arm. Dann wurde sie wieder ernst. »Erinnerst du dich vielleicht daran, weshalb du hier gewesen bist? Was wolltest du von Julia und Robert?«

»Nein, ich weiß doch nicht einmal, dass ich überhaupt hier gewesen bin«, antwortete Tim. »Zu Julia und Robert habe ich seit damals keinen Kontakt mehr gehabt.«

»Verstehe.«

»Noch mal zu diesem Jäger«, sagte er. »Es gab ihn also wirklich nicht?«

»Nein«, antwortete Birte. »Der Mann, den du meinst, hieß Peter Wendt und war wie gesagt der Briefträger.«

Tim erinnerte sich wieder an den Namen. Der Polizist im Polizeiwagen hatte ihn genannt. »Ich verstehe das einfach nicht«, sagte er nach einer Weile des Schweigens. »Was war denn nur los mit mir, dass mein Kopf so durcheinander war?«

Birte zuckte mit den Schultern.

»Nur damit ich es verstehe«, sagte Tim. »Wir haben diesen Briefträger also vor zwei Tagen hier gefunden. Eine knappe Woche, nachdem ich bereits die Leichen von Julia und Robert entdeckt hatte. Sie sind tagelang von niemandem entdeckt worden?«

»Unvorstellbar, oder?« Birte schüttelte den Kopf und wischte sich eine Träne aus dem rechten Augenwinkel. Einen Moment lang schien es so, als falle ihre harte Fassade in sich zusammen. Doch dann fing sie sich wieder.

»Was ist mit diesem Unfall, den ich gehabt haben soll?«, fragte Tim. »Deshalb bin ich überhaupt erst ins Krankenhaus eingeliefert worden.«

»Darüber weiß ich nichts.«

»In meiner Erinnerung hatte ich keinen Unfall. Dafür war ich mir absolut sicher, dass mich jemand in dieser Waldhütte, also im Grunde hier, niedergeschlagen hat. Und bis heute habe ich gedacht, dass es dieser durchgeknallte Jäger war. Aber offenbar war ich in einem vollkommen anderen Film unterwegs. Ein ganz schlimmer Rückfall in alte Zeiten. Eigentlich war ich froh, den Kampf gegen meine Psychosen gewonnen zu haben.«

»Tut mir leid für dich, Tim«, sagte Birte. »Ich kann dir nicht sagen, weshalb du ins Krankenhaus eingeliefert wurdest. Aber ich befürchte, dass du wohl tatsächlich einen Unfall gehabt hast. Weshalb sollte man dich anlügen?«

»Das frage ich mich auch«, erwiderte Tim niedergeschlagen. »Trotzdem hat sich alles so echt angefühlt.«

»Es ist echt gewesen. Nur eben in deiner ganz eigenen Realität.«

»Verdammt«, flüsterte Tim. »Woher soll ich denn eigentlich überhaupt noch wissen, was Wirklichkeit ist und was meiner kranken Phantasie entspringt?«

»Ich glaube, ich habe eine Ahnung, was mit dir in den letzten Wochen los gewesen ist.«

»Wie bitte?«, fragte Tim überrascht. Skeptisch trat er einen Schritt zurück. Birtes Andeutung verunsicherte ihn. »Wir haben uns seit zwei Jahren nicht mehr gesehen. Du weißt doch gar nicht, wie es mir ergangen ist. Warum solltest ausgerechnet du mir sagen können, was mit mir geschehen ist?«

»Weil ich eine von zwei Personen auf der Welt bin, die die Wahrheit kennen«, antwortete Birte mit einem sanften Lächeln auf den Lippen. »Wobei das so eigentlich nicht ganz richtig ist, denn auch du solltest die Wahrheit kennen.«

»Ich verstehe kein Wort. Ich frage mich gerade, wer von uns beiden hier eigentlich den Verstand verloren hat.«

Erneut fixierte Birte ihn, als müsse sie über ihre Antwort sehr genau nachdenken. Ihre Augen waren jedoch seltsam leer. Schließlich lächelte sie wieder, diesmal müde.

»Diese Frage lässt sich ziemlich einfach beantworten. Du brauchst einfach nur mal in den Spiegel zu blicken, dann weißt du Bescheid. Wirklich schlimm ist allerdings, dass ich dafür mitverantwortlich bin, dass es dir so schlecht geht. Hätte ich damals meine Augen aufgemacht und sofort verstanden, was wirklich passiert ist, wäre dir mit Sicherheit sehr viel Leid erspart geblieben. Du hättest nicht ins Gefängnis gehen müssen und wärst womöglich auch niemals in die Psychiatrie eingewiesen worden. Es tut mir alles furchtbar —«

»Hör auf damit!«, unterbrach Tim sie. Schweißperlen bildeten sich auf seiner Stirn. Dagegen fühlten sich seine Hände kalt an. Das Herz pumpte unrhythmisch, während sich ein Zittern in seinem

Körper ausbreitete. »Ich weiß wirklich nicht, worauf du hinauswillst«, sagte er mit brüchiger Stimme, »aber vielleicht bin ich noch nicht stabil genug. Lass uns bitte hier wegfahren.«

»Es ist zu spät, Tim«, entgegnete Birte unerbittlich. »Ich habe dir schon viel zu viel verraten, um das Ganze jetzt noch zu stoppen.«

»Nein, hast du nicht.« Tim klang beinahe flehend. »Von mir aus hat dieses Gespräch niemals stattgefunden. Und wir waren auch gar nicht hier, okay?«

»Warum hast du solche Angst vor der Wahrheit? Sie wird dich von der Schuld befreien, für Bens Tod verantwortlich zu sein.«

»Sei endlich still, Birte«, rief er. »Willst du mich vollends in den Wahnsinn treiben? Ich saß am Steuer und habe Ben überfahren. Und ich war betrunken, daran besteht überhaupt kein Zweifel.«

»Hast du nicht selbst gesagt, dass du plötzlich keine Schuld mehr empfindest? Kann es nicht sein, dass deine Erinnerung langsam zurückkommt?«

»Wie meinst du das?«

»Verdammt, Tim.« Birte packte ihn an beiden Schultern. »Du hast die ganzen Jahre nicht den Hauch einer Ahnung gehabt, was damals wirklich passiert ist. Alles war weg. Dabei ist deine Erinnerung der Schlüssel zur Wahrheit. Aber jetzt spüre ich, dass sich das Dunkel bei dir allmählich auflöst. Du kannst dich wieder an Dinge von damals erinnern, habe ich recht?«

»Ich weiß, dass ich Ben totgefahren habe«, antwortete Tim hart. »Und das habe ich mittlerweile einigermaßen für mich akzeptiert. Warum ich keine Schuldgefühle mehr empfinde, kann ich nicht sagen. Aber ich kann das jetzt wirklich nicht noch einmal alles von vorne aufrollen. Bring mich bitte endlich nach Hause.« Tim wandte sich von Birte ab und ging zurück zum Auto. Etwas in ihm weigerte sich, ausgerechnet mit ihr darüber zu sprechen. Der Frau, die alles dafür getan hatte, dass er weggeschlossen worden war.

»Warte!«, rief Birte. »Hör es dir doch erst einmal nur an, dann kannst du entscheiden, ob du es glauben willst. Es wird dein Leben verändern und dich vor einem großen Fehler bewahren.«

»Ich brauche noch etwas Zeit«, sagte Tim. »Die letzten Tage waren alles andere als einfach für mich. Mein Körper schmerzt überall, und in meinem Kopf geht so viel durcheinander, dass ich dringend etwas Ruhe brauche. Mein Bedarf an Schreckensmeldungen ist fürs Erste gedeckt.«

Er öffnete die Beifahrertür von Birtes SUV. »Du hast mir drei Jahre lang nicht erzählt, was du angeblich über damals weißt, da werden ein paar Tage mehr oder weniger nicht entscheidend sein. Ich saß am Steuer, daran gibt es keinen Zweifel. Und um ehrlich zu sein, interessiert mich im Augenblick ohnehin viel mehr, wer hinter alldem hier steckt.« Er zeigte in Richtung des gelben Holzhauses, hinter dessen Fassade sich in den vergangenen Tagen der blanke Horror abgespielt haben musste.

»Hör mir gut zu, Tim«, rief sie. »Ob du es glaubst oder nicht: Wenn du weißt, was damals wirklich passiert ist, kennst du auch den Mörder von Julia und Robert.«

★★★

Tim rannte wie ein angeschossenes Tier durch seine kleine Wohnung in der Percevalstraße. Er konnte nicht schlafen, obwohl es längst nach Mitternacht war. Immer wieder gingen ihm dieselben Worte durch den Kopf. *Wenn du weißt, was damals wirklich passiert ist, kennst du auch den Mörder von Julia und Robert.*

Was zum Teufel wusste Birte? Was konnte ihn von seiner Schuld befreien und zugleich den Mord an Julia und Robert aufklären? Ihm kam ein fürchterlicher Gedanke. Was, wenn sie doch selbst etwas mit der Sache zu tun hatte?

Als sie vorgestern plötzlich mitten in diesem verfluchten Wald vor ihm gestanden hatte – ihr durchdringender Blick, die Fragen, die sie gestellt hatte –, war ihr ganzes Verhalten seltsam gewesen. Und doch hatte er jeden Verdacht sofort wieder verworfen, weil es einfach überhaupt keinen Sinn ergab.

Birte hatte von der Wahrheit gesprochen. Dass es befreiend für ihn sein würde, endlich zu wissen, was wirklich passiert war. Die Wahrheit, die angeblich nur drei Personen kannten. Er selbst, Birte und eine unbekannte dritte Person. Wen verdammt hatte sie gemeint?

Tim griff nach dem Handteil seines Telefons und wählte Maschas

Nummer. Er musste dringend mit jemand Vertrautem reden, und sie war der einzige Mensch, der ihm in diesem Moment einfiel. Erst nach dem dritten Klingeln realisierte er allerdings, wie spät es bereits war. Tim wollte gerade wieder auflegen, als er plötzlich Maschas Stimme am anderen Ende der Leitung hörte.

»Hallo?«

»Mascha, es tut mir leid, dass ich dich so spät noch störe, aber es ist wirklich wichtig.«

»Was willst du?«, fragte Mascha schroff. »Es ist gleich ein Uhr. Ich muss um sechs raus.«

»Können wir trotzdem reden, nur ein paar Minuten?«

»Du weißt, dass ich momentan keinen Kontakt zu dir haben möchte. Ich muss mir erst einmal darüber klar werden, ob ich dir überhaupt noch vertrauen kann.«

»Du darfst aber nicht alles glauben, was man dir erzählt«, sagte Tim.

»Ach nein?«, rief sie plötzlich aufgebracht ins Telefon. »Hast du etwa nicht den Patienten im Nachbarzimmer angegriffen? Und hast du nicht der Krankenschwester eine Spritze in den Bauch gerammt, um aus dem Krankenhaus fliehen zu können? Stimmt das etwa alles nicht?«

»Doch, aber ...« Tim realisierte, dass es keine Entschuldigung für sein Verhalten gab. »Ich war nicht mehr ich selbst, als ich über diesen Mann hergefallen bin«, sagte er schließlich. »Und mittlerweile weiß ich auch, dass du recht hattest. Wir haben an diesem Tag, als ich den Unfall hatte, gar nicht miteinander telefoniert.« Wieder stockte Tim. Doch er blieb dabei und sprach allen Ernstes davon, einen Verkehrsunfall gehabt zu haben, obwohl er sich absolut nicht daran erinnern konnte.

»Das fällt dir jetzt auch wieder ein?«

»Ja, und das mit deiner Schwangerschaft muss ich mir wohl eingebildet haben.«

»Tatsächlich?«, erwiderte Mascha sarkastisch. »Da bin ich aber froh, dass du nicht mehr weißt als ich. Merkst du denn eigentlich gar nicht, was du da redest? Ich weiß einfach überhaupt nicht mehr, was ich dir noch glauben soll. Was der Wahrheit entspricht oder deinem ...« Sie zögerte.

»Sprich es ruhig aus, Mascha«, sagte Tim. »Du meinst doch, was meinem kranken Kopf entspringt, richtig?«

»Ich hatte wirklich gehofft, dass du es eines Tages schaffen würdest«, entgegnete sie. »Wir haben eine gute Zeit gehabt, aber natürlich war mir immer bewusst, dass du auf der Kippe stehst.«

»Ich habe keine Ahnung, was mit mir in den vergangenen Tagen los gewesen ist«, antwortete Tim beschwichtigend, »aber jetzt geht es mir schon viel besser.«

»Schön, und weshalb genau willst du mit mir reden?«

»Ob du es glaubst oder nicht, aber ich habe das Gefühl, als komme meine Erinnerung Stück für Stück wieder.«

»Was soll das heißen?«

»Es gibt da offenbar Dinge, die ich in meiner Erinnerung vollkommen falsch abgespeichert habe«, antwortete Tim. »Vielleicht war alles ganz anders.«

»Ich kann dir nicht folgen.«

»Versteh mich bitte nicht falsch«, sagte Tim behutsam, »aber ich hatte ein langes Gespräch mit Birte.«

»Wie bitte?«, fragte Mascha aufgebracht. »Das ist jetzt nicht dein Ernst!«

»Sie behauptet, damals womöglich nicht die Wahrheit gesagt zu haben. Ich weiß leider selbst noch nicht, was genau sie damit meint, aber es scheint so zu sein, als wenn ich gar nicht verantwortlich für Bens Tod bin. Und was wirklich merkwürdig ist: Dieses Schuldgefühl, das mich all die Jahre verfolgt und aufgefressen hat, ist seit ein paar Tagen verschwunden.«

»Tim, wie oft habe ich dir eigentlich gesagt, dass ich kein Problem mit deiner Vergangenheit habe? Dass du dich damals betrunken hinters Steuer gesetzt hast, wird für dich immer Strafe genug bleiben. Aber du musst mir nichts beweisen. Es ist okay.«

»Es geht mir doch vor allem darum, überhaupt zu verstehen, was damals passiert ist«, sagte Tim. »So vieles, an das ich mich nicht erinnern kann, das macht mich verrückt. Ich weiß, dass das alles vor unserer Zeit war, aber ich würde mich wirklich freuen, wenn wir das gemeinsam schaffen könnten. Um endlich alles zu erfahren, muss ich Birte treffen. Es wäre schön, wenn du mich begleiten würdest.«

»Ich brauche noch Zeit«, antwortete Mascha ausweichend. »Ich habe mittlerweile so viel über dich gehört, dass ich einfach nicht mehr weiß, was ich noch glauben soll. Das meiste davon stimmt wahrscheinlich nicht, aber ich bin ehrlich zu dir: Dein Verhalten im Krankenhaus hat mir Angst gemacht.«

»Können wir uns trotzdem heute Nacht noch sehen?«

»Hörst du mir eigentlich überhaupt nicht zu?«, fragte Mascha ungehalten. »Ich will Abstand zu dir. Momentan möchte ich dich nicht sehen. Und wenn du meinst, dich mit Birte treffen zu müssen, dann scheinst du ja sehr schnell Ersatz gefunden zu haben.«

»Das ist doch völliger Unsinn. Sie stand plötzlich einfach vor mir, als ich in diesem Wald unterwegs war und –«

»Beharrst du immer noch auf dieser Geschichte mit dem Wald?«, unterbrach sie ihn. »Ich dachte, du bist mittlerweile selbst davon überzeugt, dass du dir das alles nur eingebildet hast.«

»Natürlich«, sagte Tim leise. Mascha machte ihm schmerzlich bewusst, dass sich Wirklichkeit und seine eigene Wahrnehmung noch immer in einem verwirrenden Durcheinander vermischten. Er verfluchte diese Momente.

»Ich werde dich in Ruhe lassen, bis du eine Entscheidung getroffen hast. Vielleicht gibt es ja doch noch eine Zukunft für uns beide. Schlaf gut, Mascha.« Er legte auf, ohne ihre Reaktion abzuwarten.

Tim schämte sich. Nicht vor Mascha. Er empfand ihre Entscheidung, vorerst eine Auszeit nehmen zu wollen, absolut ungerecht und rücksichtslos. Warum war sie nicht an seiner Seite, wenn es ihm so schlecht ging wie in den letzten Tagen? Er schämte sich jedoch vor sich selbst. Wie erbärmlich verhielt er sich bloß, dass er Mascha mitten in der Nacht anrief und sie derart würdelos anbettelte.

Wieder lief Tim in seiner kleinen Wohnung auf und ab. Getrieben von einer inneren Unruhe. Der Angst vor dem, was Birte wusste. Was sie ihm unbedingt erzählen wollte. Der Angst vor der Wahrheit.

Er stützte sich auf den Waschbeckenrand in seinem Badezimmer. Als er hochsah, erschrak er. Sein Spiegelbild zeigte einen Mann, der einen verwirrten Eindruck machte. Wie jemand von einer anderen Welt. Bart und Haare waren viel zu lang und sahen ungepflegt aus.

Seine Augäpfel wanderten nervös hin und her. Doch am meisten beunruhigte ihn das stetige Zucken seiner Oberlippe. Sein Körper reagierte, ohne dass er ihn kontrollieren konnte. Bis vor ein paar Wochen hatte er noch gedacht, endlich zur Ruhe kommen zu können. Doch das Gegenteil war der Fall. Alles war nur noch schlimmer geworden.

Tim rannte zurück ins Wohnzimmer und riss die Schubladen des Rollcontainers unter seinem Schreibtisch auf. Irgendwo hier lag sein altes Adressbuch mit den wichtigsten Telefonnummern. Seit Bens Tod hatte er es nicht mehr aufgeschlagen.

Da war es. Hektisch fischte er das dünne Buch aus dem Durcheinander in der Schublade hervor und blätterte es auf. Er hatte sich richtig erinnert. Birtes Handynummer stand ganz vorn im Einband. Obwohl er keine allzu große Hoffnung hatte, dass die Nummer nach so langer Zeit noch aktiv war, tippte er sie in sein Telefon ein. Es erklang tatsächlich ein Freizeichen.

»Tim?«

Er fuhr zusammen. Birte hörte sich hell und klar an. Sie schien noch nicht geschlafen zu haben. »Deine Nummer ist also immer noch die alte«, sagte er leise.

»Ich wusste, dass du dich meldest.« Sie ignorierte seinen Kommentar und sprach jetzt mit warmer und leiser Stimme weiter. »Hast du dich entschieden?«

»Ich habe eben mit Mascha gesprochen«, antwortete Tim. »Ich befürchte, es ist endgültig aus zwischen uns. Sie denkt nämlich, dass wir beide uns wieder näherkommen.«

»Tim, du hörst mir jetzt genau zu, verstanden?« Schon wieder hatte sich Birtes Tonlage verändert. Plötzlich klang sie ernst und bestimmt. »Ich habe keine Ahnung, was genau diese Frau vorhat, aber ich weiß, dass es besser für dich ist, wenn du dich von ihr fernhältst. Ich muss dir jetzt endlich die Wahrheit sagen. Kann ich sofort zu dir kommen?«

»Warum tust du das?«, flüsterte Tim beinahe.

»Weil ich dich beschützen will«, antwortete sie streng. »Du bewegst dich nicht vom Fleck, ich bin in ein paar Minuten bei dir.«

»Warte«, fuhr Tim dazwischen. »Du weißt doch überhaupt nicht, wo ich wohne.«

»Percevalstraße, bis gleich.«
»Woher weißt du …?« Es knackte in der Leitung. Birte hatte aufgelegt.
»Verdammt!«, fluchte Tim. Was ging hier bloß vor sich? Die Frau, die eigentlich an seiner Seite sein sollte, hatte entschieden, auf Abstand zu ihm zu gehen. Und ausgerechnet seine Exfrau, mit der er seit drei Jahren kaum mehr Kontakt gehabt und die damals alles dafür getan hatte, dass er ins Gefängnis gehen musste, half ihm nun.
Um ihn zu schützen, hatte sie gesagt. Aber wovor musste er denn beschützt werden? Etwa vor Mascha?
Allmählich beschlich ihn das Gefühl, dass auch Birte dabei war, ihren Verstand zu verlieren. Vielleicht hatte es bei ihr einfach nur etwas länger gedauert als bei ihm, bis sie den Schmerz nicht mehr ertragen hatte und durchgedreht war.

★★★

Das Klingeln riss ihn aus dem Schlaf. Auf der Küchenuhr erkannte Tim, dass es zwanzig nach fünf war. Er war auf der Couch eingeschlafen, irgendwann nach zwei Uhr, nachdem er vergeblich auf Birte gewartet hatte.
Er schleppte sich zur Tür und sah durch den Spion. Es war tatsächlich Birte. Irgendwie musste sie ins Haus gelangt sein, wahrscheinlich hatte einer der anderen Mieter mal wieder die Haustür nicht richtig verschlossen.
Er beobachtete sie. Birte trug ein kurzes Sommerkleid. Tim glaubte, sich erinnern zu können, dass sie das Kleid schon damals besessen hatte. Ihre blonden Haare waren noch heller als früher, als hätte sie sie gebleicht. Auch ihre Haut an den Armen und im Dekolleté war auffällig blass. Im Gesicht war sie jedoch stark geschminkt. Es war offensichtlich, dass sie sich zurechtgemacht hatte. Irritiert öffnete er die Tür.
»Wo warst du?«, fragte Tim.
»Lass mich bitte rein.«
»Wir haben vor vier Stunden miteinander telefoniert. Du wolltest doch sofort kommen.«

»Mir sind noch ein paar Dinge dazwischengekommen.«
»Mitten in der Nacht?«
»Ich musste sichergehen, dass mir niemand folgt.«
Birte gab sich locker, dennoch hatte Tim das Gefühl, als sei sie angespannt. »Komm rein«, sagte er schließlich. »Ich mache uns einen Kaffee. Hast du denn gar kein Auge zugemacht?«
»Heute Nacht noch nicht«, antwortete Birte. »Hast du vielleicht ein Glas Wein für mich? Das könnte ich jetzt eher gebrauchen.«
»Rotwein ist offen.«
»Gut.« Birte drängte sich an Tim vorbei in seine Wohnung und setzte sich an den kleinen Bistrotisch in der Küche.
»Wer soll dir denn gefolgt sein?«, fragte Tim, während er den Wein in zwei Wassergläser goss.
»Du hast es immer noch nicht verstanden, oder?« Birte lächelte ihn an. Tim fand, dass es ein seltsames Lächeln, eine Mischung aus Überlegenheit, Unsicherheit und Wahnsinn war.
»Dann sag es mir jetzt, ich will die Wahrheit nicht länger vor mir herschieben.«
»Eins nach dem anderen«, sagte Birte. »Trinken wir erst mal ein bisschen und reden über uns beide.«
»Über uns?«, fragte Tim verständnislos. »Ich möchte mich jetzt nicht über uns unterhalten.«
»Ich habe dich vermisst, Tim.« Birte griff nach seiner Hand und zog ihn zu sich heran. Er sah in ihre glasigen Augen und schüttelte den Kopf, als er plötzlich verstand. »Du bist betrunken.«
»Ich weiß genau, was ich gerade tue«, antwortete sie entschieden. »Die Situation ist nun mal kompliziert.«
»Welche Situation denn? Wovon zum Teufel sprichst du überhaupt?«
»Komm jetzt erst mal zu mir her und nimm mich in den Arm.«
Tim stand unschlüssig vor ihr. Nur noch wenige Zentimeter trennten sie voneinander. So wenig wie seit Jahren nicht mehr. Es fühlte sich merkwürdig an.
Einerseits war da diese Vertrautheit zwischen ihnen, mehr als zehn Jahre lang waren sie nebeneinander eingeschlafen und hatten ein gemeinsames Kind gezeugt, das sie beide über alles geliebt hatten. Sie waren sich nahe gewesen und hatten sich ewige

Treue geschworen. Wahrscheinlich hatte er keinen Menschen besser gekannt als sie. Doch saß dort auch jemand vor ihm, der ihm im Laufe der Jahre verdammt fremd geworden war. Eine entschlossene Frau, die gleichzeitig einen verwirrten Eindruck machte.

Er zuckte zusammen, als er plötzlich ihre Hand zwischen seinen Beinen spürte. Es brauchte nur wenige Augenblicke, ehe sein Körper reagierte. Sein Penis pulsierte und wurde hart. Ein Gefühl, das er überhaupt nicht mehr kannte.

»Lass das«, sagte er leise und halbherzig. »Ich will das nicht.«

»Nein?«, fragte sie provokant. »Das fühlt sich aber anders an. Ehrlich gesagt glaube ich, dass wir beide das jetzt brauchen.« Birte stand auf, ihre Hand noch immer auf seiner Hose, und küsste seinen Hals. Sie arbeitete sich langsam vor, bis sich ihre Lippen berührten. Dann fuhr ihre Zunge in seinen Mund.

Tims Kopf schien zu explodieren. Das Blut in seinem Körper pumpte immer stärker, ein Schauer nach dem anderen fuhr über seine Haut. Obwohl er gegen sich ankämpfte und verzweifelt versuchte, es nicht zuzulassen, war er machtlos. Er verlor die Kontrolle über sich und seinen Körper. Er packte Birte um die Hüfte und hob sie mit einer Hand an. Dann trug er sie ins Wohnzimmer und warf sie unsanft auf die Couch.

Ihr Lächeln veränderte sich plötzlich. Das Gefühl der Überlegenheit schien verflogen. Unbehagen und Angst waren stattdessen auf ihrem Gesicht abzulesen. »Was ist los mit dir?«, fragte sie unsicher. »So stürmisch warst du doch früher nicht.«

Tim hörte sie nicht mehr. Er knöpfte seine Hose auf und schob sie bis zu den Kniekehlen hinunter. Dann beugte er sich zu Birte auf die Couch hinab. Er kam so nah, dass sich ihre Nasenspitzen berührten. Er atmete schwer und blies seinen Rotweinatem in ihr Gesicht. Dann begann er mit seiner Hand ihre rechte Wange zu streicheln. Vorsichtig küsste er sie am Hals, fuhr mit seinen Lippen weiter hoch bis ans Ohrläppchen. Seine Zunge saugte sich fest, doch plötzlich hielt er inne.

»Was ist?«, fragte Birte. Noch immer klang sie verunsichert. »Mach doch weiter.«

»Ich mache weiter«, flüsterte er in ihr Ohr. »Aber so, wie ich das will.« Mit einer raschen Bewegung richtete er sich auf und hockte sich auf ihren Oberkörper, sodass sie sich kaum noch bewegen konnte. Im nächsten Moment griffen seine Hände in den Ausschnitt ihres Kleides. Er riss so heftig an dem Stoff, bis er nur noch Fetzen in den Händen hielt. Dann schloss er die Augen.

»Auch eine?«

Tim nickte wortlos und ließ sich die bereits angezündete Zigarette von Birte in den Mund stopfen.

»Geht's dir jetzt besser?«

»Was meinst du damit?« Er blickte sie herausfordernd an.

»Ob du jetzt frei im Kopf bist, davon spreche ich. Das gerade war ja ganz schön …«

»Krank?«

»Krass.«

»Habe ich dir Angst gemacht?«

»Kurzzeitig war ich mir tatsächlich etwas unsicher, was du mit mir vorhast.« Birte lächelte und strich ihm durch die Haare. »Du warst früher nie so wild und animalisch.«

»Das ist nett ausgedrückt«, murmelte Tim. »Tatsächlich schäme ich mich aber. Ich hoffe, dass ich dir nicht wehgetan habe.«

»Schon okay«, sagte Birte. »Auch wenn es etwas gewöhnungsbedürftig war.«

»Ich habe seit drei Jahren keinen Sex mehr gehabt.«

»Wie bitte?« Birte richtete sich auf und sah Tim überrascht an. »Was ist mit Mascha?«

»Wir wollten natürlich, aber ich konnte einfach nicht«, antwortete er. »Ich habe keinen hochgekriegt. Diese Dreckspillen haben meinen Körper kaputt gemacht. Eben ist dann aber irgendwie alles zusammengekommen. Als ich gespürt habe, dass es doch noch funktioniert, habe ich vollkommen die Kontrolle über mich verloren. Es tut mir leid.«

»Nein, mir tut es leid für dich«, sagte Birte. »Was du erleiden musstest in all den Jahren, obwohl du unschuldig bist, werde ich mir niemals verzeihen können.« Sie atmete tief ein und aus. »Wir müssen jetzt über damals reden, Tim. Bist du bereit?«

Tim nickte wieder, wandte seinen Blick jedoch von Birte ab.

»Das Wichtigste zuerst«, begann sie. »Du hast den Wagen damals nicht gesteuert. Mascha war es, die Ben getötet hat.«

Tims Erinnerungen kamen mit einer solchen Wucht zurück, dass sein ganzer Körper zitterte. Die Bilder waren scharf und klar und trotzdem auf eine bestimmte Weise undeutlich. Alles, was er bislang zu wissen geglaubt hatte, entsprach von einem Moment auf den anderen nicht mehr der Wahrheit.

»Ich bin noch lange nicht fertig«, mahnte Birte. »Wir müssen über die Zeit vor Bens Tod reden. Denn dieser Unfall damals, er war auch das Ende der langen Geschichte zwischen uns beiden.«

»Weshalb Mascha?«, fragte Tim tonlos. »Wie kann das sein? Was hatte sie denn überhaupt in meinem Wagen zu suchen?«

»Was hast du gedacht, als du sie im vergangenen Jahr kennengelernt hast?« Birte sah Tim eindringlich an. »Oder sollte ich lieber sagen, als du sie wiedergetroffen hast? Versuch dich zu erinnern. Kam sie dir nicht irgendwie bekannt vor?«

»Ich weiß nicht«, antwortete Tim unsicher. »Wie gesagt, die unmittelbare Zeit vor Bens Tod ist ein großes schwarzes Loch. Sag mir doch einfach, woher ich Mascha kannte.«

»Es ist wirklich unglaublich, dass du nichts von dem, was damals passiert ist, weißt«, sagte sie. »Mascha und du, ihr seid schon damals ein Paar gewesen. Unsere Ehe war kaputt, wir wollten uns scheiden lassen. Kannst du dich wirklich nicht mehr daran erinnern?«

Tim schüttelte verzweifelt den Kopf. Er konnte und wollte es nicht glauben. Mascha und er hatten sich damals bereits nicht nur gekannt, sie waren sich sogar nahe gewesen, hatten eine Beziehung geführt. Das schien ihm vollkommen absurd, und doch hatte er in diesem Moment das Gefühl, als sage Birte die Wahrheit.

»Wir hatten uns damals einfach auseinandergelebt«, fuhr Birte fort. »Unsere Ehe bestand nur noch auf dem Papier, und irgendwann hast du mir dann gesagt, dass da etwas mit einer anderen Frau laufen würde. Es hat einige Zeit gedauert, bis ich herausgefunden habe, mit wem du dich vergnügst. Ich konnte dieses kleine Flittchen von Anfang an nicht leiden.«

»Erzähl mir jetzt, was an diesem verdammten Tag passiert ist«, sagte Tim. Er atmete schwer, während er mit den Tränen kämpfte.

»Ich erinnere mich zumindest an ein paar Dinge, aber überhaupt nicht an Mascha.«

»Kein Wunder, sie hat nämlich alles dafür getan, dir einzureden, dass du es warst, der am Steuer gesessen hat. Dabei bin ich mir mittlerweile absolut sicher, dass sie selbst es war. Ihr beide wart an diesem Tag bei Julia und Robert zu Besuch und müsst ziemlich viel getrunken haben.«

»Moment mal«, fuhr Tim dazwischen. »Soll das etwa heißen, du warst gar nicht dabei?«

»Natürlich nicht«, antwortete Birte verständnislos. »Wir waren damals doch schon seit Monaten nicht mehr zusammen. Du hast Mascha nach und nach in deinen Freundeskreis eingeführt. Und an dem Tag seid ihr bei Julia und Robert gewesen.«

»Ich hatte tatsächlich viel zu viel getrunken«, sagte Tim plötzlich. »Wir waren gut gelaunt, weil Julia und Robert uns an diesem Tag ihre Verlobung bekannt gegeben haben. Wir hatten Ben dabei. Er war so fröhlich an diesem Tag.«

»Erinnerst du dich also wieder?«

Knack.

»Ich glaube, es kommt gerade alles zurück.«

Tim fasste sich mit beiden Händen an den Kopf und massierte seine Schläfen. »Es fühlt sich wie Blitze an, die in meinen Kopf einschlagen. Es tut weh, aber irgendwie ist es auch befreiend.«

»Sag mir, was du siehst.«

»Ich hatte mindestens anderthalb Flaschen Sekt getrunken«, sagte Tim. Die Tränen rannen jetzt an seinen Wangen hinunter. »Julia und Robert wollten, dass wir uns ein Taxi nehmen. Aber Mascha sagte, sie könne noch fahren, sie habe schließlich nur zwei Gläser gehabt. Es gab eine ganz herzliche Verabschiedung, dann setzten wir uns ins Auto. Mascha und ich, wir küssten uns und lachten uns an, weil wir glücklich waren. Und weil wir uns mit Julia und Robert freuten. Dann drehte Mascha den Schlüssel herum und legte den Rückwärtsgang ein. Dieser dumpfe Schlag, als sie anfuhr …«

Tim schluckte schwer, bevor er weiterredete. »Dieser Moment war so unvorstellbar grauenhaft. Zu realisieren, dass Ben gar nicht in seinem Kindersitz saß. Mein Gott, ich war es tatsächlich nicht, der gefahren ist.« Er vergrub sein Gesicht in Birtes Schoß.

Sie legte den Arm um Tim und streichelte ihn. »Dieser Moment hat mein Leben zerstört«, sagte sie nach einer Weile. »Ein Kind zu verlieren, verändert alles. Ich werde bis zu meinem Tod diese Alpträume haben, wie der Anruf der Polizei bei mir einging und ich dann zu euch gefahren bin. Es war grauenhaft.«

»Ich habe große Probleme, die Minuten direkt nach dem Aufprall zu rekonstruieren«, sagte Tim. »Im ersten Moment herrschte die totale Stille. Doch dann wurde irgendwann alles ganz fürchterlich hektisch. Mascha rannte völlig aufgelöst um das Auto herum. Julia und Robert stürmten aus dem Haus heraus und telefonierten aufgeregt.«

»Und du?«

»Es ist ganz seltsam«, antwortete Tim. »In meiner Erinnerung sitze ich auf dem Fahrersitz und sehe zu, wie um mich herum meine Welt zusammenbricht. Allerdings habe ich nicht den Hauch einer Ahnung, wie ich dorthin gekommen bin.«

»Kannst du dir das nicht denken?«

»Mascha?«

»Natürlich«, antwortete Birte voller Überzeugung. »Als ich ankam, stand ich natürlich unter schwerem Schock. Trotzdem kann ich mich daran erinnern, dass Mascha jedem, der ihr über den Weg lief, zugerufen hat, dass du am Steuer gesessen hast. Damals habe ich mir nichts dabei gedacht, aber im Nachhinein war das in dieser Form natürlich auffällig. Sie hat sofort realisiert, was sie getan hatte. Darum hat sie deinen Schock, die Minuten nach dem Aufprall, in denen du wie paralysiert gewesen sein musst, eiskalt ausgenutzt und dich wie auch immer auf den Fahrersitz bugsiert. Sie hat alles dafür getan, dass keinerlei Verdacht auf sie selbst fällt.«

»Seit wann weißt du, dass sie es gewesen ist?« Tim stand auf und trat an das kleine Fenster seiner Wohnung. »Ich meine, wann ist dir klar geworden, dass ich unschuldig bin?«

»In den vergangenen Monaten bin ich immer stärker ins Zweifeln gekommen«, antwortete Birte. »Mit etwas Abstand fängt man an, die Dinge klarer zu sehen, und ich bin mir mittlerweile vollkommen sicher, dass es so war, wie ich sage. Aber dennoch bin ich noch lange nicht fertig. Glaub mir, Tim, das, was ich dir erzählen werde, wird nicht leicht für dich sein. Du musst mir aber versprechen, weiter gut zuzuhören. Es ist verdammt wichtig, denn ich glaube, dass wir beide in Gefahr sind.«

»Ich weiß nicht, ob es überhaupt noch etwas gibt, das mich überraschen oder schockieren kann. Dieser Alptraum wird wahrscheinlich niemals ein Ende haben.«

»Doch, wir haben eine Chance.«

»Wir?«

»Ja, wir beide müssen zusammenhalten. Mascha ist skrupellos, sie geht über Leichen, verstehst du? Sie hat nicht nur Ben getötet, sondern um ein Haar auch dich.«

»Wie meinst du das denn?«

»Ich kann es nicht beweisen, aber ich bin mir ziemlich sicher, dass sie den Wagen manipuliert hat, mit dem du deinen Unfall gehabt hast. Sie wollte dich ausschalten. Umbringen. Einfach aus dem Weg räumen.«

»Und weshalb?«

»Kapierst du denn gar nichts?«, fragte Birte eine Spur zu ungehalten. »Sie hat Angst, dass du dich wieder an alles erinnern kannst. Das muss sie um jeden Preis verhindern. Mit allen Mitteln, zu denen sie fähig ist. Und das ist mehr, als du dir vorstellen möchtest.«

»Hast du eigentlich irgendwelche Beweise für diese ganzen abstrusen Behauptungen?«

»Glaubst du mir etwa nicht? Du hast doch eben selbst gesagt, dass Mascha am Steuer gesessen haben muss.«

»Es fehlt der Beweis«, sagte Tim. »Falls es tatsächlich so war, dass Mascha Ben totgefahren hat, heißt das noch lange nicht, dass sie jetzt versucht, mich umzubringen, weil ich mich möglicherweise an etwas erinnere.«

»Ich habe mit eigenen Augen gesehen, was sie gemacht hat«, erklärte Birte plötzlich hektisch. »Sie hat dich beobachtet, ist dir gefolgt und hatte nicht einmal Skrupel, das Krankenhauspersonal unter Druck zu setzen, damit sie dir diese furchtbaren Medikamente verabreichen.«

»Aber ich habe die Medikamente doch gebraucht«, entgegnete Tim. »Als ich im Krankenhaus lag, war ich psychisch extrem labil. Ich hatte Wahnvorstellungen, das volle Programm. So wie damals, in der Zeit nach Bens Tod.«

»Weißt du noch, wann du die Tabletten zuvor abgesetzt hast?«
»Das war einige Zeit, nachdem ich Mascha kennengelernt hatte. Also nachdem wir uns zum zweiten Mal getroffen haben«, schob er hinterher.
»Siehst du. Du warst clean, als du ins Krankenhaus eingeliefert wurdest. Du hattest es geschafft, von diesen Pillen wegzukommen. Nachdem das mit dem Unfall nicht funktioniert hatte, musste sie etwas unternehmen, weil du auf dem Weg der vollständigen Wiederherstellung warst. Es war nur eine Frage der Zeit, bis du dich wieder an alle Details hättest erinnern können.«
»Du denkst also allen Ernstes, dass ich diesen Unfall hatte, um dabei zu sterben?«, fragte Tim nachdenklich. »Und weil ich überlebt habe, hat Mascha versucht, mich mit Medikamenten vollstopfen zu lassen. So lange, bis man mich wieder zurück in die Psychiatrie geschoben hätte.«
»Was ja beinahe gelungen wäre, nachdem du im Wahn deinen Zimmernachbarn attackiert hast.«
»Du weißt davon?«
Birte nickte wortlos.
»Das hieße also auch, ich habe mir, nachdem ich eingeliefert wurde, alles, was ich angeblich erlebt habe, nur eingebildet«, sagte Tim noch immer ungläubig. »Ich bin niemals in diesem Wald gewesen. Und den Jungen, der wie Ben aussah, gibt es auch nicht. Der irre Jäger war ebenso eine Einbildung. Und natürlich auch Maschas Anruf und ihre Nachricht, dass sie schwanger sei. Ich habe das alles nur im Wahn geträumt? Das ist wirklich heftig.«
»Es muss schrecklich für dich sein. Aber einiges von dem, was du geträumt hast, bezieht sich auf das, was du tatsächlich erlebt hast. Du hast Julia und Robert gefunden. Und den Briefträger.«
»Julia und Robert«, sagte Tim. »Glaubst du, Mascha hat sie umgebracht?«
Wieder nickte Birte.
»Aber warum?«
»Ich schätze, die beiden haben ebenfalls Zweifel an deiner Schuld bekommen. Vor ein paar Monaten hatte ich ein langes Gespräch mit ihnen. Sie haben mir viele Fragen über uns, aber auch über Mascha gestellt.«

»Ich wollte mich nächstes Jahr mit einer Frau verloben, die angeblich unseren Sohn getötet und Julia und Robert ermordet hat. Und du behauptest, dass sie sogar auch mich umbringen wollte. Mir fällt es einfach schwer, das alles zu glauben.«

»Es ist leider die Wahrheit«, sagte Birte. »Mascha wird dich wahrscheinlich dabei beobachtet haben, wie du auf die Leichen gestoßen bist. Sie muss in den letzten Wochen jeden deiner Schritte verfolgt haben, weil sie auf der Hut war.«

»Ich weiß nicht«, sagte Tim. »Was ist mit den Dingen, die im Krankenhaus geschehen sind? Waren die real?«

»Ich befürchte, ja«, antwortete Birte. »Aber auch kein Wunder, bei den Mengen an Medikamenten, die man in dich hineingepumpt hat. Du warst im Grunde tagelang nicht mehr Herr deiner Sinne. Selbst als wir uns in der Nähe des Hauses von Julia und Robert getroffen haben, warst du noch immer orientierungslos und in einem schlimmen Zustand.«

»Was hat Mascha den Ärzten erzählt, dass sie mich so behandelt haben?«

»Keine Ahnung«, sagte Birte achselzuckend. »Aber sie muss sehr überzeugend gewesen sein.«

»Und woher weißt du das alles? Wie kannst du dir sicher sein, dass es so gewesen ist?«

»Es hat lange gedauert, bis ich begriffen habe, wer diese Frau wirklich ist und was sie getan hat. Es hat mich unglaublich viel Kraft und Zeit gekostet. Monatelang habe ich Nachforschungen angestellt, habe sie beobachtet und bin sogar in ihre Wohnung eingebrochen. Ich wollte unbedingt wissen, ob sie es war. Nun weiß ich es. Und sie weiß, dass ich es weiß.«

»Und du denkst, dass sie es jetzt auch auf dich abgesehen hat?«

»Davon gehe ich aus.«

»Wir sollten zur Polizei gehen.«

»Du bist wirklich witzig, Tim. Was meinst du, was passieren wird, wenn wir uns dort melden und denen erzählen, was wirklich vorgefallen ist. Dich werden sie nicht noch einmal laufen lassen. Die werden definitiv deinen Geisteszustand anzweifeln, wenn du plötzlich behauptest, damals nicht am Steuer gesessen zu haben. Da ich leider keine Beweise habe, bleibt uns vorerst nichts anderes

übrig, als abzuwarten. Vielleicht macht Mascha irgendwann einen Fehler. Auf jeden Fall müssen wir vorsichtig sein.«
»Meine Güte, was war bloß die ganze Zeit mit mir los?« Tim ging kopfschüttelnd durch die Wohnung und sammelte seine Kleidung ein, die überall verstreut herumlag. »Aber was hätte ich tun sollen? Die Erinnerung an damals war einfach nicht da.«
»Gar nichts hättest du tun sollen. Es ist nicht deine Schuld.«
»Jetzt wird mir natürlich so einiges klar«, sagte Tim. »Ich verstehe, weshalb Mascha mir so vertraut vorkam, als wir uns über den Weg gelaufen sind. Und es erklärt, warum sie damals so schnell vor mir weggerannt ist. Es muss ein Riesenschock für sie gewesen sein, mich wiederzusehen. Da war es ihr gelungen, die Schuld an Bens Tod mir in die Schuhe zu schieben, mich loszuwerden und auch noch das Glück zu haben, dass ich mich an nichts mehr erinnern kann, und dann treffen wir uns zufällig auf der Straße wieder, und ich verliebe mich ein zweites Mal in sie.«
»Liebst du sie noch immer?«
»Was soll die Frage?«
»Gib mir einfach eine ehrliche Antwort darauf.«
»Sie hat mein Kind getötet«, sagte Tim. »Wie kann ich diese Frau lieben?«
»Angenommen, das wäre nicht passiert, wärt ihr dann jetzt verheiratet?«
»Möglich.«
Birte nickte.
Erst jetzt realisierte Tim, dass sie sich durch seine Worte wahrscheinlich verletzt fühlte. »Tut mir leid«, sagte er leise. »Ich dachte, das mit uns wäre ...«
»Schon gut«, wiegelte Birte ab. »Du hast vollkommen recht.« Sie lächelte, mehr verkniffen als zustimmend.
Auch Tim lächelte. Einen Augenblick lang war er versucht, sich zu ihr auf die Couch zu setzen und sie in den Arm zu nehmen. Doch plötzlich wurde der Moment der Stille durch das schrille Geräusch der Haustürklingel unterbrochen. Birte sprang auf und schlüpfte in ihr zerrissenes Kleid, das unter dem Sofa lag.
»Zieh dir mein T-Shirt drüber.« Tim war angespannt.
»Es ist halb sieben«, sagte sie nervös. »Wer ist das?«

»Das wüsste ich auch gerne.«
»Mach nicht auf.«
»Wovor hast du denn Angst? Dass Mascha da unten vor der Tür steht und fragen will, ob sie sich mit mir aussprechen kann? Das ist doch albern.« Tim ging zur Wohnungstür und nahm den Hörer der Gegensprechanlage ab. »Wer ist da?«
»Hier ist Mascha. Bist du allein?«

SECHS MONATE ZUVOR

Der Schnee peitscht durch die schmalen Gassen der Altstadt. Es ist Samstagabend, kurz vor neun. Tim läuft wie so oft in den vergangenen Monaten ziellos durch die Straßen. Vorbei an den Häusern, die hier zum Teil schon seit Jahrhunderten stehen. Vielleicht noch irgendwo ein schnelles Bier oder einen Gin Tonic trinken, mit ein paar bekannten Gesichtern pseudointellektuelle Gespräche führen und schließlich noch vor Mitternacht zurück zu seiner Wohnung torkeln. So betrunken, dass er auf die Couch fallen wird. In seinem Bett schläft er in letzter Zeit nur noch selten.

Morgen wird er erst einmal seinen Rausch ausschlafen. Irgendwann am späten Vormittag aufstehen, die schlechten Gedanken unter der Dusche wegspülen und den Rest des Tages vor dem Fernseher verbringen. Am Abend wird er sich dann erneut in den Kneipen der Altstadt betrinken, bis ein weiterer Tag geschafft wäre. Denn nur darum geht es überhaupt noch. Den Tag herumzubringen und den Schmerz so lange wie möglich zu verdrängen, um ihn, sobald es dunkel wird, mit Alkohol zu betäuben. Tagsüber trinkt er nicht, noch klammert er sich an seine zunehmend schwindende Würde.

Er hat einen Weg gefunden, halbwegs schmerzfrei durch sein Leben zu gehen. Ohne Hoffnung, ohne Zukunft. Dafür mit einer täglichen Ration Tabletten. Irgendwie auf einem normalen Maß bleiben, das ist sein Ziel. Alles nur, um bloß nicht wieder eingewiesen zu werden.

Tim stolpert durch die Königstraße, sieht um sich herum junge Menschen, die unbeschwert sind und ihr Leben noch vor sich haben. Aber auch jede Menge Gescheiterte wie ihn. Die meisten sind viel älter als er. In diesen Momenten erinnert er sich daran, dass er mit seinen einundvierzig Jahren wahrscheinlich gerade erst die Hälfte seines Lebens hinter sich hat. Gleichzeitig weiß er, dass er vielleicht nicht einmal die fünfzig erreicht, wenn er so weitermacht wie zuletzt.

Er fischt aus seiner Hosentasche eine Packung Benson & Hedges.

In einem Hauseingang sucht er Schutz vor dem beinahe waagerechten Schneefall. Doch das Feuerzeug will einfach nicht brennen. Er schmeißt das billige Plastikteil auf den Bürgersteig, sodass es in mehrere Teile zerspringt. Hilfesuchend blickt er sich um, aber auf einmal sind alle Menschen verschwunden. Sie haben sich ins Warme gerettet und sitzen jetzt mit ihren Freunden in den Bars und Kneipen der Stadt zusammen. Oder zu Hause bei ihren Familien. Die Haustür, an der er sich anlehnt, bewegt sich plötzlich. Im nächsten Moment wird sie aufgezogen, und eine Frau mit langen brünetten Locken in einem schwarzen Mantel stürmt aus dem Haus. Es gelingt ihr nicht mehr, ihm auszuweichen. Sie rempelt ihn an, so heftig, dass sie mit ihren Stöckelschuhen umknickt und auf die Knie geht. Ihre Handtasche fällt herunter.

»Verdammt, was haben Sie denn hier im Hauseingang zu suchen?«, fragt die junge Frau aufgebracht, während sie mühsam wieder auf die Beine kommt.

»Entschuldigen Sie«, sagt Tim. »Der Schneefall ist ziemlich heftig, wissen Sie. Ich wollte mir nur eine Zigarette anzünden und habe Sie nicht kommen sehen.«

Die Frau richtet sich auf und stellt sich ihm direkt gegenüber. Tim sieht sie an und ist augenblicklich fasziniert von ihrem Anblick. Sie ist wunderschön. Nahezu engelsgleich, fährt es ihm durch den Kopf. Das vornehm blasse Gesicht mit den markanten Wangenknochen und den wunderschön geformten Lippen. Einen Moment lang hat er das Gefühl, als habe er sie schon einmal gesehen, ohne jedoch zu wissen, wo. Plötzlich bemerkt er, dass ihn die Frau, die er auf höchstens Mitte zwanzig schätzt, ihrerseits mit weit aufgerissenen Augen anstarrt.

»Alles in Ordnung?«, fragt er besorgt.

»Das kann doch nicht wahr sein, oder?« Die Frau stammelt nur noch, scheint plötzlich vollkommen durch den Wind zu sein.

»Was ist denn los mit Ihnen?«

»Ich glaube, ich verstehe das alles hier gerade nicht so richtig«, antwortet sie.

»Ich sagte doch bereits, dass ich mir lediglich einen windgeschützten Ort gesucht habe, um mir eine Zigarette anzuzünden. Oder denken Sie etwa, dass ich in das Haus einbrechen wollte?«

»Was ich denke?« Sie schüttelt sich und lacht mit einem Mal laut auf. »Was ich denke?«, wiederholt sie beinahe hysterisch. »Gar nichts, ich denke überhaupt nichts.« Sie fasst sich an den Kopf, als könne sie selbst nicht glauben, was sie gerade erlebt. Dann lächelt sie für einen kurzen Augenblick, ehe sie in der vom Schnee aufgehellten abendlichen Dunkelheit verschwindet.

»Warten Sie«, ruft Tim. Doch sie ist bereits außer Sichtweite. Nur noch die Abdrücke ihrer schicken Schuhe im feinen Pulverschnee sind zu erkennen. Welch schöne Frau, denkt er. Obwohl sie so wütend und seltsam verstört gewirkt hat. Er hätte sich nach ihrem Namen erkundigen sollen.

Ein junger Mann kommt vorbei. Tim fragt ihn nach Feuer. Diesmal gelingt es, die Zigarette glimmt. Er will endlich weitergehen, als sein Blick plötzlich im Hauseingang auf das Portemonnaie am Boden fällt. Es muss ihr aus der Handtasche gefallen sein. Neugierig hebt er es auf und öffnet es. Knapp zweihundert Euro in Scheinen. Tim interessiert sich aber für etwas anderes. Er zieht den Personalausweis hervor.

Mascha Köhler. Zweiundzwanzig Jahre alt. Wohnhaft in Lübeck, Königstraße.

Tim tritt vor auf den Bürgersteig und blickt an der Hausfassade hoch. Die Hausnummern stimmen überein. Sie wohnt tatsächlich hier.

Er will das Portemonnaie in den Briefkasten stecken, auf dem ihr Name steht. Im letzten Moment entscheidet er sich um und verstaut es in seiner Jackentasche. Dann nimmt er einen tiefen Zug an seiner Zigarette, schnipst sie weg und macht sich auf den Weg nach Hause. Heute braucht er keine Kneipe und kein letztes Getränk mehr. Heute will er nur noch an sie denken. An Mascha.

Die Sonne glitzert auf dem Schnee, der bis in die frühen Morgenstunden auf die Straßen Lübecks gefallen ist. Tim biegt von der Glockengießerstraße in die Königstraße ab. Nur noch wenige Meter bis zu dem Haus, vor dem sie sich gestern über den Weg gelaufen sind.

Diese Frau, Mascha, geht ihm einfach nicht mehr aus dem Kopf. Immerzu muss er daran denken, wie sie vor ihm gestanden hat.

Mit ihren großen blauen Augen hat sie ihn in ihren Bann gezogen. Tim spürt die ganze Zeit eine seltsame, undefinierbare Vertrautheit, wenn er an sie denkt.

Er sucht nach ihrem Namen auf dem Klingelschild und findet ihn nach kurzer Suche. »Mascha Köhler«. Er zögert. Vielleicht sollte er das Portemonnaie doch einfach nur in den Briefkasten werfen. Zu spät. Er hat bereits geklingelt.

»Ja?« Eine verschlafene Stimme klingt durch die Gegensprechanlage.

»Hallo«, sagt Tim unbeholfen. »Vielleicht erinnern Sie sich an mich? Wir hatten gestern Abend einen kleinen Zusammenstoß hier im Hauseingang. Dabei haben Sie Ihr Portemonnaie verloren. Ich wollte es Ihnen vorbeibringen.«

Es entsteht eine Pause. Vielleicht war es doch keine gute Idee, einfach zu klingeln, denkt Tim nervös. »Sie heißen Mascha, richtig?«, fragt er.

»Hören Sie, ich bin gerade erst aufgestanden«, antwortet sie. »Aber ich möchte mich kurz bei Ihnen bedanken. Es ist wirklich furchtbar nett, dass Sie mir mein Portemonnaie vorbeibringen. Kommen Sie bitte hoch.«

Sie betätigt den Türöffner. Mit Herzklopfen betritt Tim das Treppenhaus, in dem ein großer Spiegel hängt. Er betrachtet sich darin. Zum ersten Mal seit langer Zeit hat er sich wieder zurechtgemacht. Rasiert, die Haare frisiert und vernünftige Kleidung angezogen, auf die er früher immer viel Wert gelegt hat. In diesem Augenblick fühlt er sich so jung wie lange nicht mehr, obwohl er weiß, dass ihn die vergangenen Jahre um ein Vielfaches haben altern lassen.

Dann steht Mascha vor ihm. Sie trägt nur einen Bademantel, ihre Haare sehen zerzaust aus. Wieder schüttelt sie den Kopf. Kaum sichtbar, aber Tim entgeht nicht, dass sein Anblick sie verwirrt. Es vergehen einige Sekunden, ehe sie ihn hereinbittet.

Ihre Wohnung sieht nicht wie die einer gut Zwanzigjährigen aus. Der sanierte Dielenboden und die feinen Stuckverzierungen an den hohen Wänden machen einen herrschaftlichen Eindruck. Auch die Einrichtungsgegenstände, die in sanften Creme- und Grautönen perfekt harmonieren, lassen vermuten, dass Mascha gut situiert sein muss. Oder sie hat einen reichen Liebhaber, der ihr ein Leben in dieser Wohnung ermöglicht.

»Entschuldigen Sie bitte mein Aussehen«, sagt sie und zieht dabei ihren Bademantel aus Satin fester zu. »Es ist gestern Abend etwas später geworden. Möchten Sie einen Kaffee?«

»Ich will Sie nicht länger als nötig aufhalten«, antwortet Tim. »Hier ist Ihr Portemonnaie. Es ist noch alles drin.«

»Vielen Dank, das erspart mir eine Menge Rennerei zu Behörden und Banken. Ich würde mich freuen, wenn Sie noch auf eine Tasse Kaffee bleiben.«

»Na gut, überredet.«

»Kommen Sie mit ins Wohnzimmer, dort können wir es uns gemütlich machen.«

Tim folgt Mascha in einen Raum, von dem er glaubt, dass er fast so groß ist wie seine gesamte Wohnung. Der Raum ist minimalistisch eingerichtet, mit einer modernen Couch, einem Beistelltisch und einer kleinen Bücherwand. Die wenigen Möbel und Accessoires wirken edel und teuer.

»Machen Sie es sich bequem, ich bin gleich wieder da.«

Tim lächelt und sieht Mascha hinterher, während sie auf dem Flur verschwindet. Noch immer hat er das Gefühl, als verhalte sie sich seltsam verunsichert in seiner Gegenwart. Er verwirft den Gedanken und will sich gerade hinsetzen, als er sich noch einmal anders entscheidet und zurück zur Zimmertür geht. Vorsichtig blickt er um die Ecke. Er will sichergehen, dass sich Mascha in der Küche aufhält, damit er sich in Ruhe etwas umsehen kann.

Was er jedoch sieht, bringt ihn vollkommen aus der Fassung. In einem Raum ganz am Ende des Flurs steht Mascha. Ihr Bademantel gleitet von ihren Schultern und fällt auf den Boden. Sie ist jetzt nackt. Ihr Körper ist makellos, und ihre Rundungen sind perfekt.

Sofort zieht er sich wieder ins Wohnzimmer zurück. Er muss sich sammeln, spürt ein nervöses Kribbeln auf der Haut. Er kann sich kaum daran erinnern, wann er zuletzt eine nackte Frau gesehen hat. Noch dazu eine derart attraktive. Er versucht, sich Birtes Körper vor Augen zu rufen. Doch so sehr er sich auch anstrengt, es will ihm nicht gelingen. Die Zeit mit ihr scheint in diesem Moment Lichtjahre entfernt zu sein.

Tim nähert sich dem Fenster zur Königstraße. Sein Blick fällt auf die Fotos in den silbernen Bilderrahmen, die auf der Fensterbank stehen. Porträts von Mascha. Gruppenfotos mit Freundinnen. Und mit Familie, wie es scheint. Es fehlen Fotos von Mascha und einem Mann. Einem Partner, ihrem möglichen Freund. Er nimmt das große Gruppenfoto mit ihren Freundinnen in die Hand und sucht nach bekannten Gesichtern.

Plötzlich hört er Schritte hinter sich näher kommen. Rasch stellt er das Bild zurück, bevor er sich umdreht. Vor ihm steht Mascha, die sich umgezogen hat. Sie trägt jetzt ein kurzes schwarzes Kleid und die Absatzschuhe, die Tim noch von gestern Abend bekannt vorkommen. Sie sieht unglaublich aus. Tim weiß nicht, wohin mit seinem Blick. Einerseits fühlt er sich zu Mascha hingezogen, doch andererseits überfordert ihn das Ganze gerade vollkommen.

»Wie heißen Sie eigentlich?«, fragt sie plötzlich.

»Tim Baltus«, antwortet er. »Tim.« Sein Herz pocht immer stärker.

»Mascha.« Sie lächelt ihn an und reicht ihm die Hand. »Erzähl mir von dir«, sagt sie. Ihr verunsicherter Blick verschwindet allmählich. »Wer bist du? Und was machst du?«

»Was soll ich dir darauf bloß antworten?«, sagt Tim vieldeutig. »Ich frage mich zumindest gerade, ob es nicht ein Fehler ist, was ich hier mache. Aber ich sage es dir so, wie es ist: Ich glaube, ich habe mich in dich verliebt, Mascha.«

Tim steht im Hauseingang und sieht den Schneeflocken zu, die anders als gestern Abend nicht mehr nur eine Richtung kennen, sondern wild durcheinanderfliegen.

Er zieht an seiner Zigarette und denkt darüber nach, was gerade passiert ist. Er hat versagt, das ist wahrscheinlich das, was hängen bleiben wird. Vielleicht war es die Aufregung, oder es lag doch an den Medikamenten, von denen er schon lange vermutet, dass sie sich negativ auf seine Potenz auswirken. Zumindest hat sich nichts bei ihm gerührt, als Mascha ihn langsam ausgezogen und berührt hat.

Trotzdem überwiegt der Stolz. Er hat all seinen Mut zusammengenommen und Mascha gesagt, was er für sie empfindet. Für einen kurzen Augenblick war sie so verwirrt, dass sie einfach loslachte. Doch dann begriff sie, dass er es ernst meint. Verliebt war natürlich ein großes Wort und wahrscheinlich völlig überzogen, immerhin hatte er diese Frau bis gestern Abend nicht einmal gekannt. Aber er hatte sich dazu entschlossen, volles Risiko zu gehen. Zu verlieren hat er ohnehin nichts mehr.

Er kann sich ein Lächeln nicht verkneifen. Es hat tatsächlich funktioniert. Vor ihrem ersten Kuss hatten sie noch Kaffee getrunken und über Belanglosigkeiten geredet. Der Moment selbst war weder romantisch noch leidenschaftlich gewesen, doch das war auch nicht entscheidend. Wichtig ist nur, dass er nach so langer Zeit endlich wieder etwas Positives erlebt hat. Etwas, das seinem Leben ein wenig Sinn gibt. Und selbst wenn sie sich nie mehr wiedersehen sollten, haben ihm die gemeinsamen Stunden mit Mascha mehr gebracht als sein Aufenthalt in der Psychiatrie und all diese langwierigen Therapiesitzungen.

Zufrieden tritt Tim auf den schneebedeckten Bürgersteig der Königstraße. Er erwischt sich dabei, wie er fröhlich ein Lied pfeift. Plötzlich hört er eine Stimme. Direkt über sich. Er blickt nach oben, wo Mascha lächelnd am Fenster ihrer Wohnung steht und seinen Namen ruft. Dann sagt sie die Worte, auf die Tim insgeheim gehofft hat.

»Wann sehen wir uns wieder?«

DIE KONFRONTATION

»Ich bin froh, dass du es dir anders überlegt hast.« Tim trat einen Schritt auf Mascha zu und wollte sie in den Arm nehmen. Er hatte sich dazu entschieden, vorerst so zu tun, als wisse er noch nichts von dem, was Birte ihm erzählt hatte. Doch im letzten Moment zog Mascha zurück.
»Ich muss dich enttäuschen«, sagte sie. »Dass ich hier bin, hat nichts mit uns beiden zu tun.«
»Was soll das denn heißen?«, fragte Tim. »Weshalb tauchst du zu dieser unchristlichen Zeit hier auf, wenn es nicht einmal um uns beide geht?«
»Ich bin hier, weil ich eine Scheißangst habe«, antwortete sie. Ihre Stimme bebte »Nur das ist der Grund. Und willst du auch wissen, vor wem?«
»Vor mir?«
»Wieso denn vor dir?«, fragte Mascha überrascht.
»Du glaubst doch, dass ich wieder durchgedreht bin, oder nicht? Dass all diese Dinge in letzter Zeit nur passiert sind, weil ich wieder in einer Krise stecke. Und weil du gehört hast, dass ich neuerdings über Menschen herfalle, befürchtest du, dass du als Nächstes dran sein könntest.«
»Vollkommener Schwachsinn«, erwiderte Mascha energisch. »Es geht kein bisschen um dich, sondern um deine kranke Exfrau. Sie bedroht mich.«
»Birte?«, fragte Tim mit gespielter Entrüstung. »Weshalb sollte sie das tun?«
»Das ist eine längere Geschichte. Eigentlich wollte ich dich nicht damit belasten, aber heute Nacht, kurz nachdem wir miteinander telefoniert haben, ist etwas passiert, das eindeutig zu weit gegangen ist.«
»Ach?«
»Ach?«, wiederholte Mascha aufgebracht. »Das ist deine einzige Reaktion? Ein läppisches *Ach*? Warst *du* es denn nicht, der die ganze Zeit Birte verflucht hat? Du hast ihr doch immer vorgeworfen,

dass sie sich von dir abgewendet und nicht zu dir gestanden hat. Weshalb hältst du plötzlich zu ihr und triffst dich mit ihr?«

»Birte und ich haben viel zu lange damit gewartet, uns auszusprechen«, antwortete Tim. »Wie kannst du dich da überhaupt einmischen? Ich war mit ihr verheiratet. Und im Gegensatz zu dir zeigt sie wenigstens Verständnis für meine Situation.«

»Wie meinst du das?«

»Während ich im Krankenhaus lag und deine Unterstützung gebraucht hätte, hast du mir das Gefühl gegeben, völlig wahnsinnig zu sein. Kannst du dir auch nur ansatzweise vorstellen, wie man sich da fühlt?«

»Erst hast du behauptet, dass ich dir gesagt hätte, ich sei schwanger. Und dann erfahre ich, dass du andere Patienten angreifst. Glaubst du ernsthaft, das würde spurlos an mir vorbeigehen? Ich mache mir Sorgen und bin gleichzeitig verunsichert.«

Tim blickte Mascha tief in die Augen. In diesem Moment hatte er tatsächlich das Gefühl, als sage sie die Wahrheit. Obwohl er wusste, dass sie ihm all die Jahre etwas vorgemacht hatte.

»Erzähl mir, was heute Nacht passiert ist«, sagte Tim.

»Du solltest dich nicht mit Birte treffen«, begann sie mit belegter Stimme. »Das tut dir nicht gut.«

»Schon wieder machst du mir Vorwürfe, anstatt mir zu helfen«, antwortete Tim. »Für dich bin ich letztlich doch nur der verantwortungslose Vater, der betrunken seinen Sohn totgefahren hat und anschließend psychisch daran kaputtgegangen ist. Warum lässt du mich eigentlich nicht einfach in Ruhe, wenn du mir sowieso kein Wort glaubst?«

»Was redest du denn da? Ich habe dir in all den Monaten niemals irgendetwas vorgeworfen, was mit Ben zu tun hat. Im Gegenteil, ich war es doch, die dich aus deiner Depression herausgeholt hat. Wenn du mich nicht gehabt hättest, würdest du heute in irgendeiner Psychoklinik um dein Überleben kämpfen.«

»Vielleicht hast du recht, und trotzdem musst du akzeptieren, dass Birte sich jetzt, wo es mir richtig schlecht ergangen ist, um mich gekümmert hat. Mehr, als du es getan hast. Jetzt sag mir also, was Birte gemacht haben soll.«

»Sie hat heute Nacht um drei Uhr bei mir geklingelt und einen

Zettel unter meiner Tür hindurchgeschoben. Mit einer vollkommen irren Nachricht.«

»Und zwar?«

»Dass sie sofort zu dir fahren und dich vor mir warnen will. Sie schrieb, dass sie dir alles über mich erzählen und dafür sorgen wolle, damit endlich die ganze Wahrheit ans Licht kommt.«

»Und?«, fragte Tim provokant. »Was ist daran so irre? Denkst du etwa nicht, dass es an der Zeit ist, mir ein paar Dinge zu sagen? Etwa über die Zeit vor dem Tod von Ben.«

»Ist sie noch hier?«

»Wer?«

»Stell dich nicht dümmer, als du bist, Tim. Ich rede von Birte. Ist sie hier bei dir?«

»Nein, sie ist nicht hier.«

»Aber ihr habt bereits miteinander gesprochen, oder?«

»Das habe ich dir doch am Telefon gesagt.«

»Ich meine, ob ihr so richtig gesprochen habt«, drängte Mascha. »Darüber, was sie in diesem Brief ankündigt.«

»Du hast tatsächlich Angst?«

»Ja, das habe ich. Weil ich nicht weiß, wozu sie wirklich fähig ist. Und ich will vermeiden, dass sie dich noch weiter manipuliert.«

»Hör doch auf mit dieser Farce«, polterte Tim plötzlich los. »Ich weiß nämlich alles. Dass du damals am Steuer gesessen hast. Dass wir damals längst ein Paar waren. Dass du alles versucht hast, mir die Schuld in die Schuhe zu schieben, und sogar in Kauf genommen hast, dass man mich für wahnsinnig erklärt. Und als wäre das alles nicht genug gewesen, hast du auch noch versucht, mich umzubringen.«

Für einen kurzen Moment entglitten Maschas Gesichtszüge. Dann schüttelte sie den Kopf und trat einen Schritt zurück.

»Julia und Robert hast du erschossen, genau wie diesen Briefträger.« Tim redete sich in Rage. Seine Halsschlagader trat hervor, während er Mascha immer näher kam. »Ich weiß alles über dich.«

»Du weißt gar nichts«, entgegnete sie ruhig.

»Hast du wirklich geglaubt, dass du damit durchkommst? Dass ich niemals hinter deine kranken Machenschaften komme?« Tim griff nach ihrem Arm, doch Mascha konnte sich sofort losreißen.

»Lass das«, zischte sie.
»Gib es doch einfach zu. Du hast Ben getötet.« Erneut fasste er nach ihr, diesmal bekam er sie am Hals zu packen.
»Hör auf, Tim. Lass den Scheiß«, schrie sie plötzlich panisch. »Oder drehst du gerade wieder durch, so wie im Krankenhaus?«
»Wenn es sein muss. Du hast es selbst in der Hand, sag mir einfach, was du getan hast, und wir werden weitersehen.«
»Du hast nicht den Hauch einer Ahnung, was damals los war«, sagte sie röchelnd. »Gar nichts hast du verstanden. Und jetzt lass mich in Ruhe.« Mit einer schnellen Bewegung löste sie sich aus seinem Griff und wandte sich ab.

Tim bekam sie gerade noch so an ihrer Jeansjacke zu fassen. Doch ehe er richtig zugreifen konnte, schlüpfte sie aus der Jacke, rannte in Richtung Wohnungstür und riss sie auf. Auf der Türschwelle drehte sie sich noch einmal zu ihm um und blickte ihn herausfordernd an. Tim verharrte, die plötzliche Härte in ihrem Blick verwirrte ihn.

»Ich habe dich wirklich für klüger gehalten«, sagte sie, »aber wahrscheinlich ist deine Krankheit einfach schon viel zu weit fortgeschritten, als dass du noch einen klaren Gedanken fassen könntest. Du weißt leider nicht mehr, was du tust. Ich wünsche dir trotzdem viel Glück bei allem. Pass auf dich auf.«

Beinahe lautlos verschwand Mascha im Treppenhaus. Tim stand noch eine Weile regungslos in seiner Wohnung und sah ihr hinterher. Sie war davongekommen, ohne dass sie etwas zu Bens Tod und ihrer gemeinsamen Zeit davor gesagt hatte. Sie hatte sich geweigert, zuzugeben, dass sie seinen Sohn auf dem Gewissen hatte und für die fürchterlichen Dinge der letzten Tage verantwortlich war.

Für einen kurzen Moment war er versucht gewesen, Mascha gewaltsam festzuhalten, hatte sich aber beherrschen können. So weit hatte er sich immerhin unter Kontrolle. Nach dem, was im Krankenhaus vorgefallen war, musste er vorsichtig sein. Er war lediglich auf Kaution auf freiem Fuß, und jede unbedachte Aktion, von der die Polizei erfuhr, würde ihn wahrscheinlich direkt wieder zurück in den Knast bringen.

Tim blickte sich um. Wo zum Teufel steckte Birte eigentlich? Bestimmt hatte sie alles mit angehört.

»Du kannst rauskommen, sie ist weg.« Tim schloss die Wohnungstür und hob Maschas Jacke auf. Er blieb stehen und horchte, doch es war nicht das geringste Geräusch in der Wohnung zu hören. Mit einer seltsamen Vorahnung betrat Tim das Schlafzimmer. Er brauchte nur wenige Sekunden, um zu realisieren, dass sie nicht mehr da war. Das Fenster zum Hinterhof stand weit offen, der Vorhang flatterte beinahe unmerklich im Wind. Hastig trat er ans Fenster und sah hinunter in den Hinterhof. Die Morgensonne hüllte ihn in ein diffuses weißes Licht. Doch von Birte war weit und breit nichts zu sehen.

Tim beugte sich vor und musterte von oben die Hauswand. Neben dem Fenster führte ein Regenwasserrohr nach unten. Es endete jedoch knapp drei Meter unterhalb des Fensters. Wenn Birte tatsächlich auf diese Weise seine Wohnung verlassen hatte, musste sie mindestens zweieinhalb Meter tief auf den harten Betonboden gesprungen sein. Von dort war sie dann wahrscheinlich durch die rückwärtige Tür zurück ins Haus geschlüpft und anschließend durch die Haustür hinaus auf die Straße gelaufen.

Er versuchte, sich in Birtes Lage zu versetzen. Sie musste panische Angst vor Mascha haben. Anders war nicht zu erklären, dass sie diesen Weg gewählt hatte. Offenbar glaubte sie ganz fest daran, dass Mascha sie umbringen wollte.

Tim seufzte und schloss das Fenster. Nachdenklich schritt er durch das Schlafzimmer und massierte angestrengt seine Schläfen. Sein Blick blieb an dem kleinen Nachttisch hängen. Ein Zettel, den er dort nicht abgelegt hatte. Tim nahm ihn und erkannte sofort Birtes Handschrift. Sie war nur schwer zu entziffern, wahrscheinlich hatte sie sich beeilen müssen.

Neugierig begann er zu lesen:

Tim, ich habe nicht viel Zeit. Dennoch will ich dir ein paar Worte hinterlassen, falls wir uns nie wiedersehen sollten.
Egal, was passiert, bitte pass auf dich auf. Diese Frau, Mascha, sie ist unberechenbar und gefährlich. Sie wird wahrscheinlich versuchen, alles abzustreiten. Das würde mich nicht überraschen. Aber das, was ich dir eben über sie gesagt habe, ist wahr. Sie hat damals am Steuer gesessen. Und ich bin überzeugt davon, dass sie Julia und Robert und auch diesen Briefträger erschossen hat.

Vielleicht werde ich eine Weile abtauchen, bis ich mir sicher sein kann, dass sie mir nichts antut. Solange sollten wir beide allerdings keinen Kontakt haben.
Sei also vorsichtig, eines Tages wird die Wahrheit herauskommen. Und dann weiß endlich jeder, dass du unschuldig bist.
Mach's gut, ich denke an dich.
Deine Birte

Tim legte den Zettel beiseite und schloss die Augen. Die Unruhe, die ihn in diesem Moment erfasste, war größer als je zuvor.

DER SCHATTEN

Es war die pure Panik, die Mascha verspürte, als sie in die Engelsgrube einbog und immer schneller rannte. Der unbekannte Schatten, der vor wenigen Augenblicken unterhalb von St. Jacobi hinter ihr aufgetaucht war, lief in dieselbe Richtung wie sie. Und sie hatte keinerlei Zweifel daran, dass er ihr ganz bewusst folgte.

Sie stolperte und schaffte es nur mit großer Mühe, sich auf den Beinen zu halten, indem sie sich an den Mauern der altehrwürdigen Schiffergesellschaft zu ihrer Linken festhielt.

Weshalb nur war sie so unvernünftig gewesen und noch einmal hinausgegangen an diesem Abend? Sie hatte geahnt, dass sie ihr auflauern würde. Um ihren Plan durchzuziehen, würde sie alle Hebel in Bewegung setzen. Und ihr war klar, was das bedeuten würde. Sie musste sterben, weil sie eine Gefahr darstellte.

Außer Atem lief Mascha weiter die Engelsgrube hinunter. Sie wagte es nicht mehr, einen Blick zurückzuwerfen. Sie bog rechts ab in die Engelswisch. Vielleicht würde sie sie hier abhängen können.

Schon nach wenigen Schritten wusste sie, dass dem nicht so war. Hier auf dem Kopfsteinpflaster konnte sie ihre Verfolgerin noch besser hören. Keine zehn Meter mehr betrug der Abstand zwischen ihnen, schätzte sie.

Sie rannte immer weiter, vollkommen planlos. Weiter als ein paar Meter konnte sie nicht sehen. Hier in einer der engsten Gassen der Altstadt war es stockdunkel. Auch das schummrige Licht, das aus den Häusern drang, half ihr kaum. Zum Glück kannte sie sich aus. Sie wusste, dass in wenigen Metern auf der linken Seite der Hellgrüne Gang abbiegen würde. Nicht mehr als ein Loch in der Häuserwand. Gerade so breit gebaut, dass ein Sarg hindurchpasste. Und so niedrig, dass sie ihren Kopf einziehen musste.

Im Durchgang sah Mascha kaum die Hand vor Augen. Trotz der Hitze der vergangenen Tage roch es feucht und modrig in dem Gang, der sie in den verwinkelten Hinterhof führte. Hier kannte sie jedes Haus, jedes Fenster, das sie wie ein dunkles Auge ansah.

Einen Augenblick lang hoffte sie, ihre Verfolgerin abgeschüttelt zu haben. Keine Schritte mehr, die hinter ihr durch die Luft hallten. Kein Atem, der immer näher zu kommen drohte. Als Mascha tief genug im Hellgrünen Gang verschwunden war, blieb sie stehen und stützte sich auf ihren Oberschenkeln ab. Ihre Beine brannten, das Stechen in ihrer rechten Seite versuchte sie zu ignorieren.

Sie hatte heute Abend ihre Wohnung verlassen, um einfach in einer Kneipe herumzusitzen und darüber nachzudenken, was sie als Nächstes tun sollte. Das, was sie so oft getan hatte in den vergangenen Monaten. Nachdenken, über all das, was passiert war. Verstehen, wie es dazu kommen konnte, dass ihr Leben diese Wendung genommen hatte. Sie hatte es einfach getan und war rausgegangen, auf die Straße, unter Leute. Obwohl sie genau wusste, wie gefährlich es sein würde.

Mascha atmete tief durch und versuchte, sich ein wenig zu beruhigen. Hier, im dunklen Herzen der Stadt – in den verzweigten Gangsystemen zwischen den vielen kleinen Häusern, die schon seit dem Mittelalter existierten –, war in diesem Moment nicht das geringste Geräusch zu hören. Rein gar nichts, und genau das machte sie mit einem Mal wieder nervös.

Sie wartete. Sekunden kamen ihr plötzlich wie eine Ewigkeit vor. Vielleicht waren es sogar Minuten, in denen um sie herum die absolute Stille herrschte. Dann öffnete sich plötzlich eine der vielen Türen der Zwergenhäuser. Sie schrak zusammen und wollte sich gerade noch so hinter einem Mauervorsprung verstecken, doch es war zu spät. Der Mann, der aus dem Haus trat, hatte sie bereits gesehen.

»Hallo, Simon«, sagte Mascha leise.

»Um Himmels willen, hast du mich erschreckt«, sagte der Mann. »Was machst du denn hier? Warum schleichst du hier herum? Und wie siehst du überhaupt aus?«

»Bei mir ist alles in Ordnung«, antwortete sie ausweichend. Ihre Stimme klang zittrig. Sie bezweifelte, dass er ihr glaubte. Ihr kam ein Gedanke. Vielleicht sollte sie einfach eine Weile bei ihm Unterschlupf finden, bis es wieder hell war. Für die Fragen, die er möglicherweise stellen würde, hätte sie schon Antworten parat, die er schlucken würde.

»Ich würde dich gerne hereinbitten, aber ich muss los«, sagte Simon. »Komm doch einfach morgen Nachmittag vorbei.«

»Klar«, sagte Mascha und versuchte zu lächeln. Doch sie spürte, dass sich ihre Lippen kaum bewegen ließen. »Vielleicht können wir mal einen Kaffee zusammen trinken.«

Simon nickte und verschwand in die Richtung, aus der sie gekommen war.

Im nächsten Augenblick fuhr sie erneut zusammen. Ein lautes Geräusch hallte durch die späte, lauwarme Abendluft. Ein vertrautes Geräusch. Etwas, das sie jahrelang, Tag für Tag gehört hatte. Der dumpfe, lang gezogene Ton eines geblasenen Horns. So wie es schon die Nachtwächter im Mittelalter getan hatten, um den Bewohnern der Altstadt zu signalisieren, dass alles in Ordnung war, und ihnen auf diese Weise ein Gefühl der Sicherheit zu geben.

Der Nachtwächter, der in diesem Moment in sein Horn blies, war ein Stadtführer auf seiner Tour durch die Gänge Lübecks. In seinem Tross ein Dutzend Touristen oder Zugezogene, die den Bewohnern der Altstadt durch die Fenster in ihre Küchen und Wohnzimmer sahen.

Mascha konnte spüren, wie sich ihr Pulsschlag langsam normalisierte und das panische Gefühl aus ihrem Körper verschwand. Sie bog um die Ecke und war erleichtert, als sie den Nachtwächter in gebückter Haltung durch den niedrigen Eingang kommen sah. In der linken Hand trug er eine Hellebarde, in der rechten eine Laterne. Das Horn, in das er eben geblasen hatte, hing wieder an seinem Gürtel. Nach und nach strömten die Teilnehmer der Führung in den Hof, durch die vereinzelten Lichter in den angrenzenden Häusern in ein diffuses Licht gehüllt.

Mascha kam eine Idee. Sie würde sich einfach unauffällig der Gruppe anschließen. Mit ihr mitgehen, bis sie wieder belebtere Straßen erreichte. Von dort wäre es dann nicht mehr weit bis nach Hause, wo sie sich trotz allem noch immer am sichersten fühlte.

Einer nach dem anderen ging an ihr vorbei. Überwiegend Leute in ihrem Alter, aber auch ein paar ältere. Sie nickten ihr freundlich zu, doch sie spürte, dass ihr Versuch, zurückzulächeln, kläglich scheiterte.

Noch ein Nachzügler, dann waren alle im Innenhof des Hellgrünen Gangs versammelt. Der Nachtwächter war ein Stück weiter vorgegangen und stehen geblieben, um einige erklärende Worte über den Gang zu verlieren.

Der Nachzügler kam langsam näher. Erst jetzt erkannte Mascha, dass der Mann eine Kapuze trug. War es überhaupt ein Mann? Sie konnte es nicht einmal mit Sicherheit sagen. Sie versuchte, Details in der Dunkelheit auszumachen, aber die Person hatte den Kopf so stark gesenkt, dass es ihr unmöglich war, etwas von ihrem Gesicht zu erkennen.

»Ein bisschen schneller, bitte.« Der Nachtwächter hatte die Stimme erhoben, damit er mit seinen Erzählungen fortfahren konnte.

Knapp zwei Meter trennten Mascha jetzt nur noch von der Person, die sich vom Rest der Gruppe offenbar absonderte. Als sie endlich verstand, was hier vor sich ging, war es zu spät. Die Person, die sich ihr plötzlich bis auf wenige Zentimeter genähert hatte, hob den Kopf und zog die Kapuze herunter. Sie war es tatsächlich. Die Panik durchdrang jeden Winkel von Maschas Körper. Mit einem diabolischen Lächeln näherte sich Birte ihrem Ohr.

»Du denkst, es ist alles in Ordnung, wenn der Nachtwächter ins Horn bläst?«, flüsterte Birte mit einer Spur von Wahnsinn in ihrer Stimme. »Dabei war es eine Warnung an dich. Ich habe den Nachtwächter extra darum gebeten.«

»Was willst du von mir?«

»Oh, danach fragst du mich allen Ernstes? Ich denke, du weißt ganz genau, was ich von dir will.«

»Du bist nicht mehr normal«, sagte Mascha aufgebracht und stieß sie von sich weg. »Vollkommen irre.«

»Du meinst, ich bin genauso wie Tim? Vielleicht hast du sogar recht. Aber glaub mir, ich handele jetzt gerade in diesem Moment vollkommen rational. Leider ist es nun mal so, dass du eine große Gefahr für mich darstellst, seitdem du weißt, was damals passiert ist. Und das ist nicht gut für mich. Denn eigentlich hätte nie jemand davon erfahren sollen.«

»Was hast du jetzt vor?«, fragte Mascha. »Willst du mich umbringen? So wie du es bereits mit Tim versucht hast?«

»Ich hatte keine andere Wahl, als ihn aus dem Weg zu räumen«,

antwortete Birte mit einem sonderbaren Lächeln auf den Lippen. »Leider hat das nicht funktioniert. Der weitere Verlauf hat sich dann auch nicht so entwickelt wie gewünscht.«
»Wie gewünscht?«, fragte Mascha vollkommen fassungslos. »Was hätte deiner Meinung nach denn passieren sollen?«
»Ich hatte eigentlich gehofft, dass man ihn direkt aus dem Krankenhaus dauerhaft wegsperren würde. Ihn endgültig und für alle Zeiten in eine Klapse abschiebt. Dorthin, wo er hingehört. Sollen ruhig alle und auch er selbst glauben, dass er Ben totgefahren hat.«
»Wenn jemand weggesperrt gehört, dann du«, zischte Mascha. »Wie kannst du Tim so etwas antun?«
»Vielleicht wäre es für ihn sogar einfacher gewesen, wenn er nicht ins Zweifeln gekommen wäre. Wenn er weiterhin glaubt, dass er es gewesen ist. Der Schmerz der Wahrheit wird ihn doch erst recht zerbrechen.«
»Du bist völlig krank im Kopf.«
»Tut mir leid, aber das hat bislang noch kein Arzt diagnostiziert. Ach herrje, unsere Gruppe ist ja schon weitergegangen.«
Mascha wandte sich abrupt zur Seite. In die Richtung, wo eben noch der Nachtwächter mit der Hellebarde und den anderen Leuten gestanden hatte. Sie waren alle weg. Nicht einmal mehr Stimmen waren zu hören.
Vor Panik spürte Mascha ihren Herzschlag in der Brust, ihre Fingerkuppen fühlten sich von einem Moment auf den anderen taub an. Ihr ganzer Körper war wie gelähmt, ihr Kopf unfähig, einen klaren Gedanken zu fassen. Im besten Fall war die Gruppe nur hinter der nächsten Häuserecke verschwunden, hoffte sie. Doch was, wenn sie den Hellgrünen Gang bereits wieder verlassen hatte?
»Früher oder später hätte ich dich sowieso erwischt«, sagte Birte, und ihr Gesicht verzog sich zu einer Fratze. »Es war nur eine Frage der Zeit. Ich schlage vor, dass wir unsere Stadtführung jetzt zu zweit fortsetzen.«
»Was, wenn ich nicht mitkomme?«
»Diese Frage stellt sich überhaupt nicht.« Mit einer schnellen Bewegung legte Birte den linken Arm um Mascha und presste die Hand auf ihren Mund. Dann zog sie mit der rechten Hand ein Messer aus ihrer Jackentasche, ließ es aufklappen und hielt es

Mascha an den Hals. »Geh jetzt. Und keine Zicken, dann lasse ich dich vielleicht am Leben.«

★★★

Birte wartete, bis sie sich endgültig sicher war. Seitdem der letzte Wellenkranz auf dem Wasser der Untertrave verschwunden war, waren bereits mehr als zehn Minuten vergangen. Zu viel, als dass Mascha noch einmal auftauchen würde. Es erschien ihr ohnehin unmöglich, dass sie sich von dem Pflasterstein, den sie mit einem Seil an ihrem Bein befestigt hatte, befreien könnte. Und trotzdem wollte sie sichergehen, dass sie nicht mehr an der Oberfläche erschien. Um ein für alle Mal mit der Vergangenheit abschließen zu können.

Das Wasser war so schwarz, dass der Gedanke, dort unten am Grund hilflos ertrinken zu müssen, sie selbst erschrak. Birte hatte bis zuletzt einige Optionen durchgespielt. Kurzzeitig hatte sie sogar in Erwägung gezogen, Mascha tatsächlich am Leben zu lassen. Doch schließlich hatte sie entschieden, es wie geplant durchzuziehen. Mascha sollte ertrinken. Sie hoffte, auf diese Weise einige Wochen, vielleicht sogar Monate lang Ruhe zu haben. Irgendwann würde sich das Seil mit Sicherheit von ihrem Fuß lösen und Mascha würde an der Oberfläche auftauchen. Aber dann wäre hoffentlich genügend Gras über die Sache gewachsen und niemand würde dies mehr mit ihr in Verbindung bringen.

Obwohl es mittlerweile schon kurz vor elf war, brannte in den Media Docks auf der gegenüberliegenden Seite der Trave noch Licht. Aus der Ferne konnte Birte trotz der Dunkelheit einige Menschen erkennen, die rauchend an der Kaikante standen. Politiker oder irgendwelche anderen wichtigen Leute, die sich zu einer abendlichen Veranstaltung eingefunden hatten. Sie standen dort, keine hundert Meter entfernt, und hatten nicht den blassesten Schimmer, was sie gerade getan hatte, da war sich Birte absolut sicher. Davon, dass sie Mascha das mit Chloroform getränkte Tuch vor das Gesicht gehalten hatte und sie dann …

Plötzlich fühlte sie sich schwach auf den Beinen. Zum ersten Mal seit Tagen. Langsam wich die Anspannung. Es war, als falle eine Riesenlast von ihr ab. Bei dem Gedanken daran, was in den vergangenen Tagen passiert war, glitt ein Lächeln über ihre Lippen. Gleichzeitig realisierte sie, wie weit sie mittlerweile gegangen war, um die Wahrheit niemals ans Licht gelangen zu lassen.

Nachdenklich zog Birte ihr Handy aus der Jackentasche. Sie blickte sich um. Hier im Schatten des Schuppens 9 war sie ungestört gewesen. Es kam ihr in diesem Moment verrückt vor, dass Tim und sie vor etwas mehr als sieben Jahren ihre Hochzeitsparty hier gefeiert hatten. An diesem Abend war ihre Welt perfekt gewesen. Sie hatten ausgelassen gefeiert und zu später Stunde genau hier an der Kaikante gesessen, nachdem die letzten Gäste gegangen waren. An diesem Abend waren sie so verliebt gewesen wie nie wieder danach.

Und jetzt? Alles war kaputt. Alles, wovon sie damals geträumt hatten, war zerstört und nicht mehr rückgängig zu machen. Ihr gemeinsamer Sohn war tot. Tim war schon lange nichts anderes mehr als ein krankes Wrack, das irgendwo zwischen Wahnsinn und Depressionen versuchte, weiterzuleben.

Sie selbst war in den vergangenen Tagen zu einer Mehrfachmörderin geworden. Sie hatte sämtliche Grenzen überschritten, hatte zunehmend die Kontrolle über sich und das, was sie tat, verloren. Von Mord zu Mord war es einfacher geworden, die Skrupel hatten nachgelassen. Mascha lebendig in der Trave zu versenken, hatte nicht einmal mehr ihren Puls hochschnellen lassen.

Tief im Innern spürte sie, dass sie nicht mehr dieselbe war. Möglicherweise hatten der Tod von Ben und die Jahre danach auch ihre Seele angegriffen. Doch eines hatte sie tatsächlich erreicht: Sie war ihrem Ziel, ihre Lebenslüge für immer für sich zu behalten, ein ganzes Stück näher gekommen. Falls Tims Erinnerung nicht doch noch zurückkäme, würde niemand jemals erfahren, was damals wirklich geschehen war. Dafür hatte sie nun gesorgt.

Sie wählte Tims Nummer und wartete. Erst nach dem sechsten Klingeln nahm er ab.

»Ich bin es«, sagte sie leise.

»Verdammt, Birte, wo hast du denn gesteckt?«, rief Tim ins Telefon. »Was ist passiert? Wie geht es dir?«

»Beruhige dich, Tim. Mir geht es gut.«

»Aber weshalb bist du gestern Morgen einfach so abgehauen? Ich habe mir furchtbare Sorgen gemacht, dass sie dir etwas antut.«
»Als Mascha plötzlich in deiner Wohnung stand, habe ich Panik bekommen«, sagte Birte. »Im ersten Moment dachte ich, sie würde auf uns beide losgehen.«
»Glaubst du denn wirklich, dass sie uns umbringen will?«
»Falls du dich erinnerst, Tim: Sie hat es bei dir bereits versucht.«
»Natürlich erinnere ich mich.«
»Was wollte sie denn überhaupt von dir?«, fragte Birte. »Weshalb war sie da?«
»So richtig habe ich das auch nicht verstanden«, antwortete Tim. »Ich hatte das Gefühl, als wollte sie mir etwas sagen. Aber als ich sie damit konfrontiert habe, was du mir über sie gesagt hast, ist sie einfach abgehauen.«
»Okay.«
»Okay? Was meinst du damit?«
»Nichts, ich bin nur froh, dass dir nichts passiert ist.«
»Fühlst du dich jetzt sicherer?«, fragte Tim plötzlich.
»Wie bitte?«
»Deine Nachricht im Schlafzimmer«, sagte Tim. »Du hast geschrieben, dass du eine Zeit lang abtauchen würdest, bis du dich sicherer fühlst.«
»Ich verstehe«, sagte Birte. »Daran hat sich natürlich nichts geändert, ich wollte eigentlich nur deine Stimme hören.«
»Wo bist du jetzt?«
»Zu Hause«, antwortete Birte. »Dort habe ich mich bislang immer am sichersten gefühlt. Aber egal, wo ich mich in dieser Stadt aufhalte, mittlerweile habe ich immer das Gefühl, dass sie mir jeden Moment auflauern könnte. Kannst du das verstehen?«
»Vielleicht.«
»Wie auch immer«, sagte sie. »Ich glaube, ich werde mich eine Weile zurückziehen.«
»Wie lange denn?«, fragte Tim skeptisch. »Ich brauche dich, um zu beweisen, dass Mascha am Steuer gesessen hat. Außerdem hast du die Kaution für mich bezahlt. Wenn ich Pech habe, wird es zu einem Verfahren gegen mich kommen. Ich würde mich wirklich freuen, wenn du dann an meiner Seite wärst.«

»Wenn ich ehrlich bin, vermisse ich dich jetzt schon«, sagte Birte mit sanfter Stimme. »Aber im Moment kann ich das alles einfach nicht mehr. Bitte pass auf dich auf, denn, auch wenn ich mich wiederhole, diese Frau ist unberechenbar. Sie wird nicht aufhören, bevor sie uns beide ausgeschaltet hat. Ich melde mich bei dir, um zu hören, wie es dir geht. Mach's gut.«

Birte legte auf, ohne seine Reaktion abzuwarten. Eine Weile stand sie noch da und blickte in das dunkle Wasser der Trave. Und auf die rauchenden Menschen vor den Media Docks. Niemand wusste, was sie getan hatte. Und dabei sollte es auch bleiben.

Sie wandte sich ab, ging um den Hafenschuppen herum und hielt Ausschau nach einem Taxi.

ACHT WOCHEN ZUVOR

Tim zieht den Stuhl zurück und macht eine einladende Geste. Mascha lächelt und setzt sich. Ihr Blick verrät sie. Ahnt sie etwa bereits, weshalb sie hier sind?

»Hast du dir das gut überlegt?«, fragt sie, noch bevor er Platz genommen hat.

Er starrt sie an, schüttelt irritiert den Kopf.

»Du brauchst mir nichts vorzumachen. Ich weiß, wie es finanziell momentan um dich bestellt ist. Du brauchst mit mir nicht in das teuerste Restaurant der Hüxstraße zu gehen, um mich zu beeindrucken. Mir reicht auch ein Döner.« Sie lächelt, und ihm fällt ein Stein vom Herzen. Mascha hat offenbar nicht den blassesten Schimmer, dass er ihr in wenigen Minuten einen Heiratsantrag machen möchte.

»Mach dir keine Sorgen«, sagt er lächelnd. »Ich habe ein paar Euro zusammengespart. Und ich finde, es ist einfach an der Zeit, dass wir uns auch mal etwas gönnen. Es ist drei Jahre her, dass ich solch ein Restaurant zuletzt besucht habe. Und wenn ich dich nicht kennengelernt hätte, würde ich hier heute gar nicht sitzen. Vermutlich hätte ich ohne dich den Weg zurück ins Leben niemals geschafft.«

»Das hast du schön gesagt.« Mascha lächelt ihn an. »Aber du weißt, wie ich darüber denke. Zum einen bist du stark genug, um es auch allein zu schaffen. Und wenn wir beide uns nicht gefunden hätten, dann wäre vielleicht jemand anderes gekommen.«

»Du weißt, in welchem Zustand ich war, als du mich in deinem Hauseingang angerempelt hast?«, fragt Tim. »Ich bin absolut überzeugt davon, dass ich ohne dich noch weiter abgestürzt wäre. Deshalb möchte ich mich heute Abend einfach nur für alles bei dir bedanken.«

»Darf es ein Aperitif sein?« Der Kellner tritt an den Tisch und sieht die beiden erwartungsvoll an.

»Wir starten direkt mit Champagner«, antwortet Tim. »Und anschließend bitte zweimal das Fünf-Gänge-Menü. Einmal mit Steinbeißer und einmal mit Lammfilet.«

»Sehr gerne.«
»Was hast du vor?«
»Was meinst du?«
»Champagner? Den bestellt man doch nur, wenn man gerade ein Haus gekauft hat oder …« Mascha hält inne und blickt Tim plötzlich mit weit aufgerissenen Augen an. »Du willst nicht wirklich …?«
»Ich habe keine Ahnung, wovon du sprichst, lass uns den Abend doch einfach nur genießen.« Tim grinst zufrieden und nimmt Maschas Hand. »Ich möchte dir etwas sagen, das mich in den letzten Tagen und Wochen sehr beschäftigt hat.«
»Du weißt, wie sehr ich mir wünsche, dass du mit mir über deine Gefühle offen sprichst.«
»Es geht um Ben«, sagt Tim. »Es ist allerdings nicht so einfach für mich, über ihn zu reden. Vor allem, weil ich nicht so richtig weiß, wie ich deuten soll, was in meinem Kopf vor sich geht. Meine Erinnerungen an damals geraten von Tag zu Tag mehr durcheinander.«
»Was soll das heißen?«
»Seit dem Tag, an dem es passiert ist, habe ich geglaubt, dass ich damals am Steuer gesessen habe. Für mich war immer klar, dass ich die Schuld an Bens Tod trage. Ich weiß nicht genau, wie ich es sagen soll, aber es ist so, als hätten sich plötzlich meine Erinnerungen verändert. In den Bildern, die ich vor Augen habe, sitze ich nicht mehr hinter dem Steuer, sondern auf dem Beifahrersitz. Es ist wirklich verrückt, aber der Gedanke, dass ich es womöglich gar nicht gewesen bin, der Ben überfahren hat, macht mich wahnsinnig. Verstehst du das?«

Mascha blickt ihn gefühlt eine halbe Minute an, ohne etwas zu sagen. Dann reagiert sie doch noch. »Wie soll ich wissen, welche deiner Erinnerungen der Wahrheit entspricht? Wie soll überhaupt jemand wissen, was wahr und was Teil deiner Psychosen ist?«
»Wenn du das so sagst, klingt das ganz schön hart.«
»Tut mir leid, Tim«, sagt Mascha und drückt seine Hand. »Auch wenn wir seit ein paar Monaten zusammen sind, habe ich das Gefühl, dich noch nicht so gut zu kennen. Ich liebe dich, wie du bist. Aber diese andere Seite, du weißt, wovon ich spreche, die

ist mir unheimlich. Wenn du deine Depressionen hast und diese ganzen Bilder siehst. Darum weiß ich einfach nicht, wie ich mit diesen neuen Erinnerungen umgehen soll.«

»Das Problem, das ich habe, ist, dass ich selbst nicht weiß, was ich davon halten soll«, sagt Tim mit belegter Stimme. »Ich kann diese Bilder nicht steuern, sie sind einfach da. Und sie fühlen sich verdammt real an.«

»Hast du mich hierher eingeladen, um mit mir über deine Krankheit zu sprechen?« Mascha zieht ihre Hand zurück und wendet ihren Blick von Tim ab.

»Nein, natürlich nicht. Mir war gerade einfach nur danach, dir zu erzählen, was mich beschäftigt.«

»Das sollst du auch, aber diese Sache liegt irgendwie immer über all den schönen Dingen, die wir unternehmen.«

»Diese Sache? Ich hoffe, es ist nicht dein Ernst, dass du Bens Tod als ›diese Sache‹ bezeichnest?«

»Tut mir leid, so habe ich das natürlich nicht gemeint. Ich will nur nicht immerzu über Probleme mit dir reden müssen. Lass uns jetzt einfach den Abend genießen.«

Tim nickt und lächelt. Er lässt sich nicht anmerken, wie tief ihn Maschas Art, über Bens Tod zu sprechen, verletzt hat.

Der Kellner bringt den Champagner und öffnet die Flasche am Tisch. »Gibt es etwas zu feiern?«, fragt er etwas zu indiskret.

»Ja, gibt es«, antwortet Tim. »Aber das bleibt privat.«

Mascha grinst, während der Kellner beschämt die Gläser füllt und anschließend verschwindet. »Etwas zu feiern?«, fragt sie. »Wie darf ich denn das verstehen?«

»Lass uns erst mal etwas trinken.« Tim hebt sein Glas. »Heute vor vier Monaten haben wir uns kennengelernt.«

Mascha lächelt unsicher.

»Ein wenig kommt mir dieser Tag wie ein zweiter Geburtstag vor«, fährt Tim fort. »Trinken wir auf uns beide. Ich liebe dich, Mascha.«

Mascha schweigt, formt ihre Lippen jedoch zu einem Kussmund.

Tim trinkt den Champagner in einem Zug aus. Wieder nimmt er ihre Hand. Sein Kopf dreht sich langsam zur Seite, er blickt

durch die riesige Fensterscheibe, die sich über die gesamte Front des Restaurants zieht, und sucht nach den richtigen Worten. Obwohl es schon kurz vor neun ist, fallen noch die letzten Sonnenstrahlen in die Hüxstraße. Es ist ein lauer Frühsommerabend. Ein Paar steht eng umschlungen vor einem Schaufenster auf der gegenüberliegenden Straßenseite. Eine der vielen kleinen Galerien in der Altstadt. Das Paar schlendert langsam weiter. Plötzlich dreht sich der Mann um. Er hält verwundert inne, dann sagt er etwas zu seiner Begleiterin und zeigt genau in ihre Richtung.
»Tim? Was ist los mit dir?«
»Wie bitte?«
»Was gibt es denn nun zu feiern?«
»Entschuldigung.« Er drückt ihre Hand jetzt noch ein bisschen fester. Dann sieht er ihr tief in die Augen. Erwartungsvoll blickt sie zurück. Die freudige Ungewissheit macht sie noch hübscher, als sie ohnehin schon ist.

»Ich möchte dich etwas fragen«, beginnt er, doch plötzlich ist er irritiert. Aus dem Augenwinkel sieht er den Mann näher kommen, bis er direkt vor dem Restaurant stehen bleibt und einen Blick auf die Karte wirft, die im Fenster hängt. Die Begleiterin tritt aus seinem Windschatten und stellt sich neben ihn.

Tim spürt ein Stechen in der Brust. Er zuckt zusammen, stößt dabei sein Champagnerglas um. Er kann nicht glauben, was er sieht. Keine zwei Meter von ihm entfernt, lediglich getrennt durch eine Glasscheibe, steht Birte. Sie küsst den Mann neben ihr auf die Wange und legt ihren Arm um ihn.

»Tim, pass doch auf«, ruft Mascha. »Was ist denn nun schon wieder los? Siehst du gerade Gespenster? Vielleicht sollten wir jetzt besser nach Hause gehen.«

»Ich befürchte, dass das da draußen nichts mit irgendwelchen Wahnvorstellungen zu tun hat«, sagt er und klingt dabei, als müsse er jeden Moment einen lauten Schrei loslassen. »Ich gehe jetzt raus und rede mit ihr.«

Mascha dreht sich um und erschrickt ebenfalls. Als sie Birte erkennt, versucht sie noch, Tim zurückzuhalten, doch er stürmt bereits aus dem Restaurant.

»Wer ist er?«, schreit Tim sie an, als er auf die Straße läuft.

Birte fährt herum und sieht ihn mit weit aufgerissenen Augen an. »Was machst du denn hier, Tim?«
»Sag mir, wer dieser Mann ist.« Tim tritt so nahe an sie heran, dass sich der Mann, ein sportlich-elegant gekleideter Mittvierziger, zwischen die beiden stellt.
»Was geht dich das überhaupt an?«, fragt Birte. Auch sie klingt jetzt aufgebracht. »Falls du dich erinnerst, darfst du dich mir bis auf zwanzig Meter nicht nähern.«
»Verdammt, ich war zuerst hier«, schreit Tim. »Zum ersten Mal seit drei Jahren spüre ich wieder so etwas wie Leben in mir. Dieser Abend sollte perfekt werden, und dann musst du hier auftauchen und alles kaputt machen.«
»Bist du allein?«
»Nein. Mit Mascha.«
»Mascha?«
»Ja.« Er nickt in ihre Richtung, bemerkt jedoch, dass Mascha ihren Platz im Restaurant verlassen hat.
Birte schaut ihn prüfend an. »Dir geht's nicht gut, habe ich recht?«, sagt sie und entfernt sich einige Schritte.
»Ich war es nicht«, sagt Tim plötzlich.
»Wie bitte?«
»Seit ein paar Tagen habe ich es ganz klar vor Augen. Es verwirrt mich, aber ich bin mir absolut sicher, dass ich damals gar nicht am Steuer, sondern auf dem Beifahrersitz gesessen habe.«
»Verdammt, Tim, was redest du denn da bloß? Was willst du mir …?« Birte schüttelt fassungslos den Kopf, als sie sieht, dass Mascha plötzlich auf die Straße tritt und davonläuft. Im nächsten Moment bricht sie in Tränen aus. Ihr Begleiter nimmt sie in den Arm und versucht, sie zu trösten. Doch sie stößt ihn von sich und geht stattdessen wieder auf Tim zu.
»Was machst du hier mit diesem Flittchen?«, schreit sie ihn an. »Wie kannst du es wagen? Sie war unsere Babysitterin, falls du es vergessen hast! Ich rufe jetzt sofort die Polizei.« Birte ist außer sich vor Wut und kramt ihr Handy aus der Handtasche.
»Dieser Mann, mein Exmann, darf sich mir nicht nähern«, brüllt sie jetzt. »Er hat mein Kind getötet. Versteht das denn niemand? Er ist vollkommen irre und darf keine Sekunde länger frei herum-

laufen.« Birte dreht sich im Kreis, blickt mit weit aufgerissenen Augen in die Gesichter um sie herum. Dann bricht sie mitten auf der Straße weinend zusammen.

DIE ZWEIFEL

Tim saß dort, wo er am liebsten saß. Zumindest dort, wo er früher immer am liebsten gesessen hatte. Er konnte sich sogar noch genau an den Tag erinnern, an dem er das letzte Mal hier gewesen war. Es war eine Woche vor Bens Tod gewesen. Er hatte mit Birte exakt an dieser Stelle gesessen. Hier im Gras, an dem Ort, den die Lübecker Malerwinkel nannten. Mit dem Blick auf die Obertrave und die bunten Häuser auf der gegenüberliegenden Uferseite. Auf die Wäscheleinen der Bewohner und die an Land gezogenen Ruderboote, im Hintergrund die Kirchturmspitzen. Und auf die Touristenschiffe, die die Altstadt umrundeten und kurz vor Ende jeder Fahrt den Malerwinkel passierten.

Er war weit davon entfernt, sich an jedes Detail zu erinnern. Und doch war er sich sicher, dass sie damals im Grunde glücklich gewesen waren. Irgendetwas hatte jedoch zwischen ihm und Birte gestanden. Da hatte es Diskussionen gegeben, die sich in der Nebelwolke seiner Gedanken abzeichneten. Aber die Einzelheiten bekam er einfach nicht zu greifen, egal wie sehr er seinen Kopf auch anstrengte.

Tim nahm einen Stock aus dem Gras und warf ihn ins Wasser. Wo waren die beiden bloß? Sechs Tage waren mittlerweile vergangen, seitdem ihm Birte die Wahrheit über Mascha erzählt hatte. Sechs Tage, seitdem die wichtigsten Frauen in seinem Leben wie vom Erdboden verschluckt waren.

Er hatte nichts mehr gehört. Nicht von Mascha, die sich von ihm losgerissen hatte, nachdem er sie mit der Wahrheit konfrontiert hatte. Und auch nicht von Birte, die sich aus lauter Angst vor Mascha komplett zurückgezogen hatte.

Das Schlimmste an der gesamten Situation war die Ungewissheit. Würde Mascha tatsächlich versuchen, auch Birte umzubringen? Hinzu kam die Unfähigkeit, ihr zu helfen. Seine Exfrau vor Mascha zu beschützen. Das Ganze erschien ihm noch immer absurd.

Nachdenklich sah Tim dem Stock hinterher, der flussabwärts in Richtung Untertrave trieb. Wie zum Teufel sollte er etwas unternehmen, ohne zu wissen, wie er sie überhaupt erreichen konnte! Er hatte bei ihnen geklingelt und stundenlang vor ihren Wohnungen gewartet. War dorthin gegangen, wo er glaubte und hoffte, dass sie sich aufhielten. Ohne Erfolg. Beide waren weg, einfach verschwunden.

Tim lehnte sich zurück und ließ sich ins Gras fallen. Die Sonne stand fast senkrecht am Himmel und erhitzte die Luft wie schon in den Tagen zuvor. Heute Morgen hatte er ein weiteres Gespräch mit seinem Anwalt geführt. Er konnte es kaum glauben, aber es sah tatsächlich so aus, als ob er vorerst auf freiem Fuß bleiben könnte.

Die Ereignisse aus dem Krankenhaus wurden einer falschen Medikation zugeschrieben, sodass sein Übergriff auf den Patienten im Nachbarzimmer aller Voraussicht nach nicht als vorsätzlich eingestuft werden würde. Sein behandelnder Arzt, Dr. Richter, hatte offenbar zugegeben, die Medikation mit Haloperidol zu hoch angesetzt zu haben. Auch den Angriff auf Schwester Eva und seine anschließende Flucht würden ihm aus diesem Grund wohl nicht strafbelastend vorgeworfen werden können.

Er hatte letztlich Glück im Unglück gehabt. Zwar hatten ihm vor drei Tagen zwei Männer vom sozialpsychiatrischen Dienst einen Besuch abgestattet, doch am Ende ihres Gesprächs hatten sie keinen Anlass dafür gesehen, ihn einzuweisen, wie ursprünglich geplant, oder medikamentös neu einzustellen.

Fürs Erste war er tatsächlich tablettenfrei. Seit langer Zeit zum ersten Mal. Dafür hatte er nun jede Menge Auflagen, die er erfüllen musste. Unter anderem musste er sich jeden Morgen um zehn Uhr bereithalten, um die nette Frau von der Diakonie hereinzulassen. Er stand unter Beobachtung, und er wusste, dass sie recht damit hatten.

Wenn er eine Sache während der letzten Jahre gelernt hatte, dann die, dass seine Krankheit so schwerwiegend war, dass er immer wieder Rückfälle erleben würde. Er war sich vollkommen bewusst, dass die Depressionen, die er durchgestanden hatte, und die Psychosen, die ihn in den Wahnsinn getrieben hatten, keine einmalige Sache gewesen waren.

Ein seltsames Gefühl machte sich plötzlich in ihm breit, bei dem sich sofort sein schlechtes Gewissen zu Wort meldete. Trotz der ungewissen Situation um Birte und Mascha spürte er nämlich auch so etwas wie Erleichterung. Die Wahrheit, so bitter und unvorstellbar sie auch sein mochte, würde ihn vollends entlasten. Sie brachte ihm Ben zwar nicht wieder zurück, doch nach so langer Zeit wieder in den Spiegel blicken zu können, ohne den Drang zu verspüren, ihn zerschlagen zu müssen, war Balsam für seine kaputte Seele. All die Schuld, die er drei Jahre lang mit sich herumgeschleppt hatte, galt plötzlich nicht mehr.

Sein Anwalt hatte ihm geraten, weitere Beweise für Maschas Schuld zu sammeln. Aber er hatte sofort abgewunken. Natürlich sollte sie für alles, was sie getan hatte, zur Rechenschaft gezogen werden, doch hatte er sich in den vergangenen Tagen geschworen, die ganze Angelegenheit für sich nicht mehr aufrollen zu wollen. Er wollte nur die Wahrheit wissen und hoffte nichts sehnlicher, als ein für alle Mal mit der Vergangenheit abschließen zu können.

Tim erwischte sich sogar bei dem Wunsch, beide Frauen würden nie wieder in sein Leben zurückkehren. Birte und Mascha, einfach für immer nicht mehr da. Die Vorstellung war seltsam beruhigend. Zu viel hatten sie ihm in den vergangenen Jahren angetan.

Auch an einen Tapetenwechsel hatte er schon gedacht. Einfach selbst zu verschwinden, weit weg ins Ausland. Vielleicht nach Spanien, an die Costa de la Luz, wo er als Zwanzigjähriger unvergessliche Wochen mit ein paar Freunden verbracht hatte. Oder mit dem Wohnmobil durch Norwegen, was er schon immer hatte machen wollen.

Tims Augen fielen langsam zu, während seine Gedanken immer weiter abschweiften. Weit weg von hier. Weit weg von dem, was er durchgemacht hatte. Plötzlich war er irgendwo ganz allein auf einer Autobahn unterwegs. Er fuhr schnell. Viel zu schnell. Im Augenwinkel erkannte er das weiße »P« auf blauem Untergrund. Er bremste heftig, weil Mascha ihm gerade am Telefon gesagt hatte, dass sie schwanger sei.

Hatte sie ihn etwa doch angerufen? War das, was sie so vehement bestritten hatte, vielleicht keine Einbildung gewesen? Und dennoch wollte ihr Gespräch einfach keinen Sinn ergeben. Schließlich wusste er, dass Mascha keine Kinder bekommen konnte. Außerdem hatten sie überhaupt keinen Sex miteinander gehabt. Weil er nicht konnte.

Tim fuhr hoch. Plötzlich war er sich sicher, dass irgendetwas nicht stimmte.

★★★

Der Blick auf den Verkehr in der Königstraße machte ihn nervös. Busse, Autos, Fahrradfahrer und Fußgänger rauschten unablässig unter ihm vorbei. So wie die Bilder in seinem Kopf. Allerdings mit einem entscheidenden Unterschied: In seinem Kopf waren die immer gleichen Szenen in einer Endlosschleife gefangen, ohne dass er die wirklich wichtigen Details abrufen konnte.

Dieses Telefonat mit Mascha auf der Autobahn, immer wieder musste er daran denken. Er war zuletzt zu der Überzeugung gekommen, dass es das Gespräch gar nicht gegeben hatte. Nur ein schlechter Traum, der Vorbote des Wahnsinns, der ihn in den folgenden Tagen erwartet hatte. Nun hatte er allerdings keinerlei Zweifel mehr. Er war sicher, dass es stattgefunden hatte.

Während vieles andere, was er seiner Erinnerung zufolge in dem Wald erlebt hatte, schon verblasst war, konnte er sich plötzlich wieder an jedes einzelne Wort ihres Gesprächs erinnern. Und trotzdem wollte ihm einfach nicht in den Kopf, wie er reagiert hatte, als sie ihm gesagt hatte, dass sie schwanger sei. Es war vollkommen unmöglich, dass sie von ihm schwanger war.

Tim schloss die Augen. War Mascha womöglich von jemand anderem schwanger? Er wollte sich nicht vorstellen, dass sie ihm tatsächlich das Kind eines anderen als seines verkauft hatte. Aber selbst wenn sie fremdgegangen war, war da noch immer die Sache mit der Unfruchtbarkeit. Die Zyste an ihren Eierstöcken, die ihr Frauenarzt viel zu spät entdeckt hatte. Er war selbst damals bei dem Gespräch dabei gewesen.

Er wandte sich vom Fenster ab und ließ seinen Blick durch Maschas Wohnzimmer schweifen. Wenn er die Wohnung betrat, war er jedes Mal aufs Neue fasziniert. Die Größe und die dezente, aber teure Einrichtung passten einfach nicht zu einer zweiundzwanzigjährigen Goldschmiedin, die gerade erst ihre Ausbildung beendet hatte und bei einem Juwelier in der Hüxstraße arbeitete. Mascha hatte einmal zu ihm gesagt, dass ihre Eltern wohlhabend seien und sie schon immer unterstützt hätten. Er hatte es geglaubt, begegnet war er ihren Eltern bislang jedoch nie.

Tim gab sich keinerlei Mühe, das Chaos, das er verursacht hatte, zu vertuschen. Wenn all das stimmte, was Birte ihm über Mascha erzählt hatte, dann würde sich niemand mehr dafür interessieren, dass er in ihre Wohnung eingebrochen war, um eventuelle Beweise für ihre Schwangerschaft zu sammeln. Trotzdem war er frustriert. Er hatte jeden Raum dreimal abgesucht, ohne auch nur den geringsten Hinweis zu finden. Es gab nichts, was auch nur im Entferntesten den Rückschluss zuließ, dass sie fremdgegangen war. Nichts, was die Vermutung zuließ, sie sei schwanger.

Tim drehte sich im Kreis, mal wieder. Obwohl er das Gefühl hatte, der Wahrheit so nahe wie noch nie zu sein, gab es noch immer so viele Details, die im Verborgenen lagen. Irgendwo ganz weit hinten versteckt in seinen Erinnerungen. Es war ein täglicher Kampf, den er austrug, um sie Stück für Stück wieder zurück an die Oberfläche zu transportieren. Ein Kampf, der stärker schmerzte als alles, was er je zuvor in seinem Leben erlebt hatte. Denn in nahezu jeder Sekunde, in der er sich mit seiner Vergangenheit auseinandersetzte, wurde er gleichzeitig auch mit Bens Tod konfrontiert.

Er atmete tief ein und aus, während er noch einmal mit prüfendem Blick durch Maschas Wohnung ging. Hier gab es nichts, was ihm weiterhalf. Wenn er nur wüsste, wo sich diese Verrückte in diesem Augenblick aufhielt. Ob sie Birte tatsächlich etwas angetan hatte und dann geflohen war? War sie zu einer skrupellosen Mörderin geworden?

Wo zum Teufel sollte er noch nach ihr suchen? Er hatte bereits sein Möglichstes getan, war durch die ganze Stadt gelaufen, hatte stundenlang auf der Lauer gelegen und war jetzt auch noch in ihre Wohnung eingebrochen. Im Grunde fragte er sich ohnehin, ob er sie überhaupt finden wollte. Ging es ihm nicht vielmehr darum, für sich endgültig den inneren Frieden zu finden? Mascha hatte sein Leben zerstört, so viel stand fest. Und er würde für nichts garantieren können, wenn sie jemals wieder vor ihm stünde.

Eher musste er weiter nach Birte suchen. Ihr das Leben retten oder zumindest die Polizei verständigen, damit die sich um die

Angelegenheit kümmerte. Allerdings empfand er trotz all der Vertrautheit, die selbst nach dem, was in den letzten Jahren passiert war, noch immer zwischen ihnen herrschte, ihr gegenüber ein seltsames Gefühl der Gleichgültigkeit.

Zu viel war vorgefallen, als dass er bedingungslos um sie kämpfen würde. Schließlich hatte auch sie es nicht für ihn getan, als er die schlimmste Zeit seines Lebens durchgemacht hatte. Sie war nicht an seiner Seite gewesen, als er sie gebraucht hatte. Stattdessen hatte sie ihn nicht nur für etwas verurteilt, das er gar nicht getan hatte, sondern sogar einen Feldzug gegen ihn geführt, ihn aus ihrem Leben und zeitweilig aus der Gesellschaft verbannt, mit dem Ziel, ihn systematisch fertigzumachen.

Sie war die treibende Kraft gewesen, als es um seine Verurteilung gegangen war. Birte war verantwortlich dafür, dass er ein Jahr lang im Gefängnis gesessen hatte, mit anschließender Unterbringung in einer psychiatrischen Klinik. Und sie war es gewesen, die ihm untersagt hatte, das Grab seines eigenen Sohnes zu besuchen. Sie hatte sogar durchsetzen können, dass er sich ihr höchstens bis auf zwanzig Meter nähern durfte, weil sie befürchtete, er könne ihr im Wahn etwas antun.

Dann plötzlich, gerade als es ihm gelungen war, endlich einige Puzzleteile der Erinnerung sinnvoll aneinanderzulegen, war sie vollkommen unvermittelt aufgetaucht und hatte ihm unglaubliche Dinge erzählt, die alles, wovon er bislang ausgegangen war, in ein neues Licht rückten.

Wollte er dieser Frau tatsächlich helfen?

★★★

Er hatte Birte gar nicht gefragt, woher sie gewusst hatte, dass er nach seiner Flucht aus dem Krankenhaus zurück in den Wald gefahren war. – Nein, so ganz stimmte das nicht. Er hatte sie gefragt, was sie dort überhaupt zu suchen hatte, aber sie war ihm ausgewichen und stattdessen in Tränen ausgebrochen. Weil sie kurz zuvor die Leichen von Julia und Robert entdeckt hatte.

Verflucht!, durchfuhr es ihn. Es hatte diesen Wald ja gar nicht gegeben.

Alles, was Tim in diesem Wald erlebt hatte, war einzig und allein seiner Phantasie entsprungen. Seine Psychose musste voll zugeschlagen haben. Er war im Wahn gewesen, hatte – wahrscheinlich im Krankenbett liegend – einen abenteuerlichen Trip über mehrere Tage erlebt, der so real gewesen war, dass die Bilder und Momente aus dem Wald noch immer präsent waren.

War Birte also nun dort gewesen oder nicht? Aber wie konnte sie in dem Wald gewesen sein, wenn es ihn gar nicht gab? Vielleicht hatte sie ihn irgendwo auf dem Weg zu dem Haus von Julia und Robert, das am Waldrand gelegen war, abgefangen. Das Haus, in dem die beiden Leichen gelegen hatten. Die Hütte im Wald, wie er geglaubt hatte. Noch immer konnte Tim Erlebtes und nicht Erlebtes nicht unterscheiden. Irgendwo zwischen Realität und Wahn gab es eine schmale Trennlinie, an der er sich entlanghangelte und immer wieder zu beiden Seiten ausscherte.

Seit drei Stunden stand er bereits hier im Schutz der Bäume in der Wallstraße und beobachtete das Haus, in dem Birte lebte. Auch wenn sie ihm gleichgültig war, gab es immer noch offene Fragen. Ungereimtheiten. Erinnerungslücken, die er unbedingt schließen wollte, weil sie ihm Angst machten.

Oder war sie ihm womöglich gar nicht so gleichgültig, wie er glaubte? Fühlte er sich tief im Innern noch immer zu ihr hingezogen? Er hatte mit ihr geschlafen, was mit Mascha seit einem halben Jahr nicht mehr funktioniert hatte. Und vor allem hatte er ihr geglaubt, mehr als Mascha.

Tim war hin und her gerissen zwischen dem Wunsch, endlich die Vergangenheit ruhen zu lassen, und der Sehnsucht nach dem Leben vor Bens Tod, als er gemeinsam mit Birte und seinem Sohn glücklich gewesen war.

Wo zum Teufel steckte sie nur? Seit knapp einer Woche hatte es kein Lebenszeichen mehr von ihr gegeben.

Tim hatte schon mehrfach hier gestanden und auf sie gewartet. Ohne Erfolg. Sie hatte weder die Tür geöffnet, noch war sie ans Telefon gegangen. Unter falschem Namen hatte er sogar auf ihrer Arbeit angerufen, doch auch dort wusste man nicht, was mit ihr los war. Die wahrscheinlichste Erklärung war, so hoffte er jedenfalls, dass sie bei ihren Eltern in Kiel untergetaucht war.

Noch hatte er nicht den Mut gefunden, bei ihnen anzurufen. Sie hatten ihm damals, nach Bens Tod, schlimme Vorwürfe gemacht und ihren Teil dazu beigetragen, dass Birte sich von ihm abgewendet hatte.

Tim trat aus dem Schutz der Bäume und überquerte die Straße. Ein ungutes Gefühl überkam ihn plötzlich. Ein Gefühl, dass er womöglich längst zu spät dran war. Dass der Grund dafür, dass sie ihr Haus nicht verließ, die Tür nicht öffnete und nicht einmal an ihr Telefon ging, ganz einfach der war, dass Mascha bereits hier gewesen war.

Er wartete so lange, bis er sicher war, dass er von niemandem beobachtet wurde. Dann ging er seitlich an dem lang gestreckten Mehrfamilienhaus einen kleinen Weg entlang, bis er nach wenigen Metern den rückwärtigen Terrassenbereich erreichte.

Vorsichtig sah er sich um. Er wusste, dass Birte nach Bens Tod ihr gemeinsames Haus verkauft hatte. Das Geld vom Verkauf und die weiteren Ersparnisse, die vor allem von ihm stammten, hatte sie offenbar in diese Immobilie in exquisiter Lage direkt an der Trave investiert. Eine Wohnung in dieser Lage musste mindestens eine halbe Million kosten.

Für eine funktionierende Alarmanlage hatte das Geld allerdings offenbar nicht mehr gereicht. Mit einem dicken Stein schlug er ein Loch in die große Glasschiebetür, durch die man von der Terrasse ins Haus gelangte. Als er ins Innere trat, blieb er wie gelähmt stehen. Birte war zwar in ein neues Haus gezogen, doch ein Großteil ihrer Möbel stammte noch aus ihrer gemeinsamen Vergangenheit.

Sofort fühlte er sich zurückversetzt in eine Zeit, in der sein Leben noch in Ordnung gewesen war. Fast wie aus dem Bilderbuch. Gut bezahlte Jobs, beide auf dem Weg, die Karriereleiter ganz nach oben zu steigen. Ein großes Haus mit Swimmingpool in Lübeck-St. Jürgen. Und vor allem einen wunderbaren Sohn, den er sich immer so sehr gewünscht hatte.

Er schüttelte die Gedanken ab und zwang sich, das Haus zu durchsuchen. Obwohl er das mulmige Gefühl, zu spät zu kommen und jeden Moment eine grausame Entdeckung zu machen, nicht loswurde, wollte er endlich Klarheit haben.

Wohn- und Esszimmer waren derart spartanisch eingerichtet,

dass er bereits nach wenigen Augenblicken schon nicht mehr wusste, wonach er hier überhaupt suchen sollte. Als er den Flur betrat, kitzelte ihn jedoch plötzlich ein unangenehmer Geruch in der Nase. Es roch verdorben, nach Verwesung. Ein Gefühl der Beklemmung erfasste jetzt seinen gesamten Körper.

Tim zitterte und machte sich darauf gefasst, jeden Augenblick auf Birtes Leiche zu stoßen. Langsam tastete er sich an der Wand entlang, weil er Angst hatte, dass seine Beine nachgeben würden. Dann bog er in die Küche ab.

Der Gestank war jetzt so unerträglich, dass er sich die Hand vors Gesicht halten musste. Er rechnete mit dem Schlimmsten, Birtes halb verwester Körper, mit Einschusslöchern übersät. So wie bei den Leichen in der Hütte, bei denen es sich offenbar um Julia und Robert gehandelt hatte. Doch im nächsten Moment atmete er erleichtert durch. Hier war der Grund für den Gestank ein anderer und lag in Form eines Suppenhuhns auf der Küchentheke.

Angewidert näherte er sich dem Kadaver, den kompletten Arm vor Nase und Mund gepresst. Birte musste das Huhn aufgetaut haben, zumindest deutete die Pfütze auf dem Boden vor der Theke darauf hin.

Tim überlegte, ob er das bereits in Verwesung befindliche Huhn entsorgen sollte, doch er entschied sich um und rannte stattdessen aus der Küche zurück in den Flur. Er musste würgen und konnte nur mit großer Mühe verhindern, dass er sich auf den hellen Parkettboden übergab.

Die Erleichterung, die sich einstellte, nachdem sich sein Magen beruhigt hatte, hielt nicht lange an, als er verstand, was das verweste Huhn tatsächlich zu bedeuten hatte. Es musste seit Tagen vor sich hingegammelt haben. Wahrscheinlich seit dem Tag, an dem Birte zuletzt bei ihm angerufen hatte, nachdem sie tags zuvor durch sein Schlafzimmerfenster geflüchtet war. Seitdem war sie nicht mehr in ihr Haus zurückgekehrt. Alles sprach dafür, dass ihr etwas zugestoßen war. Dass Mascha sie ...

Tim verdrängte den Gedanken und versuchte sich zu sammeln. Bevor er endlich die Polizei einschalten würde, wollte er wenigstens noch einen kurzen Blick in die obere Etage der Maisonette-Wohnung werfen. Mit der Hand vor der Nase stieg er die gefliese

Treppe hinauf. Oben gab es drei weitere Räume und ein großes Badezimmer.

Zuerst betrat er das Schlafzimmer. Immerhin hat sie sich ein neues Bett zugelegt, fuhr es ihm durch den Kopf. Es kam ihm sehr breit vor und war zweifellos für zwei Leute gedacht. Tim hatte Hemmungen, den Kleiderschrank zu öffnen und die Schubladen der Nachttische aufzuziehen. Er tat es trotzdem.

Ihm fiel auf, dass sich Birtes Kleidung verändert hatte. Er konnte sich daran erinnern, dass sie früher fast ausschließlich Hosenanzüge getragen hatte. Sie hatte den Businesslook auch privat gemocht. Ihm hatte es gefallen, auch wenn er manchmal dachte, dass sie sich durchaus etwas weniger schick kleiden könnte. Jetzt hingen dort vor allem Sommerkleider und Röcke, auf mehreren Stapeln lagen Jeanshosen und Shirts, alles viel legerer als damals.

Plötzlich schrak er zusammen. Ganz links hingen auf mehreren Kleiderbügeln alte Anzüge von ihm. Wieso hatte Birte sie nicht längst entsorgt?

Tim musterte die Anzüge, stellte sich selbst darin vor. Wie er damals jeden Tag in wichtigen Meetings gesessen, die größten Hamburger Unternehmen beraten hatte. Die Kunden hatten ihm blind vertraut, seine Entscheidungen waren gefragt gewesen. Es fiel ihm schwer, sich das alte Leben wieder vor Augen zu führen. Es war, als wäre es eine andere Person gewesen, die diese Anzüge getragen hatte.

Das rechte der beiden Nachttischchen war komplett leer. Er ging um das Bett herum und zog die oberste Schublade der linken Kommode auf. Wieder durchzuckte es ihn, als sein Blick auf eine Packung Kondome fiel. Instinktiv griff er danach und ließ sie in seinen Händen kreisen. Sie war offen und nur noch halb voll. Der Bon aus der Apotheke lag noch in der Schublade. Das Kaufdatum lag über drei Jahre zurück. Die restlichen Kondome mussten ihr Haltbarkeitsdatum bald überschritten haben.

Er legte die Packung zurück und versuchte zu verstehen, was das zu bedeuten hatte. Birte hatte doch damals die Pille genommen. Er massierte seine Schläfen, doch ihm wollte einfach nicht einfallen, ob sie jemals diese lästigen Dinger benutzt hatten.

Drei Jahre waren eine verdammt lange Zeit. Sie waren geschieden, und Birte hatte ihm all die Jahre deutlich zu verstehen gegeben, wie sehr sie ihn hasste. Sicher hatte sie in der Zwischenzeit auch andere Männer gehabt. Hatte ihr Leben weitergelebt, so wie er es mit Mascha getan hatte.

Nachdenklich verließ Tim das Schlafzimmer und ging zurück auf den Flur. Noch zwei Zimmer, in die er einen kurzen Blick werfen wollte, ehe er die Wohnung verlassen würde. Er öffnete die Tür zu einem Raum, der ganz offensichtlich Arbeitszimmer und Abstellkammer in einem war. Es herrschte ein ziemliches Durcheinander, was ungewöhnlich für Birte war. Zumindest für die Birte, die Tim gekannt hatte.

Hinter einem ausladenden, voll behängten Wäscheständer, einem Crosstrainer und einigen Umzugskartons erkannte Tim den antiken Schreibtisch, den Birte damals von ihren Eltern bekommen hatte. Auf ihm stand ein großer Monitor, davor verstreut lagen Dutzende Zeichnungen und Unterlagen. Auch damals schon hatte Birte den Schreibtisch für ihre Arbeit als Werbegrafikerin genutzt. Abgesehen von der Unordnung gab es in diesem Raum jedoch nichts, was Tim überrascht hätte.

Die Tür des dritten Zimmers in der oberen Etage war verschlossen. Tim tastete die Fläche oberhalb des Türrahmens ab, doch zu seiner Enttäuschung war der Schlüssel dort nicht deponiert. Er lief eine Weile unschlüssig im Flur herum, ohne dass ihm eine Idee kommen wollte, wo Birte den Schlüssel versteckt haben könnte. Schließlich gab er auf und bückte sich stattdessen, um wenigstens einen schnellen Blick durch das Schlüsselloch zu werfen.

Was genau er in diesem Moment empfand, als er seine Augen zusammenkniff und durch die kleine Öffnung in das Zimmer sah, konnte er im Nachhinein gar nicht mehr sagen. Wahrscheinlich war es vom ersten Moment an eine unbändige Wut gewesen. Die Erkenntnis, dass Birte die ganze Zeit über ein grauenhaftes Spiel mit ihm getrieben hatte.

Ein Kinderzimmer, genauso liebevoll eingerichtet wie damals das von Ben. Aber es war nicht das Zimmer von Ben. Er sah die Möbel zum ersten Mal. Das weiße Gitterbett, den Schrank mit den bunten Türen, das Spielzeug in den IKEA-Regalen. Tim wurde schwarz vor Augen. Was sich in ihm gerade Bahn brach,

überstieg alles, was er in all den Alpträumen der letzten Jahre erlebt hatte.
Knack.
Er presste beide Handinnenflächen gegen seine Schläfen und kämpfte gegen die Schmerzen hinter der Schädeldecke. Sein Gehirn weigerte sich noch immer, zu verstehen, was er durch das Schlüsselloch gesehen hatte. Er riskierte einen zweiten Blick und war sich sofort sicher, dass er sich nicht geirrt hatte. Auf dem kleinen Tisch in der Mitte des Raums lag eine hellblaue Geburtstagskrone aus Papier. Eine große »2« war daraufgemalt. Sie gehörte definitiv nicht Ben, denn die seines Sohnes war gelb gewesen. Sie hatten sie damals zusammen gebastelt.
Knack.
Das Foto an der Wand neben dem Schrank. Birte war zu sehen. Auf ihrem Arm ein Junge, dessen Gesicht er nicht erkennen konnte. Auf seinem Kopf die blaue Krone.
Knack.
Tim spürte, dass seine Beine zitterten. Er atmete schwer. Sein Kopf dröhnte, vor allem dort, wo er sich verletzt hatte. Durch den Autounfall, an den er sich nicht erinnern konnte. Auch der Druck auf seinen geprellten Brustkorb schien sich mit einem Mal wieder zu verstärken.
Der Junge, vor dessen Zimmer er offenbar stand, musste Birtes Kind sein. Nachdem er damals in den Knast gegangen war, musste sie also ein zweites Mal schwanger geworden sein. Und wenn dieses Kind bereits zwei Jahre alt war, dann …
Knack. Knack.
Tim hielt den Schmerz in seinem Kopf nicht länger aus. Er hämmerte ihn gegen die Zimmertür. Immer und immer wieder, bis er die Platzwunde an seiner Stirn spüren konnte.
Zwei Jahre war dieses Kind alt. Mindestens. Wann verdammt war Birte schwanger geworden? Verzweifelt versuchte er, zurückzurechnen, doch es war, als weigere sich sein Gehirn, das Ergebnis zu akzeptieren.
Knack.
Hektisch rannte er die Treppe hinunter. Er wollte nur noch weg von hier. Allein sein. In Ruhe verstehen, was das alles zu

bedeuten hatte. Vor lauter Verwirrung rutschte er ab und stürzte die letzten vier Treppenstufen hinab. Er landete so unglücklich auf seinem Hinterteil, dass ein fürchterlicher Schmerz durch seine linke Körperhälfte fuhr. Die ohnehin lädierten Rippenknochen knackten und nahmen ihm die Luft zum Atmen. Keuchend robbte er zum Treppengeländer und zog sich mühsam wieder hoch.
Knack.
Konnte es wirklich sein, dass Birte nur ein paar Wochen nach Bens Tod wieder schwanger geworden war? Oder war es womöglich schon davor passiert?
Wieder massierte er seine Schläfen. Als wolle er in seinem Gehirn wühlen, die Erinnerungen an die Zeit vor drei Jahren förmlich ausgraben. Wie war es damals zwischen ihnen gewesen? Waren sie glücklich gewesen? Hatten Sie überhaupt noch Sex miteinander gehabt? Es gelang ihm nicht, sich zu konzentrieren. Da war nur diese Dunkelheit in seinem Kopf. Die unmittelbare Zeit vor und nach Bens Tod war nicht nur verblasst, sondern größtenteils überhaupt nicht mehr abrufbar.
Er begann unruhig im Flur auf und ab zu laufen. Vor einem großen Spiegel blieb er stehen und betrachtete sich. Wie sah er bloß aus? Früher war er eitel gewesen. Hatte viel Wert auf sein Äußeres gelegt, teure Anzüge getragen und jeden Tag seine schwarzen Lederschuhe geputzt. Seine Haare hatten immer die perfekte Länge gehabt, und sein Gesicht war immer zu glatt rasiert gewesen. Wenn er gewollt hätte, hätte er sich mit vielen Frauen vergnügen können. Egal ob in seiner Firma oder bei Kundenbesuchen, mit seiner lockeren Art und seinem souveränen Auftreten hätte er die meisten Frauen in seinem Alter, aber auch viele Jüngere, um den Finger wickeln können.
Er hatte es kein einziges Mal getan. Zumindest konnte er sich nicht daran erinnern. Und genau deshalb erschien es ihm noch immer unvorstellbar, dass er schon vor Bens Tod mit Mascha zusammen gewesen sein sollte, wie Birte erklärt hatte. War er womöglich selbst derjenige gewesen, der Birte dazu getrieben hatte, sich derart kompromisslos zu geben und den Kontakt zu ihm vollständig abbrechen zu lassen?
Tim wusste schon lange nicht mehr, was und woran er überhaupt

noch glauben sollte. Die Person, die er im Spiegel sah, hatte nichts mehr mit der von vor drei Jahren zu tun. Neben den Verletzungen im Gesicht und an der Hand war es vor allem seine Haut, die ihn erschreckte. Er sah aufgedunsen aus, sein Teint hatte einen unnatürlich gelben Farbton angenommen. Der jahrelange Medikamenten- und Alkoholmissbrauch hatte ihn verändert. Während er früher immer jünger ausgesehen hatte, als er in Wirklichkeit war, musste er sich eingestehen, dass er mittlerweile deutlich älter als seine einundvierzig Jahre wirkte.

Er trat noch etwas näher an den Spiegel heran. So nahe, dass er jede Pore auf seiner Haut erkennen konnte. Im Hintergrund zeichnete sich plötzlich das Gesicht von Birte ab. Nur ganz klein, aber ohne Zweifel war sie mit einem Mal im Spiegel zu sehen. Tim brauchte ein paar Sekunden, um zu verstehen, dass er auf das Spiegelbild einiger gerahmter Fotos blickte, die hinter ihm an der Wand hingen. Hastig drehte er sich um.

Knack.

Mehrere kleine Explosionen hinter seiner Schädeldecke tauchten alles um ihn herum in ein grelles Licht. Tim kniff angestrengt die Augen zusammen, um irgendwie noch mehr von den grausamen Details auf den Fotos zu erkennen.

Da war Birte. Auf allen Bildern, die an dieser Wand hingen, sah sie sehr glücklich aus. Noch schlimmer zu ertragen waren jedoch die anderen Personen auf den Fotos. Dieses kleine Kind, nicht älter als zwei Jahre, das Ben zum Verwechseln ähnlich sah. Und dieser Mann, der den Arm um Birte gelegt hatte.

Dieser Mann! Er kannte ihn. Plötzlich sah er ihn vor sich, wie er Birte umarmte und sie leidenschaftlich küsste. Da war noch jemand, ein Kind. Es war Ben. Er lebte.

Knack. Knack. Knack.

Tim wurde endgültig schwarz vor Augen, ehe eine heftige Explosion seinen Kopf erschütterte. Dann sackte er in sich zusammen.

P

Tim ist außer sich. Seine Gedanken rasen. Genau wie der Golf, den er mit hundertsechzig über die Autobahn steuert, obwohl er nicht einmal mehr einen Führerschein besitzt. Die Bilder, die seit einigen Stunden durch seinen Kopf jagen, verändern alles. Seine Erinnerung an damals ist wieder da. Wie kann all das drei Jahre lang einfach nicht da gewesen sein? Komplett weg? Das schwarze Loch, in das er immer hineingesehen hatte, löst sich in diesen Sekunden vor seinen Augen auf.

Der Anruf von Robert ist der entscheidende Moment gewesen. Das fehlende Puzzleteil, die Stimme von außen, die ihn in seiner Erinnerung gestärkt hat. Robert hat aufgebracht geklungen und gesagt, dass er ihn so schnell wie möglich sprechen muss.

Schon seit Tagen hat Tim das Gefühl, dass etwas nicht stimmt. Sein Kopf scheint verrückt zu spielen. Und im Grunde weiß er es bereits seit einigen Wochen. Seit dem Tag, als er mit Mascha in dem Restaurant in der Hüxstraße saß und plötzlich Birte in Begleitung eines Mannes vorbeiging. In diesem Moment hat er endgültig begriffen, dass er nicht am Steuer gesessen hatte.

Er war es nicht, der seinen Sohn getötet hatte. Denn Birte selbst hatte den Wagen gefahren.

Die Wucht der Erkenntnis war so groß, dass er stundenlang plan- und ziellos durch die Stadt gelaufen ist. Er hat versucht, das Ausmaß des Ganzen zu begreifen, doch scheiterte er bereits bei der unglaublichen Vorstellung, dass diese Frau ihren gemeinsamen Sohn totgefahren und ihn zum Schuldigen gemacht hat.

Doch dann kam der Anruf von Robert vor einer knappen Stunde dazwischen. Robert habe noch einmal über Tims Frage von neulich nachgedacht. Ob er eigentlich damals tatsächlich gesehen habe, dass es Tim war, der am Steuer saß.

Es sei seltsam gewesen, sagte Robert. Als sie sich damals vor ihrem Haus verabschiedeten, habe sich Birte ans Steuer gesetzt. Nicht er. Julia und er seien nach einer Weile reingegangen, weil Tim und Birte nicht losgefahren seien. Sie hätten sich wahrscheinlich gestritten, hat Robert erzählt. Die Stimmung zwischen ihnen sei den ganzen Tag über angespannt gewesen.

»Was war mit Ben?«, fragte Tim.

»Niemand hat auf ihn geachtet«, antwortete Robert. »Offenbar habt ihr nicht einmal bemerkt, dass er nicht im Kindersitz hinten im Auto saß.«

»Weshalb sagst du, es sei seltsam gewesen?«

»Wir haben den Unfall damals weder gesehen noch etwas davon mitbekommen«, sagte Robert. »Erst durch Birtes Schreie haben wir gemerkt, dass etwas nicht stimmt. Wir sind rausgerannt, und plötzlich hast du auf dem Fahrersitz gesessen. Das kam mir gleich seltsam vor, aber ich habe all die Jahre nichts gesagt. Nun habe ich allerdings einen Beweis gefunden. Ich bin mir sicher, dass du es nicht warst, der damals gefahren ist. Komm schnell hierher zu uns, wir müssen dringend sprechen.«

Ohne zu zögern hat sich Tim die Schlüssel von Maschas Wagen geschnappt und ist losgefahren. Seit zehn Minuten ist er nun unterwegs.

Die Szene von damals ist plötzlich so präsent, als säße Birte gerade direkt neben ihm.

Sie diskutieren miteinander. Beschimpfen sich, es fallen heftige Worte. Er weiß Bescheid. Vor ein paar Tagen hat er sie in flagranti erwischt. Mit diesem Schnösel, diesem aalglatten Typen, der so viel Charakter ausstrahlte wie eine leere Zahnpastatube.

Sie schreien sich an. Den ganzen Morgen über hat es bereits in ihm gebrodelt. Und trotzdem hat er gute Miene gemacht. Julia und Robert sollten nichts von ihren Problemen mitbekommen, nicht an dem Tag, an dem sie ihre Verlobung bekannt geben.

»Du hast doch auch dieses Flittchen«, schreit sie ihn an. »Bei uns beiden ist doch schon lange die Luft raus.«

»Wie zum Teufel redest du über Mascha? Sie ist Bens Babysitterin, mehr nicht. Oder glaubst du etwa, ich steige mit ihr ins Bett?«

»So vertraut, wie ihr miteinander umgeht, bin ich mir da nicht so sicher.«

»Du spinnst doch total.« Tim sieht Birte an und schüttelt den

Kopf. Das ist nicht mehr die Frau, die er geheiratet hat. Die er bereits seit Schulzeiten kennt. Der Mensch, dem er immer am nächsten gestanden hat.

»Nur weil du mit diesem Typen vögelst, musst du nicht das Gleiche über mich denken«, sagt er mit einem Mal. Er senkt seine Stimme, versucht sich zu beruhigen. »Wie lange geht das eigentlich schon mit dir und diesem —«

»Philipp«, unterbricht sie ihn. »Sein Name ist Philipp. Wir kennen uns jetzt ein knappes halbes Jahr.«

Tim reißt die Augen auf. Spürt, dass er in Gedanken versunken ist und um ein Haar die Kontrolle über den Wagen verliert. Ein Parkplatzschild rast an ihm vorbei. »P« steht dort. Ein weißes »P« auf blauem Grund. »P« wie Philipp.

Drei Jahre sind mittlerweile vergangen, seit Birte ihm im Auto vor dem Haus von Julia und Robert gesagt hat, dass sie einen anderen Mann liebt. Philipp war sein Name. Es war der Mann, mit dem Tim sie vor ein paar Wochen vor dem Restaurant in der Hüxstraße gesehen hat. Er erinnert sich wieder. Sie waren also noch immer ein Paar. Glücklich und vielleicht inzwischen sogar verheiratet.

Seine Gedanken kehren wieder zu dem Tag von Bens Tod zurück.

Die Situation im Auto droht zu eskalieren. Tim ist außer sich vor Wut. Will nicht wahrhaben, dass Birte tatsächlich gerade gesagt hat, dass sie diesen Mann liebt.

»Erinnerst du dich an unseren gemeinsamen Abend vor ein paar Wochen?«, fragt sie plötzlich. »Der Abend, an dem meine Eltern auf Ben aufgepasst haben. An dem wir endlich mal wieder etwas Zeit füreinander hatten.«

»Natürlich«, antwortet Tim. »Der Abend war wunderschön.«

»Fandest du?«

»Ja.«

»Bei mir war es anders«, sagt Birte. »Für mich war dieser Abend ein letzter Versuch, herauszufinden, was ich wirklich will. Ich habe geglaubt, dass es etwas in mir auslöst, wenn wir wieder mehr Zeit miteinander verbringen und uns endlich auch einmal wieder nah sein können. Aber leider kamen diese Gefühle, die ich früher für dich gehabt habe, nicht zurück.«

»Aber ...« Tim sucht nach den richtigen Worten. »Wie kannst du so etwas sagen? Wir hatten wunderschönen Sex ...«

»Es tut mir leid, Tim«, sagt sie. »Ich habe einfach nichts mehr gefühlt, als wir miteinander geschlafen haben. Der ganze Abend – mir kam es so vor, als wäre ich mit meinem Bruder zusammen. Nett und vertraut, aber etwas Entscheidendes hat mir gefehlt. Ich liebe dich nicht mehr, so wie eine Frau einen Mann liebt.«

»Ist das wirklich dein Ernst?«

»Ja.« Birte bleibt ohne jede Regung. »Du musst mir glauben, ich habe es mir nicht leicht gemacht. Bis zuletzt habe ich gehofft, dass die Gefühle für Philipp wieder nachlassen.« Sie seufzt.

Zumindest tut sie jetzt so, als gehe ihr das Ganze nahe.

»Ich dachte immer, dass wir beide zusammengehören. Aber offenbar ...«

»Sei still«, sagt Tim leise. »Ich habe genug gehört. Lass uns jetzt nach Hause fahren.« Seine Worte klingen mechanisch, obwohl er den Tränen nahe ist.

»Das ist noch nicht alles«, sagt Birte plötzlich. »Ich muss dir noch etwas sagen.«

Die Tachonadel zeigt jetzt einhundertachtzig an. Schneller kann der Golf nicht fahren. Tim hat den Tunnelblick aufgesetzt. Was um ihn herum auf der Autobahn passiert, nimmt er nicht mehr wahr. Was zählt, ist nur noch die Wahrheit. Das, was ihn vor drei Jahren so brutal aus seinem Leben gerissen hat.

»Was denn noch?«, fragt er.

»Du weißt, warum ich hier sitze?«

»Worauf willst du hinaus?«

»Ich sitze hier auf deinem Fahrersitz.«

»Weil ich mindestens eine Flasche Sekt getrunken habe«, sagt Tim. »Soll ich etwa meinen Lappen verlieren?«

»Ich kann fahren, weil ich keinen Tropfen getrunken habe.«

»Du hast heute Morgen gesagt, dir ginge es nicht gut. Also wundert mich das nicht.«

»Mir geht es tatsächlich nicht besonders gut«, sagt Birte. »Aber dafür gibt es auch eine Erklärung.«
»Und zwar?«
»Es ist so, dass ich …« Birte stockt. »Ich habe … ich meine, ich bin …«
»Jetzt sag schon.«
»… schwanger.«

Tim klammert sich am Lenkrad des Wagens fest. Wieder rauscht ein weißes »P« auf blauem Grund an ihm vorbei.
Er verlangsamt sein Tempo und fährt rüber auf die rechte Spur. Gleich kommt die Ausfahrt, und dann sind es nur noch ein paar Kilometer bis zu dem Haus von Julia und Robert.

★★★

Tim rennt so schnell er kann aus dem Haus. Was er gerade gesehen hat, ist so grauenhaft, dass er die Bilder in seinem Kopf am liebsten sofort wieder löschen will. Doch es gibt keinen Reset-Knopf, den er nach Belieben drücken kann.
Julia und Robert sind tot, daran gibt es keinen Zweifel. Sie liegen blutüberströmt in ihrem Haus, Robert unten in der Küche und Julia im oberen Stockwerk im Schlafzimmer. Beide mit grauenhaften Schusswunden im Oberkörper und am Kopf.
Seine Hand fühlt sich feucht an. Tim blickt an sich hinunter und sieht das Blut zwischen seinen Fingern. Es ist Roberts Blut, es war noch frisch, als Tim nach seinem Puls gefühlt hat. Er bleibt stehen, als er merkt, dass ihm schlecht wird. Dann stützt er sich auf den Oberschenkeln ab und erbricht sich in den Vorgarten. Wie viel muss er noch ertragen? Wird dieser Alptraum, in dem er seit drei Jahren gefangen ist, denn niemals enden?
Erschöpft richtet er sich wieder auf und geht zu seinem Auto. Jetzt erst schweift sein Blick die Straße entlang. Auf dem Bürgersteig vor dem Nachbargrundstück liegt jemand. Regungslos. Langsam nähert er sich der Person. Ihm ist übel bei dem Gedanken, einer weiteren Leiche in die Augen schauen zu müssen, doch er kann ein erneutes Erbrechen gerade noch so verhindern.

Als er nur noch ein paar Meter von der Person entfernt ist, erkennt er, dass dort ein Briefträger am Boden liegt. Langsam geht Tim weiter.

Er steht jetzt direkt neben dem Mann und beugt sich über ihn. Er spürt Erleichterung, denn er sieht keine Blutlache, so wie es bei Robert und Julia der Fall gewesen ist. Nur diese kleine Wunde am Hinterkopf, aus der etwas Blut ausgetreten ist. Sie muss von einem harten Schlag stammen, oder aber der Mann ist hingefallen und auf den Hinterkopf gestürzt.

Tim geht in die Knie und tastet bei dem Briefträger nach der Halsschlagader. Er fühlt einen leichten Pulsschlag. Dann dreht er ihn vorsichtig zur Seite. In dem Moment zuckt er heftig zusammen. Der Mann lebt nicht nur, er ist sogar bei Bewusstsein. Grün funkelnde Augen blicken ihn an.

»Alles in Ordnung?«, fragt Tim.

»Sehe ich so aus?«, faucht der Mann. »Verdammt, waren Sie das etwa?«

»Was meinen Sie?«

»Na, das hier«, sagte der Mann wütend. »Irgendein Vollidiot hat mir einen Knüppel über den Kopf gehauen. Dann hab ich Sterne gesehen und bin einfach umgekippt. Also raus mit der Sprache, was haben Sie damit zu tun?«

Der Briefträger richtet sich langsam auf und fasst sich mit schmerzverzerrtem Gesicht an den Kopf. Plötzlich packt er Tim am Bein und versucht, ihn zu sich runterzuziehen. Doch Tim hält dagegen und rammt dem Mann sein Knie in den Bauch. Der Briefträger ächzt und geht wieder zu Boden. Er krümmt sich vor Schmerzen.

Tim bleibt noch einen Moment stehen und fixiert den Mann. Die grün funkelnden Augen jagen ihm Angst ein. Er wendet sich ab und rennt zum Auto. Er will nur noch weg von hier, von diesem schrecklichen Ort.

Tim dreht den Schlüssel des Golfs herum und startet den Wagen. Noch während er mit durchdrehenden Rädern anfährt, kommen die Bilder von damals mit Wucht zurück.

Birte und er sitzen noch immer in ihrem Auto, das auf der Einfahrt vor Julias und Roberts Haus geparkt steht.
 Tim starrt durch die Windschutzscheibe und versucht zu verarbeiten, was sie ihm gerade gesagt hat. Sie ist schwanger. Nicht von ihm, sondern von Philipp.
 Er will sie verstehen. Begreifen, wie sie ihm so etwas antun kann. Aber er ist kaum in der Lage, einen klaren Gedanken zu fassen. Bis vor ein paar Minuten hat er noch gehofft, ihre Ehe retten zu können. Dass diese Sache mit Philipp nur ein Ausrutscher gewesen ist und nichts zu bedeuten hat. Sie würden einfach noch einmal von vorn anfangen.
 Doch jetzt ist es anders. Ihre Worte waren so eindeutig, dass er nichts mehr zu erwidern braucht. Alles, was ihm in seinem Leben wichtig gewesen ist, liegt in diesem Moment in Scherben vor ihm. Mit Birte verheiratet zu sein und eine kleine Familie zu haben – sie hat es zerstört. Einfach kaputt gemacht. Unwiderruflich. Und als sei dies nicht genug, plant sie bereits ihre neue Familie mit diesem Philipp.

Tim schüttelt den Kopf. Er lehnt sich nach vorn und schlägt verzweifelt mit den Fäusten gegen das Armaturenbrett, während er immer schneller die Straße entlangfährt, die durch den Wald führt. Er will es nicht wahrhaben. Wie um alles in der Welt kann sie so grausam sein und ihm das antun?

Aus dem Augenwinkel sieht er, dass Birte den Schlüssel ins Zündschloss steckt und den Rückwärtsgang einlegt. Langsam rollt sie an. Tim muss an Ben denken. Er will nicht getrennt von ihm leben. Sie darf ihm seinen Jungen nicht einfach wegnehmen. Wütend und traurig zugleich dreht er sich zu Ben um. Er zwingt sich, ein Lächeln aufzusetzen. Die Sache darf nicht auf dem Rücken seines Sohnes ausgetragen werden.
 Der Kindersitz ist leer. Es dauert ein paar Sekunden, ehe Tim begreift, was gerade geschieht. Dann schreit er Bens Namen. So laut, dass der dumpfe Schlag am Heck des Autos kaum zu hören ist. Nur zu spüren.

Tim steuert den Golf über die Landstraße am Wald vorbei in Richtung Autobahn. Er muss sich am Lenkrad festhalten, um nicht in sich zusammenzubrechen. Jetzt, wo er sich wieder an jedes Detail erinnern kann, fühlt er sich noch schlechter als zuvor. Der Schmerz über das, was diese Frau ihm angetan hat, ist so groß, dass er in diesem Augenblick keine Ahnung hat, wie sein Leben weitergehen soll.

Er blickt in den Rückspiegel und sieht plötzlich ein Scheinwerferpaar näher kommen. Obwohl es draußen noch hell ist, hat der Fahrer sein Fernlicht eingeschaltet. Tim ist geblendet und tritt instinktiv aufs Gaspedal. Aber der große SUV kommt immer näher. Er zieht nach links und setzt zum Überholmanöver an, doch im letzten Moment schert der Geländewagen wieder hinter ihm ein. Der Fahrer des Kleinlasters, der ihnen entgegenkommt, hupt und gestikuliert wild.

Tim blickt erneut in den Rückspiegel. Er kann nicht erkennen, wer hinter dem Steuer des SUV sitzt. Der Wagen ist so hoch, dass er gerade einmal den Kühlergrill mit den markanten Ringen sieht. Er fährt jetzt so weit rechts wie möglich, damit der Hintermann endlich an ihm vorbeiziehen kann.

Tatsächlich schert der Wagen hinter ihm erneut aus. Er überholt ihn problemlos. Doch als sie parallel zueinander fahren, verlangsamt der SUV plötzlich sein Tempo. Tim merkt, dass ihm wieder unwohl wird. Diesmal ist es eher die Angst, die ihm auf den Magen schlägt. Weshalb zum Teufel überholt der Wagen ihn denn nicht?

Ein hastiger Blick auf die Tachonadel: knapp über siebzig. Er traut sich endlich, seinen Kopf nach links zu drehen, ins Innere des riesig erscheinenden Autos zu blicken. Tim muss sich recken, um etwas zu erkennen. Dann sieht er sie. Am Steuer des SUV sitzt Birte.

Tim schließt die Augen, als er realisiert, was sie vorhat. Er weiß, dass es zu spät ist. Sie will ihn abdrängen, ihn loswerden. Und ihm fehlt die Kraft, um sich zu wehren. Jeden Moment rechnet er damit, dass sich ihre Autos berühren. Er wartet auf den Aufprall und das kreischende Geräusch von aneinanderreibendem Metall. Doch nichts davon geschieht, alles um ihn herum bleibt ruhig.

Vor Panik reißt er die Augen wieder auf. Verschwommen sieht

er die Rücklichter des SUV davonfahren. Er klammert sich am Lenkrad fest und muss hilflos mit ansehen, wie sein Wagen über den Graben hinausschießt und direkt auf die gewaltige Eiche zusteuert.

★★★

Birte verschwindet aus seinem Blickfeld. Einige Minuten – vielleicht sind es auch nur Sekunden – herrscht einfach nur Stille um ihn herum. Unerträgliche Stille, die schlimmer ist als jedes noch so laute Geräusch, an das er sich erinnern kann.

Tim sitzt reglos da, wartet darauf, dass die Welt vor seinen Augen endlich untergeht. Doch die Sonne scheint noch immer. Für einen kurzen Moment hofft er, sich alles nur eingebildet zu haben. Zu unwirklich erscheint es ihm, dass Birte gerade tatsächlich seinen Sohn angefahren hat.

Er zuckt zusammen, als er sie aus dem Augenwinkel erkennt. Plötzlich reißt sie die Beifahrertür auf und beugt sich über ihn. Sie löst seinen Gurt und fordert ihn auf, auf den Fahrersitz rüberzurutschen.

»Was ist mit ihm?«, fragt er.

»Setz dich hinters Steuer.« Ihre Stimme klingt brüchig, die Augen sind wässrig. Mühsam schiebt sie ihn auf den Fahrersitz. Tim lässt es zu, wehrt sich nicht.

»Was ist mit ihm?«, wiederholt er.

»Steig doch aus und sieh nach ihm«, schreit sie ihn an. Birte ist jetzt völlig aufgelöst, beinahe hysterisch. »Wie kannst du hier herumsitzen und einfach nichts machen?«

»Ich kann nicht«, antwortet Tim. »Ich kann einfach nicht.«

Birte blickt ihn traurig an. Die Tränen rollen hemmungslos über ihre Wangen. In diesem Moment spürt er die Explosionen in seinem Kopf. Erst nur wenige kleine, dann immer größere. Schließlich ein riesiger Feuerball. Schmerzen, die so gewaltig sind, als zersäge jemand seinen Kopf mit einer Kreissäge. Und plötzlich nur noch Dunkelheit, die sich über ihn legt. Aus weiter Ferne hört er Birtes Stimme. Sie redet auf ihn ein. Immer wieder dieselben Worte.

»Du hast unseren Sohn auf dem Gewissen. Du hast unseren Sohn auf dem Gewissen. Du hast unseren Sohn auf dem Gewissen ...«

Tim sitzt da und starrt in die Dunkelheit. Der Sonnenschein ist verschwunden.

Nach wenigen Minuten wird seine Tür aufgerissen, Hände zerren ihn vom Fahrersitz aus dem Auto. Jemand in Polizeiuniform blickt ihn mit weit aufgerissenen Augen an. »Was zum Teufel haben Sie getan?«, fragt der Mann.

»Ich ...« Tim zögert. Dann erinnert er sich wieder an Birtes Worte. »Es tut mir alles so leid«, sagt er unter Tränen. »Aber ich habe unseren Sohn auf dem Gewissen.«

AM STEUER

Der Anblick schmerzte so sehr, dass Tim den Kloß im Hals nur mit Mühe hinunterschlucken konnte. Es war, als sehe er sich selbst, seine Frau, die sich an ihn schmiegt, und seinen Sohn, der glücklich mit seinem großen Bagger spielt. Die Bilder, die er sah, waren nicht seinem Wahnsinn geschuldet. Sie waren absolut real. Und genau das war es, was es so unerträglich für ihn machte.

Dieser Junge, den er vor ein paar Stunden auf dem Foto im Flur von Birtes Wohnung gesehen hatte, sah Ben tatsächlich zum Verwechseln ähnlich. Birtes Gene mussten so dominant sein, dass beide Jungen offenbar so gut wie nichts von ihren Vätern mitbekommen hatten. Welch ein Glück, fuhr es Tim beim Anblick des Mannes neben Birte durch den Kopf. Philipp war sein Name. Er erinnerte sich wieder. Zum ersten Mal hatte er ihn vor ein paar Wochen gesehen, als er mit Mascha in diesem Restaurant in der Hüxstraße gewesen war. Doch noch schlimmer war der Anlass ihrer letzten Begegnung gewesen.

Dass es ihn gab, wusste er allerdings schon länger, wie ihm inzwischen klar geworden war. Fast auf den Tag genau drei Jahre waren vergangen, seit Birte ihm von Philipp erzählt hatte. Wenige Augenblicke, bevor sie den Zündschlüssel herumgedreht hatte. Alles war wieder da. Alle Erinnerungen, die er jahrelang ausgeblendet hatte. All die Lügen, mit denen Birte versucht hatte, ihn für den Tod ihres Sohnes verantwortlich zu machen. Der Schock, den er damals erlitten hatte, musste so groß gewesen sein, dass einfach kaum noch etwas, das mit diesem Tag im Zusammenhang stand, präsent gewesen war. Drei Jahre mit unzähligen Tagen voller psychotischer Krisen und alptraumhafter Reisen in den Wahnsinn lagen hinter ihm, ehe sich in den vergangenen Tagen endlich der Nebel gelegt hatte.

Birte lächelte. So wie damals, als zwischen ihnen noch alles in Ordnung gewesen war. Und trotzdem glaubte Tim, etwas in ihrem Gesichtsausdruck zu erkennen, das anders war als früher. Tief in ihren Augen sah er Verunsicherung, vielleicht sogar Angst, davor, dass sie sich mit ihrer Lebenslüge nicht in Sicherheit wiegen konnte. Vielleicht ahnte sie sogar, dass er es wusste.

Tim versuchte, den Schmerz zu ignorieren, und warf einen Blick auf seine Uhr. Gleich halb neun. Die Sonne war bereits hinter dem Haus verschwunden. Er stellte sich vor, wie sie ins Meer eintauchte und langsam unterging. Von hier waren es nur wenige hundert Meter bis zur Steilküste. Wenn er die Augen schloss, bildete er sich ein, die Ostsee zu hören. Ein schönes Haus in einer phantastischen Lage. Das hätte sie auch mit ihm haben können.

Langsam trat er aus dem Schutz der Heckenrose und näherte sich der Haustür. Für einen kurzen Moment zögerte er, ob es wirklich vernünftig war, was er tat. Doch dann fiel sein Blick auf das Namensschild am Hauseingang. »Dr. Richter & Cordes«. Sie hatte wieder ihren Mädchennamen angenommen. Verheiratet schienen die beiden immerhin noch nicht zu sein. Entschlossen legte er seinen Finger auf den Klingelknopf und drückte.

Das laute Männerlachen, das aus dem Haus ertönte, näherte sich. Im nächsten Augenblick öffnete sich schwungvoll die fein verzierte Tür.

»Dr. Richter, schön, Sie wiederzusehen«, sagte Tim. »Entschuldigen Sie bitte die späte Störung.«

Das laute Lachen des Arztes, das noch bis eben selbst durch die geschlossene Haustür zu hören gewesen war, erstarb von einer Sekunde auf die andere. Seine Gesichtsfarbe wechselte binnen weniger Momente von Zartrosa zu Kalkweiß, sodass Tim kurzzeitig befürchtete, Richter würde das Bewusstsein verlieren.

»Alles in Ordnung?«, fragte Tim.

»Was haben Sie hier zu suchen?«, fragte Richter, nachdem er den ersten Schock überwunden hatte. »Denken Sie nicht, dass Sie bereits genügend Unheil angerichtet haben?«

»Doch, das denke ich sehr wohl«, antwortete Tim. »Es ist unverzeihlich, was ich getan habe.«

»Gut, dass Sie einsichtig sind. Was wollen Sie dann noch hier?«

»Sind Sie allein zu Hause?«

»Weshalb fragen Sie?«

»Ich würde mich gerne in Ruhe mit Ihnen unterhalten. Über

meine Krankheit und das, was ich in den vergangenen Jahren erlebt habe.«

»Muss das denn hier und jetzt sein? Sie können morgen ins Klinikum kommen, dann können wir ausführlich über alles sprechen. Ich werde Ihnen alle Ihre Fragen beantworten. Heute Abend ist es schlecht bei mir, ich habe Besuch.«

»Das ist schade«, sagte Tim. »Ich bin extra hier raus ans Meer gefahren, um mit Ihnen zu reden. Wissen Sie, mir geht es noch immer nicht gut, aber ich will einfach nicht mehr zurück in eine dieser Kliniken. Ich glaube nämlich mittlerweile, dass mir das gar nicht guttut.«

»Was soll das heißen?«, fragte Richter skeptisch. »In Ihrem Fall bin ich vollkommen überzeugt davon, dass alle Ihre Klinikaufenthalte nötig gewesen sind. Sie leiden unter massiven psychotischen Wahnvorstellungen und einer manischen Depression. Ich plädiere weiterhin dafür, Sie in eine Psychiatrie einweisen zu lassen.«

»Mag sein, dass es um meine Psyche seit der Sache mit meinem Sohn nicht mehr so gut bestellt ist«, sagte Tim mit ruhiger Stimme. »Aber ich weiß, dass die Wahnvorstellungen, die ich in den letzten Tagen hatte, einen ganz anderen Hintergrund haben. Und das wissen Sie auch. Sie haben es selbst zugegeben.«

»Hören Sie, ich habe wirklich keine Lust mehr auf dieses Gespräch. Sparen Sie sich Ihre Andeutungen und verlassen Sie jetzt bitte mein Grundstück.«

»Bestreiten Sie jetzt etwa, dass Sie es waren, der angeordnet hat, mir diese Unmengen an Psychopharmaka zu verabreichen? Glauben Sie etwa, ich hätte nicht gemerkt, dass sich mein psychischer Zustand während meines Krankenhausaufenthalts von Tag zu Tag verschlechtert hat? Sie haben das mit voller Absicht getan.«

»Verschwinden Sie jetzt von hier, sonst rufe ich die Polizei.« Richter, der einen halben Kopf größer war als Tim, packte ihn am Kragen und schubste ihn von sich. »Sie sind offensichtlich eine noch größere Gefahr für die Allgemeinheit, als ich es bislang vermutet habe.«

»Wissen Sie eigentlich, weshalb ich frei herumlaufen darf?« Tim ignorierte Richters Worte. »Es gibt da nämlich jemanden, der mir geholfen hat, freizukommen und vorerst nicht wieder eingewiesen zu werden.«

»Sie sind nicht mehr mein Patient«, antwortete Richter gleichgültig. »Mich interessiert nicht, wer so verrückt ist, ausgerechnet Ihnen zu helfen. Wahrscheinlich war es Ihre Freundin, nicht wahr? Um ehrlich zu sein, habe ich sie anders eingeschätzt. Sie kam mir durchaus intelligent vor.«

»Mascha ist intelligent«, antwortete Tim. »Und gerade deshalb hätte sie mir ebenfalls geholfen, wenn sie nur im Entferntesten geahnt hätte, was vor sich ging.«

»Hätte?«

»Sie war es nicht«, sagte Tim. »Die Person, die mich vor Gefängnis und Psychiatrie bewahrt hat, ist eine andere. Und Sie kennen sie sehr gut.«

»Schluss jetzt! Ich habe mir diesen Quatsch lange genug angehört.« Richter schob die Haustür zu. Doch kurz bevor sie ins Schloss fiel, stellte Tim seinen rechten Fuß in den Spalt. Mühevoll stemmte er sich gegen die Tür, bis es ihm schließlich gelang, ins Innere zu schlüpfen.

»Ich habe Sie gewarnt«, sagte Richter. »Jetzt rufe ich die Polizei.« Er zog sein Handy aus der Hosentasche und tippte auf dem Display herum.

»Einen Moment noch«, sagte Tim. »Es war Birte, die mir geholfen hat.«

Richter hielt inne und steckte sein Telefon wieder zurück in die Tasche. Erneut zuckten seine Mundwinkel, als ob er jeden Moment die Kontrolle über seine Gesichtszüge verlieren würde. »Welche Birte?«, fragte er nach einigen Sekunden des Schweigens.

»Geben Sie sich gar nicht erst die Mühe, es abzustreiten«, antwortete Tim. »Birte war da und hat mir geholfen, als es mir richtig dreckig ging. Merkwürdig, oder?« Er trat noch näher an Richter heran. »Mich interessiert brennend, was Sie eigentlich gedacht haben, als ich Sie nicht erkannt habe, nachdem ich aus meinem Koma erwacht bin.«

»Ich hatte damit gerechnet«, antwortete Richter kühl. »Unsere Begegnung vor diesem Restaurant war viel zu kurz, als dass Sie sich nach Ihrem schweren Unfall und der Kopfverletzung an dieses Detail hätten erinnern können. Bei Verletzungen dieser Art fehlen den Patienten in der Regel noch erheblich mehr Informationen.

Hinzu kam bei Ihnen, dass Sie sich offensichtlich auf dem Weg in eine neuerliche Krise befanden.«

»Ist Birte bei Ihnen?« Tim wechselte das Thema. Er wollte nicht länger über sich reden.

»Warum ist das wichtig? Ich denke, Sie wissen bereits alles.«

»Ich weiß, dass sie hier ist«, sagte Tim. »Ich habe Sie beide und das Kind eine Zeit lang durch das Fenster beobachtet. Das sah sehr harmonisch aus.«

»Das ist es auch. Wir sind eine glückliche Familie, und ich werde mir das von Ihnen mit Sicherheit nicht kaputt machen lassen.«

»Das habe ich auch gar nicht vor«, entgegnete Tim. »Aber interessiert es Sie denn gar nicht, weshalb Birte mir geholfen hat? Ausgerechnet mir, dem Menschen, der ihren ersten Sohn totgefahren hat? Sie hat mich dafür gehasst.«

»Keine Ahnung, sagen Sie es mir.«

»Nun, im ersten Moment habe ich gedacht, sie tut es, weil sie nach der langen Zeit doch noch immer etwas für mich empfindet.«

»Sie machen sich vollkommen lächerlich«, sagte Richter mit einer abfälligen Handbewegung. »Glauben Sie ernsthaft, dass Sie damit irgendetwas erreichen werden? Was wollen Sie denn überhaupt von mir?«

»Gar nichts«, antwortete Tim. »Ich finde nur, dass Sie ein Recht auf die Wahrheit haben. Diese Frau hat mein Leben zerstört, vielleicht kann ich verhindern, dass es Ihnen genauso ergehen wird. Geben Sie mir zehn Minuten, dann erzähle ich Ihnen alles über Birte. Und über die letzten Tage und das, was vor drei Jahren tatsächlich passiert ist.«

»Wie stellen Sie sich das vor?«, fragte Richter. Er wirkte angespannt, hatte seine Souveränität mittlerweile völlig verloren.

»Birte spürt sofort, wenn etwas nicht in Ordnung ist. Sie fragt sich sicherlich bereits, mit wem ich hier so lange rede.«

»Lassen Sie sich etwas einfallen«, drängte Tim. »Es ist verdammt noch mal wichtig.«

»Warten Sie hier.« Richter wandte sich von ihm ab und öffnete eine Tür, die links vom Flur abzweigte.

Tim fiel es schwer, zu glauben, dass es ihm tatsächlich gelungen war, den Mann ins Zweifeln zu bringen. Das, was er Richter gesagt hatte, klang so abstrus, dass er eigentlich mit einem unsanften Rausschmiss gerechnet hatte.

Er ließ seinen Blick kreisen. Der Flur des Hauses war großzügig geschnitten. Alles erinnerte ihn an sein ehemaliges Haus, in dem er bis vor drei Jahren gemeinsam mit Birte gelebt hatte. Die Farben an den Wänden, der Parkettboden, die Möbel im skandinavischen Landhausstil – es machte einen warmen, gemütlichen Eindruck. Ganz im Gegensatz zu Birtes Wohnung in der Stadt. Trotz der Möbel, die sie aus ihrem gemeinsamen Haus mitgenommen hatte, hatte sie kühl und beinahe unbewohnt gewirkt.

Er fuhr herum, als sich die Tür, hinter der Richter verschwunden war, plötzlich wieder öffnete und Birtes Lebensgefährte zurück in den Flur trat.

»Zehn Minuten und keine Sekunde länger. Ich habe Birte gesagt, dass Sie ein Kollege von mir sind und wir dringend über einen schwierigen Patienten sprechen müssen.«

»Der schwierige Patient bin dann wohl ich«, sagte Tim leise.

»Kommen Sie mit.« Richter gab Tim ein Zeichen, ihm zu folgen. »Wir gehen in mein Arbeitszimmer, dort sind wir ungestört. Sie kennen Birte genauso gut wie ich. Also wissen Sie auch, wie sie tickt.«

»Wie meinen Sie das?«

»Birte mag es nicht, wenn sie nicht weiß, was um sie herum passiert. Ich habe vorhin an ihrem Blick gesehen, dass sie mir nicht so richtig glauben wollte. Wir sollten also schnell machen, bevor sie uns beide hier noch erwischt.«

»Setzen Sie sich.« Richter schloss die Tür und zeigte auf einen kleinen Holztisch in der Mitte des Raums, um den zwei Stühle herumstanden.

»Wieso machen Sie das?«

»Wie bitte?«

»Weshalb hören Sie sich an, was ich Ihnen erzählen will? Vor ein paar Minuten wollten Sie mir noch an die Gurgel gehen.«

»Sagen Sie, was Sie sagen müssen«, antwortete Richter. »Was ich dabei denke, spielt keine Rolle.«

»Wie Sie meinen«, sagte Tim. »Um es kurz zu machen und gleich zum wichtigsten Punkt zu kommen: Ich bin es nicht gewesen. Drei Jahre lang habe ich geglaubt, dass ich meinen Sohn überfahren habe. Aber in den vergangenen Tagen ist meine Erinnerung Stück für Stück zurückgekommen. Leider hat man im Krankenhaus versucht, mich so sehr mit Medikamenten vollzupumpen, dass ich vollends meinen Verstand verliere. Zwischenzeitlich wusste ich tatsächlich nicht mehr, was noch Realität ist und was sich lediglich in meiner Phantasie abspielt.«

Tim machte eine Pause und beobachtete sein Gegenüber. Doch Richter machte keinerlei Anstalten, zuzugeben, dass er es gewesen war, der ihm viel zu große Mengen an Psychopharmaka verabreicht hatte.

»Letztlich haben aber all die Versuche, mich in den Wahnsinn zu treiben, nichts gebracht. Meine Erinnerungen sind zurück, ich weiß wieder, wer damals wirklich am Steuer gesessen hat.«

»Wer?«

»Es war Birte.«

»Wie sicher sind Sie sich?«, fragte Richter ruhig.

»Es geht nicht darum, wie sicher ich mir bin«, antwortete Tim, überrascht von der kühlen Reaktion des Arztes. »Das ist keine Vermutung, ich war ja dabei. An diesem Tag, als es passiert ist, haben Birte und ich uns heftig gestritten. Wir waren bei unseren Freunden Julia und Robert zum Brunch eingeladen, obwohl unsere Ehe kurz vor dem Scheitern stand. Aber das wissen Sie ja.«

Richter runzelte die Stirn. Einen Moment lang schien es so, als wolle er sich ahnungslos geben. Doch dann nickte er.

»Wir saßen also im Auto und wollten nach Hause fahren«, fuhr Tim fort. »Ich war betrunken, weil ich auf Julias und Roberts Verlobung angestoßen hatte. Birte hatte nichts getrunken, deshalb sollte sie fahren.« Er atmete schwer und suchte nach den richtigen Worten. »In diesem Augenblick hat sie mir dann alles erzählt. Dass sie sich von mir trennen wollte. Und dass sie schwanger war.«

»So hat sie es mir auch erzählt«, bestätigte Richter. »Allerdings mit einem kleinen Unterschied. Nämlich, dass *Sie* am Steuer gesessen haben.«

»Sie können sich gar nicht vorstellen, wie schrecklich es sich anhört, wenn man ein kleines Kind überfährt.« Tim redete weiter, ohne auf Richters Kommentar einzugehen. »Ich werde dieses Geräusch niemals vergessen. Birte und ich, wir beide haben nicht aufgepasst. Denn während wir uns gestritten haben, saß Ben noch gar nicht im Auto und hat stattdessen auf der Auffahrt mit seinem Spielzeugbagger gespielt. In dem Moment, als Birte anfuhr, habe ich nach hinten geblickt und gesehen, dass Ben nicht in seinem Kindersitz ist. Alles, was danach geschehen ist, erscheint mir selbst heute noch immer vollkommen unwirklich.«

»Weil Sie sich nicht erinnern können?«

»Nein, das ist es nicht«, sagte Tim. »Die Erinnerung ist wieder da. Ich weiß, dass Birte meinen Schockzustand ausgenutzt und mich mit aller Kraft, die sie aufbringen konnte, auf den Fahrersitz geschoben hat. Anschließend hat sie minutenlang gebetsmühlenartig auf mich eingeredet, dass ich es gewesen wäre, der Ben totgefahren hat. Als die Polizei dann kurz danach eingetroffen ist, war die Sache ziemlich eindeutig. Ich war das Schwein, der verantwortungslose Vater, der sich mit besoffenem Kopf ans Steuer gesetzt hat. Es hat nur ein paar Stunden gedauert, dann hatte ich endgültig meinen Verstand verloren. Ich hatte Nervenzusammenbrüche, von denen ich mich bis heute nicht richtig erholt habe. Irgendwann habe ich dann selbst geglaubt, dass ich es gewesen bin.« Tim schluckte schwer und ließ seine Worte kurz sacken. Dann sprach er weiter.

»Wissen Sie, ich scheitere einfach bei dem Versuch, zu verstehen, wie sie dazu fähig gewesen ist. Was ist mit ihr passiert? Wie kann jemand seinem eigenen Partner so etwas antun? Sie sind doch der Arzt, erzählen Sie mir, was in einem Menschen vorgehen muss, der von einer Sekunde auf die andere zu einer skrupellosen Bestie wird. Meine Vorstellungskraft reicht einfach nicht aus, um nachzuvollziehen, was mit Birte in den Momenten nach dem Unfall geschehen sein muss.«

»Ich bin kein Psychiater«, sagte Richter. »Ihre erste Reaktion lässt sich allerdings durch den Schock erklären, den mit Sicherheit auch Birte erlitten hat. Ich kann es mir nur so erklären, dass sie sich in eine Situation gebracht hat, aus der es irgendwann kein Entrinnen mehr gab. Als sie realisiert hat, dass tatsächlich Ihnen die Schuld an dem Unfall gegeben wird und sie selbst ungeschoren davonkommt, hat sie offenbar einfach immer weitergemacht mit ihren Lügen.«

»Haben Sie denn nichts bemerkt an ihr? War Birte nicht nervös und angespannt? Ein solches Lügenkonstrukt all die Jahre aufrechtzuerhalten, das muss eine wahnsinnige Belastung für sie sein. Zumal sie ja auch selbst den Verlust ihres einzigen Sohnes verarbeiten musste.«

»Sie können mir glauben, es war eine harte Zeit für uns«, erklärte Richter. »Aber außer der Trauer über Ben hat sie sich nichts anmerken lassen. Natürlich deutete auch nichts darauf hin, dass an ihrer Version des Unfalls irgendetwas nicht stimmte.«

»Glauben Sie mir?«, fragte Tim.

»Wie meinen Sie das?«

»Das, was ich Ihnen gerade gesagt habe, muss ziemlich heftig für Sie sein. Auch Sie sind in den letzten drei Jahren einer einzigen großen Lüge aufgesessen. Und ich habe Ihnen längst noch nicht alles über Birte gesagt.«

»Worauf wollen Sie denn noch hinaus?«

»Zuerst will ich wissen, wie Sie über die Sache denken«, sagte Tim. »Glauben Sie das, was ich Ihnen gerade erzählt habe, oder denken Sie, dass ich ein durchgeknallter Psychopath bin, der verzweifelt versucht, einen Schuldigen für den größten Fehler seines Lebens zu finden?«

»Es fällt mir tatsächlich schwer, das zu sagen, aber ich halte es nicht für ausgeschlossen, dass Birte zu so etwas fähig gewesen ist. Was keineswegs heißen soll, dass ich Ihnen bereits glaube und Birte für schuldig halte.«

»Gut«, sagte Tim. »Sind Sie dann bereit für die ganze Wahrheit?« Richter nickte stumm.

»Sie wissen, was mit Julia und Robert passiert ist?«

»Ich weiß, dass sie tot sind. Die Zeitungen waren voll damit, und Birte hat mir auch davon erzählt.«

»Was hat sie gesagt?«

»Sie war ziemlich schockiert, immerhin waren die beiden mal gute Freunde von ihr.«

»Waren?«

»Seit der Sache damals hatte Birte nur noch selten Kontakt zu den beiden«, antwortete Richter. »Nachdem Julia und Robert umgezogen waren, ist die Freundschaft dann völlig abgebrochen.«

»Kein Wunder«, sagte Tim. »Es gab Gründe dafür, dass Birte den Kontakt gemieden hat. Denn Julia und Robert sind im Laufe der Jahre immer stärker ins Zweifeln gekommen. Ich bin mir sicher, dass sie sterben mussten, weil sie am Ende erkannt haben, dass nicht ich, sondern Birte am Steuer gesessen hat. Sie waren die Ersten, die damals herbeigeeilt sind, nachdem es passiert ist. Aber sie waren auch die Letzten, die uns gesehen haben, bevor es geschehen ist. Und zu diesem Zeitpunkt saß Birte noch auf dem Fahrersitz. Verstehen Sie, worauf ich hinauswill?«

»Glauben Sie allen Ernstes, dass Birte die beiden –?«

»Ich habe keinerlei Beweise«, unterbrach Tim den Arzt. »Aber ich bin mir vollkommen sicher, dass sie es getan hat. Ich habe die Leichen selbst gesehen, Birte hat sie förmlich hingerichtet. Dasselbe gilt für einen Zeugen, der sie wahrscheinlich beobachtet hat. Auch ihn hat sie umgebracht. Aber es geht noch weiter.« Tim gab Richter keine Gelegenheit, etwas zu erwidern.

»Birte hat nämlich aus lauter Verzweiflung versucht, Mascha die Schuld in die Schuhe zu schieben. Sie war vergangene Woche bei mir und hat mir eine unglaubliche Geschichte aufgetischt. Dass Mascha und ich bereits damals ein Paar gewesen wären und ich mit ihr statt mit Birte an diesem verdammten Sonntag vor drei Jahren bei Julia und Robert gewesen wäre. Ich sollte glauben, dass Mascha am Steuer gesessen hat. Nachdem sie mitbekommen hat, dass meine Erinnerung allmählich zurückkommt, wollte sie um jeden Preis verhindern, dass der Verdacht auf sie fällt. Sie hat mit Ihrer Hilfe für meine psychische Instabilität gesorgt, um mir erneut etwas einzureden. Hinzu kam wahrscheinlich, dass sie auf diese Weise Mascha ausschalten wollte, weil sie geahnt hat, dass auch sie dahintergekommen ist, was damals wirklich passiert ist.«

»Ziemlich dünn, die Geschichte, so ganz ohne Beweise«, sagte Richter.

»Deshalb bin ich hier. Sie müssen mir helfen. Ich brauche Ihre Unterstützung, um Beweise zu sammeln, dass es so gewesen ist, wie ich sage.«

»Ich weiß nicht«, sagte Richter nachdenklich. »Sie beide waren tatsächlich schon damals ein Paar.«

»Wie bitte?«

»Ich weiß nicht viel über damals, und ehrlich gesagt interessiert es mich auch nicht sonderlich, aber ich erinnere mich daran, dass da bereits etwas zwischen Ihnen und Mascha lief.«

»Das kann nicht sein«, sagte Tim.

»Die Beziehung zwischen Birte und Ihnen war kaputt. Nicht nur Birte wollte die Ehe beenden, kurz vor dem Unfall haben Sie ihr erzählt, dass Sie ein Verhältnis mit Mascha haben.«

»So ein Schwachsinn«, sagte Tim aufgebracht. »Hat Ihnen Birte das etwa so gesagt? Ich habe Mascha vor ziemlich genau sechs Monaten kennengelernt.«

»Ich glaube, dass Ihr Gedächtnis an dieser Stelle noch nicht wieder mitspielt. Sie beide kannten sich definitiv schon vorher.«

»Ich habe keine Ahnung, was Sie mir da einreden wollen. Aber ich wundere mich über gar nichts mehr. Birte ist keine Lüge zu plump, um uns allen etwas vorzumachen. Nur, wissen Sie eigentlich, was viel wichtiger ist? Seit fast einer Woche habe ich nichts mehr von Mascha gehört. Ihr muss etwas zugestoßen sein, und ich befürchte das Schlimmste.«

»Haben Sie irgendetwas Konkretes?«

»Was soll das heißen, etwas Konkretes?«, fragte Tim fassungslos.

»Mascha ist spurlos verschwunden. Ist das nicht konkret genug?«

»Das kann viele Hintergründe haben.«

»Verstehen Sie denn nicht?« Tim wurde ungeduldig. »Birte hat Mascha aus dem Weg geräumt. Sie war eine Gefahr für sie. Ich bin mir mittlerweile sicher, dass sie sie umgebracht hat.« Er rang um Fassung. Er konnte nicht verstehen, dass Richter in seiner Meinung plötzlich umschwenkte. Eben noch hatte er ihm glauben wollen.

»Tut mir leid, ich kann verstehen, dass das alles für Sie nicht einfach ist, aber ich habe mir jetzt lange genug angehört, was Sie zu sagen hatten. Und ich muss feststellen, dass Ihre Erkrankung schlimmer ist, als ich angenommen habe. Sie drehen sich die Wirklichkeit so hin, wie es Ihnen gerade passt.« Richter stand auf, ging langsam zur Tür des Arbeitszimmers und öffnete sie. »Du kannst kommen«, rief er laut. »Wir sind jetzt fertig.«

»Was soll das ...?« Tim sprang ebenfalls auf und wollte den Raum verlassen, doch Richter stellte sich ihm in den Weg.

»Warten Sie«, sagte er entschieden. »Birte will mit Ihnen sprechen.«

»Und wenn ich gar nicht will?«

»Es geht jetzt nicht darum, was Sie wollen. Wir müssen diese Sache ein für alle Mal aus der Welt schaffen.«

»Sie wissen nicht, wovon Sie reden! Birte hat drei Menschenleben auf dem Gewissen. Was soll denn da bitte schön aus der Welt geschafft werden?« Plötzlich hielt Tim inne. Er spürte die Panikattacke kommen, die ihn so oft in den letzten Tagen heimgesucht hatte. Ein fürchterlicher Gedanke, was Richter womöglich mit »aus der Welt schaffen« gemeint hatte, machte sich in ihm breit.

Im nächsten Moment sah er Birte. Sie trat aus Richters Schatten und kam direkt auf ihn zu.

»Erinnerst du dich an das Haus?«, fragte sie ohne irgendeine Begrüßung.

Tim runzelte die Stirn. Er wusste nicht, worauf sie anspielte.

»Wir haben es uns irgendwann mal angesehen. Es war immer mein Traum, hier an der Küste, direkt am Meer, zu leben. Du wolltest es aber nicht, weil es dir zu weit außerhalb der Stadt liegt. Also haben wir uns damals für das andere Haus entschieden.«

Wieder einmal versuchte Tim verzweifelt, gegen sein löchriges Gedächtnis anzukämpfen. Es war genau so, wie es ihm einmal jemand in der Psychiatrie beschrieben hatte. Sein Gehirn war wie ein Schweizer Käse, voll von riesigen Löchern. Und jeden Tag wurden die Löcher größer, ständig kamen neue hinzu, und nur selten wurden manche wieder mit Masse gefüllt. Ein Prozess, der nicht mehr aufzuhalten war. Das, was er erlebt hatte, und die starken Psychopharmaka, die er jahrelang eingeworfen hatte, hatten irreparable Schäden hinterlassen.

»Tut mir leid«, sagte er nach einigen Sekunden des Schweigens. »Ich erinnere mich nicht mehr.«

»An andere Dinge scheinst du dich aber mittlerweile durchaus wieder zu erinnern«, entgegnete Birte. »Daher glaube ich, dass es an der Zeit ist, einiges klarzustellen.« Sie machte eine Pause, ging einmal um den kleinen Tisch herum und stellte sich schließlich vor das Fenster, das einen Blick auf den großzügig angelegten Garten zuließ.

»Alles, worum es mir geht, ist, dass Ben endlich seine Ruhe findet. Was geschehen ist, ist so schrecklich, dass ich selbst heute noch jede Nacht schweißgebadet aufwache. Ich kann einfach nicht akzeptieren, dass der Kleine nicht mehr da ist. Dass nichts anderes als ein paar Staubkörner von ihm übrig sind. Sein Tod hat mir für immer mein Herz gebrochen.« Sie hielt inne, ohne sich jedoch umzudrehen und Tim in die Augen zu blicken.

»Wir beide tragen zu gleichen Teilen die Schuld an Bens Tod. Wir haben nicht aufgepasst, weil wir nur mit uns selbst beschäftigt waren. Im Gegensatz zu dir habe ich aber trotz allem relativ schnell einen Weg für mich gefunden, mit der Situation umzugehen. Ich trauere jeden Tag, und die Nächte sind meist fürchterlich, aber ich versuche, tagsüber mein Leben so in den Griff zu bekommen, dass es wenigstens halbwegs lebenswert ist. Bevor du jetzt etwas dazu sagst, möchte ich, dass du weißt, wie leid es mir tut, dass es damals so gekommen ist. Ich wollte nicht, dass du dafür büßen musst. Aber ich stand unter Schock und habe Dinge gemacht, die ich bis heute zutiefst bereue.« Birtes Stimme erstarb unter Tränen. Sie schluckte schwer.

»Ich hoffe allerdings, dass du dich auch daran erinnern kannst, wie sehr du mich verletzt hast, als du mir gebeichtet hast, dass du eine Affäre mit Mascha hast. Ich war vollkommen fertig mit der Welt und habe aus lauter Wut und Verzweiflung einfach den Rückwärtsgang eingelegt und bin angefahren. Ohne vorher nach Ben zu sehen.«

»Ich glaube dir kein Wort«, sagte Tim hart. »Du glaubst doch wohl nicht ernsthaft, dass du dich auf diese billige Weise herausreden kannst? Du hast mein Leben zerstört, nicht nur, weil du Ben getötet hast. Du hast auch noch in Kauf genommen, dass ich ein Jahr lang im Knast gesessen habe und anschließend in die Psychiatrie gekommen bin. Und diese Geschichte, dass ich mit Mascha angeblich schon früher etwas gehabt haben soll, passt einfach ins Bild. Du hörst nicht auf, mich und meine Gedanken zu manipulieren. In Wirklichkeit ist es doch so gewesen, dass zwischen euch beiden schon damals etwas lief. Ich habe euch sogar erwischt, falls du dich erinnerst. Nur darüber haben wir gesprochen, bevor du den Rückwärtsgang eingelegt hast.«

Tim atmete tief durch. Einen Moment lang befürchtete er, vor Aufregung zu hyperventilieren. Dann fing er sich wieder. »Heute Morgen bin ich in deiner Wohnung in der Wallstraße gewesen. Als ich das Kinderzimmer und die Bilder im Flur gesehen habe, ist mir endgültig alles klar geworden. Damals im Auto hast du mir gesagt, dass du schwanger von ihm bist.«

»Nein!«, fuhr Birte ihn an. »Du lügst, das stimmt nicht.«

»Was wird das hier?« Richter trat näher heran und stellte sich direkt zwischen die beiden.

»Hör nicht auf ihn«, versuchte Birte, Richter zu beruhigen. »Er hat den Verstand verloren, das hast du doch selbst immer gesagt.«

»Du weißt genau, dass es so war«, sagte Tim mit ruhiger Stimme. »Es hat keinen Sinn mehr, es zu bestreiten.«

»Aber es stimmt einfach nicht«, antwortete Birte aufgebracht.

»Du hast doch gar keine Ahnung. Du warst es, der mich mit Mascha betrogen hat.«

»Was hast du mit ihr gemacht?«

Birte fasste in ihre Hosentasche und zog ein Taschentuch hervor. Beinahe geräuschlos schnäuzte sie sich die Nase. Dann drehte sie sich zu ihm um.

Tim erschrak. Birte hatte sich innerhalb weniger Minuten verändert. Etwas in ihrem Blick war anders. Ihre Augen waren seltsam klein, das Weiße kaum noch zu sehen. Die beiden dunkelbraunen Punkte zwischen den zusammengekniffenen Lidern strahlten etwas Bedrohliches aus. So hatte er sie noch nie gesehen.

»Du warst schon immer etwas naiv, Tim«, sagte sie plötzlich mit fester Stimme. »Aber dass du dich mit Mascha einlässt, hätte ich dir wirklich nicht zugetraut. Warum musst du ausgerechnet mit Bens Babysitterin ins Bett steigen, sie könnte deine Tochter sein. Wie tief bist du eigentlich gesunken?«

»Was?« Tim schüttelte den Kopf und griff sich an den Hals. Er hatte das Gefühl, als schnüre ihm ein unsichtbarer Strick die Luft zum Atmen ab. Deshalb war ihm alles so vertraut mit ihr vorgekommen. Mascha war Bens Babysitterin gewesen. Erinnerungsfetzen kämpften sich zurück an die Oberfläche.

Sie war damals tatsächlich noch ein junges Mädchen gewesen, das sich neben ihrer Ausbildung ein paar Euro dazuverdient hatte. Tim dachte an den Abend vor sechs Monaten zurück, als der Schnee durch die Straßen Lübecks gepeitscht war. Wie sie ihn angesehen hatte, als er plötzlich vor ihr stand. Die weit aufgerissenen Augen, der offene Mund. Es musste ein Riesenschock für sie gewesen sein, ihn wiederzusehen.

Ihm gelang es endlich, tief Luft zu holen. Er versuchte, sich zu beruhigen, doch die Ungewissheit darüber, was noch alles auf ihn wartete, an das er sich bislang nicht erinnern konnte, machte ihm immer mehr Angst.

»Sie hat sich um mich gekümmert und war für mich da, als ich dringend Hilfe benötigt habe«, sagte er schließlich. »Wenn Mascha nicht gewesen wäre, wäre ich heute vielleicht tot. Ich habe es ihr zu verdanken, dass ich mein Leben wieder in den Griff bekommen habe.«

»Du machst dich lächerlich, Tim«, sagte Birte. »Sieh dich an, wo bitte schön hast du denn dein Leben im Griff? Du bist ein durchgedrehter Psychopath, der durch jahrelangen Medikamentenkonsum ein Gedächtnis wie ein Neunzigjähriger hat. Glaubst du ernsthaft, dass dich eine zweiundzwanzigjährige verwöhnte Göre retten kann?«

»Wo ist sie?«

»Sie wollte alles kaputt machen.«

»Kaputt machen? Verdammt, sie hat begriffen, dass du es warst, die Ben überfahren hat.«

»Sie hätte alles auffliegen lassen«, sagte Birte und trat langsam, beinahe unmerklich, an den Tisch in der Mitte des Raums. »Nach Bens Tod war ich genauso am Ende wie du«, fuhr sie fort und zog sich einen Stuhl heran. »Dass ich mir mit Philipp eine neue Familie aufbauen konnte, ist ein großes Geschenk für mich. Der kleine David erinnert mich so sehr an Ben. Das alles lasse ich mir nicht mehr nehmen, verstanden? Nicht von Mascha und nicht von dir.«

»Eine neue Familie? Dass ich nicht lache.« Tim zeigte auf Richter. »Was sagt er denn dazu, dass wir beide —?«

»Nein«, unterbrach sie ihn. »Sag es nicht!«

»Was?« Richters Blick wanderte zwischen Birte und Tim hin und her. »Wovon spricht er, Birte?«

»Es fällt mir nicht leicht, Ihnen das sagen zu müssen, aber Birte und ich, wir hatten —«

»Tu es nicht!«

Tim sah, dass Birte nervös mit den Händen in ihrem Schoß nestelte.

»Erzählen Sie, los«, drängte Richter.

»Nein, er wird gar nichts erzählen«, rief Birte plötzlich mit scharfer Stimme. Blitzschnell zog sie die schmale Schublade unter der Tischplatte auf und griff hinein. Im nächsten Moment erkannte Tim, was Birte da hervorzog. Sie richtete die Pistole in ihrer Hand direkt auf ihn.

»Was machst du denn da mit meiner Waffe?«, schrie Richter. »Leg sie sofort wieder hin.«

»Ich denke gar nicht daran«, entgegnete Birte kühl. »Ich lasse nicht zu, dass Tim mein Leben endgültig zerstört.«

»Bist du wahnsinnig? Du kannst ihn doch nicht erschießen!« Langsam ging Richter auf Birte zu, die Hände gehoben, um sie zu beruhigen.

»Finger weg!«, fauchte sie. »Dieses Mal wird er nicht davonkommen.«

»Was meinst du denn damit?«

»Der Grund, warum Sie mich im Krankenhaus überhaupt behandeln mussten«, ging Tim dazwischen, »mein Unfall. Birte war es, die mich mit ihrem Wagen von der Straße abgedrängt hat.«

»Sag mir, dass das alles nicht wahr ist, Birte.« Richter klang jetzt verunsichert. »Hast du etwa tatsächlich etwas mit dem Mord an diesem Pärchen zu tun? Und was ist mit dieser Mascha?«

»Wir reden später darüber, Philipp.« Sie drängte sich an Richter vorbei und ging mit der Waffe in der Hand auf Tim zu. Doch Richter griff nach ihrem Arm und versuchte, sie zurückzuhalten. Es entstand ein wildes Handgemenge zwischen den beiden.

Während Tim ein paar Schritte zurückwich, sah er, dass Richter versuchte, Birte zu Boden zu reißen. Doch plötzlich veränderte sich erneut ihre Mimik. Von ihrem einstmals so hübschen Gesicht war nichts mehr übrig, in diesem Moment erinnerte sie ihn eher an eine Raubkatze.

Ansatzlos biss sie ihm in den Arm. Richter schrie vor Schmerzen laut auf und entledigte sich ihrer mit einem heftigen Ellenbogenschlag. Im nächsten Augenblick hallte ein lauter Knall durch das kleine Arbeitszimmer. Gefolgt von einem schmerzerfüllten Schrei und dem Geräusch eines zersplitternden Fensters.

Instinktiv stürzte sich Tim auf Birte und entriss ihr die Pistole, die sie noch immer in der Hand hielt. Dann entfernte er sich ein Stück von ihr und richtete die Waffe direkt auf sie. Aus dem Augenwinkel konnte er erkennen, dass sich Richter schwer atmend über den Parkettboden schleppte. Offenbar wollte er es bis zur Wand unter dem Fenster schaffen. Seine blutverschmierte linke Hand presste er dabei auf die rechte Schulter. Der Schuss hatte ihn offenbar nur gestreift und war anschließend in die Fensterscheibe eingeschlagen.

»Es ist vorbei, Birte«, sagte Tim leise. »Ich habe immer geglaubt, dass ich es bin, der den Verstand verloren hat. Aber wenn ich in dein Gesicht sehe, dann weiß ich, wer von uns beiden tatsächlich dem Wahnsinn verfallen ist.«

»Erschieß mich doch, wenn es dir dann besser geht.« Birte lächelte. Kein hoffnungsloses Lächeln, vielmehr ein irres Lachen.

»Was wollten Sie mir eben sagen?«

Tim fuhr herum und blickte Richter an. Seine Stimme klang schwach, und er hielt sich noch immer mit schmerzverzerrtem Gesicht die Schulter.

»Ich will wissen, was sie noch alles getan hat. Erzählen Sie mir alles.«

»Tu, was du tun musst«, sagte Birte plötzlich. Sie kam wieder auf die Beine und sah Tim herausfordernd an. »Sag ihm alles, los. Nein, weißt du was? Ich mache es einfach selbst. Ich gebe alles zu.«

Tim musterte Birte. Er war sich nicht mehr sicher, ob sie noch lachte oder bereits weinte. Jedenfalls schien sie einem Nervenzusammenbruch sehr nahe zu sein.

»Was Tim dir sagen wollte«, sagte sie zu Richter, »ich habe vor ein paar Tagen mit ihm geschlafen. Es war notwendig, um ihn wieder auf Spur zu bringen. Ich habe mich geopfert, damit er unsere Familie nicht zerstört. Leider hat das nicht so funktioniert, wie ich gehofft habe.«

»Birte«, keuchte Richter, »du steigst mit deinem Exmann ins

Bett und erklärst mir allen Ernstes, dass du das für uns gemacht hast? Du tickst doch nicht mehr ganz richtig. Du hättest mich gerade um ein Haar umgebracht.«

»Philipp, ich liebe dich, das musst du mir glauben. Alles, was ich getan habe, war nur für unsere gemeinsame Zukunft.«

Birtes Augen flirrten hin und her. Es schien so, als würden sie sich auf nichts und niemanden mehr fokussieren können. Die schöne Frau, die Tim vor Jahren geheiratet hatte, um die ihn alle beneidet hatten, existierte in diesem Moment nicht mehr. Für einen kurzen Augenblick verspürte er sogar Mitleid mit ihr.

»Ich habe Julia und Robert erschossen, weil sie mich bedrängt haben«, sagte sie plötzlich. »Sie waren sich mit einem Mal sicher, dass Tim nicht am Steuer gesessen haben kann. Genau wie Mascha, ich musste sie aus dem Weg räumen. Es tut mir wirklich leid für dich, Tim.«

»Du hast versucht, mich umzubringen, als du mich von der Straße abgedrängt hast. Ich kann mich wieder an die Szenerie erinnern, als du mit deinem SUV hinter mir aufgetaucht bist, kurz nachdem ich die Leichen von Julia und Robert entdeckt hatte. Es hat nicht viel gefehlt, und ich wäre tot gewesen, wie mir Philipp selbst gesagt hat.«

»Niemand wird dir diese Geschichte glauben«, antwortete Birte emotionslos. Wie erstarrt stand sie plötzlich vor ihm.

»Was hast du mit dem Briefträger gemacht?«, fragte Tim. »Er war noch am Leben, als ich ihn an diesem Tag gesehen habe.«

Birte schwieg.

»Bist du noch einmal zurückgefahren, weil du Angst bekommen hast, er könnte zu viel beobachtet haben?«

Noch immer reagierte sie nicht. Doch Tim war sich sicher, für einen kurzen Moment ein Lächeln auf ihren Lippen gesehen zu haben.

»Und mein Handy? Hast du das etwa aus meinem Auto geholt, als du an dem Wrack vorbeigekommen bist, weil du verhindern wolltest, dass jemand von deinem Anruf bei mir erfährt? Es stimmt doch, dass du es warst, die mich angerufen hat, oder nicht?«

»Ich befürchte, daran kann ich mich nicht mehr erinnern«, antwortete Birte.

»Ach nein?«, sagte Tim wütend. »Hast du mich nicht an diesem Tag angerufen und versucht, mich auszufragen, ob ich mit Robert telefoniert hätte und was ich gerade mache? Ich war so naiv und habe dir verraten, dass ich auf dem Weg zu Julia und Robert bin. So ist es gewesen, willst du das etwa abstreiten?« Tim schnappte nach Luft. Er brauchte einige Sekunden, ehe er weitersprechen konnte. »Wo ist mein Handy?«, fragte er schließlich.

»Du kannst dir sicher sein, dass du es niemals finden wirst. Dafür habe ich gesorgt.« Birte ging zwei Schritte in seine Richtung und streckte ihm die rechte Hand entgegen.

»Was soll das?«, rief Tim und spürte, dass er panisch wurde. Ihr irrer Blick machte ihm Angst. »Bleib stehen, wo du bist.«

»Du schaffst es nicht, mich zu erschießen«, sagte sie leise. »Du liebst mich nämlich immer noch. Ich habe es gespürt, als wir miteinander geschlafen haben.«

»Erschießen Sie sie, los!«, brüllte Richter mit einem Mal.

»Birte hat recht«, sagte Tim. »Ich kann das nicht.« Erschöpft blickte er Richter an und ließ die Waffe in seiner Hand sinken.

»Passen Sie auf!«

Tim fuhr herum. Zu spät.

Birte stürzte sich mit einem markerschütternden Schrei auf ihn und griff nach der Waffe in seiner Hand. Tim rutschte weg und knallte mit dem Hinterkopf auf den Parkettboden. Exakt auf die Stelle, an der er sich bei seinem Unfall verletzt hatte. Obwohl ihm schwarz vor Augen wurde, gelang es ihm im letzten Moment, auch Birte mit hinunterzureißen. Dabei verlor er jedoch die Pistole, die quer durch den Raum schlitterte und unter einem alten Sekretär liegen blieb.

Mit letzter Kraft raffte sich Tim auf und packte Birte mit beiden Händen am Hals. Während sie zu Boden fiel, gelang es ihm, sich auf ihren Oberkörper zu setzen. Immer tiefer bohrten sich seine Finger in Birtes Haut. Sie röchelte und versuchte verzweifelt, Luft zu bekommen.

Knack.

Tim fühlte sich wie in Trance, während er immer weiter zudrückte. Er sah nicht mehr, dass Birtes Augäpfel hervortraten. Ihre wunderschönen Lippen liefen blau an.

Knack.
Er würde sie umbringen, diesen Alptraum endlich ein für alle Mal beenden. Er erinnerte sich an dieses schrecklich dumpfe Geräusch und die Minuten nach dem Aufprall. Doch am allerschlimmsten waren die Erinnerungen an Birte, die weinend und fassungslos vor ihm gestanden und behauptet hatte, dass er es gewesen war. Sie hatte ihn angeschrien und ihm in diesem Moment geschworen, dass er dafür büßen werde, was er getan hatte. Wie hatte diese Frau, die er so sehr geliebt hatte, ihm das bloß antun können?
Knack.
Tim riss die Augen auf und starrte Birte an. Er sah seine Hände, die sich immer fester um ihren Hals schlangen. Für einen kurzen Augenblick glaubte er, sie sei bereits tot, doch der kehlige Laut, den sie von sich gab, ließ ihn durchatmen. Tim löste den Griff und rutschte von ihr herunter.

Er hatte es nicht geschafft. Er hatte sie nicht töten können. Trotz allem, was passiert war. Empfand er tatsächlich noch etwas für sie, oder waren es einfach die zutiefst verinnerlichten Skrupel, jemand anderen umzubringen? Die Skrupel, die Birte längst über Bord geworfen hatte.

Wieder veränderte sich ihr Blick. Aus ihren Augen sprach jetzt die pure Angst vor ihm. Sie hätte wohl niemals geglaubt, dass ausgerechnet er dazu fähig wäre, so auf sie loszugehen.

Langsam kam sie wieder auf die Beine. Tim war sofort auf der Hut und blickte um sich. Die Waffe lag außerhalb seiner Reichweite. Für einen kurzen Augenblick befürchtete er, sie würde sich wieder auf ihn stürzen, doch dann erkannte er, dass sie Schritt für Schritt rückwärts aus dem Raum ging. Noch immer war da diese Angst in ihren Augen, während sie ihn ansah. Sie hatte verloren, und sie schien es realisiert zu haben. Doch anstatt aufzugeben, wollte sie fliehen.

»Jetzt tun Sie doch was!«

Tim sah Richter an, der noch immer an der Wand lehnte. Unter Schmerzen hielt er sich die blutende Schusswunde an seiner Schulter.

»Halten Sie sie doch auf, verdammt noch mal«, schrie er.

Tims Blick wanderte unschlüssig zwischen Richter und der

Tür, durch die Birte gerade verschwunden war, hin und her. Er überwand die Schmerzen in seinem Körper und den Wunsch, Birte einfach aus seinem Leben verschwinden zu lassen, und rannte los. Als er den Flur erreicht hatte, ließ er seinen Blick kreisen. Da war die Tür zu dem Raum, in dem Richter verschwunden war, um Birte Bescheid zu sagen, dass er Besuch habe. Aber da war auch noch etwas anderes, das ihn irritierte. Es war ihm nur für den Bruchteil einer Sekunde ins Auge gefallen.

Tim drehte sich im Kreis, er scannte den Flur. Als er schließlich erkannte, woran seine Augen hängen geblieben waren, schnellte augenblicklich sein Puls hoch. Tim bückte sich und hob den Schnuller auf, der unter einer kleinen Kommode lag. Als er im nächsten Moment die halb offen stehende Haustür sah, stieg sofort ein Gefühl der Panik in ihm auf.

Er riss die Tür weit auf und stürzte nach draußen. Birte saß bereits am Steuer des SUV in der langen Einfahrt, der Dieselmotor wummerte in der Abendluft.

Wo zum Teufel war das Kind?

Tim rannte los und stolperte über ein Bobby Car. Laut fluchend rappelte er sich hoch. Dann schrie er, vor lauter Angst, dass der Junge das Haus allein verlassen hatte.

Plötzlich sah er ihn. Er stand direkt hinter dem Heck des SUV, wahrscheinlich außerhalb Birtes Blickwinkel. Tims Gedanken rasten, mit einem Mal war wieder alles wie damals, nur dass er es diesmal von außen mit ansah. Birte saß am Steuer, während sich der schlimmste Alptraum seines Lebens zu wiederholen drohte.

Verzweifelt wedelte er mit den Armen, versuchte Birte ein Zeichen zu geben. Doch sie nahm ihn nicht mehr wahr. Ihr Blick war starr auf das Lenkrad gerichtet, sie war längst nicht mehr aufzuhalten. Tim rannte weiter und schrie, so laut er konnte, in der Hoffnung, der Junge würde ihn hören. Aber David rührte sich nicht.

Als Tim endlich den Wagen erreichte und den Griff der Fahrertür zu fassen bekam, legte Birte gerade den Gang ein. In das dumpfe Motorengeräusch mischte sich der Klang des Getriebes. Der SUV setzte sich in Bewegung. Langsam rollte er rückwärts.

Jeden Moment rechnete Tim mit dem Geräusch des Aufpralls,

das sich so grausam in seine Erinnerung gefressen hatte. Nur noch ein Meter. Er schrie ohne Unterlass und streckte seine Hand nach dem Jungen aus. Doch das Kind reagierte einfach nicht. Lange würde es nicht mehr dauern, bis ...

Tim warf sich zwischen den anfahrenden Wagen und den Jungen. Er riss David zur Seite und schleuderte ihn unsanft in das angrenzende Blumenbeet. Dann wurde er vom Heck des SUV getroffen. Mittig am Körper, an der Hüfte. So heftig, dass er sofort zu Boden ging.

Die Schmerzen waren so stark, dass ihm kurzzeitig schwarz vor Augen wurde. Sein verschwommener Blick wechselte zwischen dem Jungen, der sich weinend wieder aufrichtete, und den Rücklichtern des wuchtigen Geländewagens hin und her. Die roten Bremslichter sahen aus wie die wütenden Augen eines wilden Tiers. Nur für einen kurzen Moment erloschen die weißen Rückfahrlichter, dann leuchteten sie erneut auf. Tim wurde panisch, als er spürte, dass er nicht wieder auf die Beine kam. Sein linkes Bein fühlte sich hüftabwärts taub an.

Jetzt erloschen auch die Bremslichter, der Motor heulte auf. Mit letzter Kraft versuchte Tim, wegzurobben, ohne Erfolg. Sie würde seine Beine überfahren. Er schloss die Augen und wartete auf einen Schmerz, den er sich schlimmer vorstellte als alles, was er je zuvor erlebt hatte. Er zählte die Sekunden, ohne dass etwas geschah. Dann riss er die Augen auf und blickte sich um. Alles war ruhig – bis plötzlich ein Schuss die Stille zerriss.

Das Adrenalin in seinem Körper ließ ihn für einen Augenblick alle Schmerzen und sein taubes Bein vergessen. Er richtete sich auf und sah sofort, was passiert war. Direkt vor dem SUV stand Philipp Richter, in seiner Hand die Waffe, mit der Birte ihn vorhin selbst noch in der Schulter getroffen hatte. Die Windschutzscheibe des SUV war zersplittert.

Langsam schleppte sich Tim am Heck des Wagens entlang in Richtung Fahrertür. Dann sah er sie. Birte schien am Leben zu sein, aber sie saß regungslos hinter dem Steuer, den Blick starr nach vorn gerichtet. Auf Richter.

Er ging noch näher heran, bis er direkt neben der Fahrertür stand. Er glaubte zu erkennen, dass Birte nicht einmal getroffen worden war. Dem Einschussloch in der Windschutzscheibe nach zu urteilen, war die Kugel auf dem Beifahrersitz eingeschlagen.

Tim riss am Griff der Wagentür. Doch sie ließ sich nicht öffnen, Birte musste von innen abgeschlossen haben. Hektisch klopfte er gegen die Fensterscheibe und schrie ihren Namen.

Langsam, wie in Zeitlupe, wandte sie ihren Kopf und blickte aus der erhöhten Sitzposition des SUV zu ihm herunter. Obwohl Tim kaum noch etwas schocken konnte, fiel es ihm in diesem Moment schwer, Birte in die Augen zu sehen. Der Wahnsinn stand ihr ins Gesicht geschrieben. Ihre Augäpfel quollen hervor. Der Mund war seltsam verformt, als lache sie dem Tod in die Augen. Tim hatte das Gefühl, dass sie ihn gar nicht mehr wahrnahm. Längst befand sie sich jenseits des Menschenverstands. In einem Geisteszustand, der Tim in panische Angst versetzte.

»Mach auf!«, schrie er erneut.

Sie hörte ihn nicht.

Er hämmerte gegen die Scheibe. So fest, dass er die Schmerzen in seinem Körper nicht mehr spürte.

Keine Reaktion.

Aus dem Augenwinkel erkannte Tim nun, dass Richter die Waffe erneut auf Birte richtete und den Finger bereits am Abzug hatte. Für den Bruchteil einer Sekunde glaubte er, ein kurzes Zucken, vielleicht ein Lächeln, auf Birtes Lippen zu sehen. Dann wandte sie sich ruckartig um.

Tim wusste sofort, was sie vorhatte. Das leise Geräusch des knackenden Getriebes, gefolgt vom lauten Aufheulen des Motors. Die Reifen drehten durch, sie trat heftig aufs Gaspedal. Dann schoss der Wagen nach vorn und erwischte Richter voll. Ohne dass er noch eine Chance hatte, zu reagieren.

DAVID

»Es besteht überhaupt kein Zweifel an Ihrer Vaterschaft, Herr Baltus.« Der Mann vom Standesamt, der auch für Vaterschaftsangelegenheiten zuständig war, öffnete den Brief und reichte ihn hinüber. Für einen Moment schloss Tim seine Augen und atmete tief durch. Dann begann er zu lesen. Er überflog die Zeilen, bis er zu der entscheidenden Passage kam.

»... Damit gilt die Vaterschaft als praktisch erwiesen.«

»Wie sicher sind diese Tests?«, fragte Tim, nachdem er sich wieder gefangen hatte.

»Sie können davon ausgehen, dass das Ergebnis korrekt ist. Zumal auch der andere Test Ihre Vaterschaft wahrscheinlich macht.«

»Sie meinen ...?«

»Ja, auch die DNA des Verstorbenen wurde analysiert. Es kann definitiv ausgeschlossen werden, dass Dr. Philipp Richter der Vater von David gewesen ist.«

»Ich muss mit Birte sprechen«, sagte Tim leise.

»Tut mir leid, aber dazu wird es vorerst nicht kommen können«, meldete sich der Staatsanwalt zu Wort. Der Mann um die fünfzig mit seinem schütteren Haar saß am Kopfende des Tisches und warf Tim einen unmissverständlichen Blick zu. »Jeder Kontakt zwischen Ihnen und Ihrer Exfrau ist bis auf Weiteres verboten worden, wie Sie wissen.«

»Aber jemand muss sie darüber informieren, dass das Kind von mir ist.«

»Wir werden mit ihr darüber sprechen, wenn sie so weit ist. Jetzt ist mit Sicherheit noch nicht der richtige Zeitpunkt.«

»Sobald sie sich stabilisiert hat, werden wir ihr das Testergebnis mitteilen«, bestätigte der Beamte. »Aus meiner Erfahrung kann ich jedoch sagen, dass es für Ihre Exfrau kein großer Schock sein wird. Frauen wissen darüber in der Regel sehr genau Bescheid.«

»Wollen Sie damit etwa sagen, dass Birte die ganze Zeit gewusst hat, dass David mein Sohn ist?«, fragte Tim überrascht.

»Ich würde es zumindest nicht ausschließen.«

Immer noch vorsichtig, wechselte Tim die Position auf seinem Stuhl. In den vergangenen Wochen war er körperlich bereits so gut wie wiederhergestellt worden. Seine Gehirnerschütterung hatte er endlich auskuriert, und auch die starke Hüftprellung, die er sich durch den Aufprall auf Birtes Auto zugezogen hatte, war fast verheilt. Doch dass er überhaupt hier saß und nicht wie Birte in eine Psychiatrie eingewiesen worden war, grenzte nach den psychischen Belastungen, denen er ausgesetzt gewesen war, an ein Wunder. So zumindest hatten sich die Ärzte geäußert.

Tatsächlich ging es ihm so gut wie nie zuvor seit Bens Tod. So entsetzlich grausam die ganze Wahrheit und die Erkenntnis, dass Birte auch Mascha und selbst ihren eigenen Lebensgefährten brutal ermordet hatte, gewesen waren – Tim fühlte sich seit dem Moment, in dem die Polizisten Birte aus ihrem SUV herausgezerrt und in Handschellen abgeführt hatten, wie befreit.

Der ganze Druck war in diesem Augenblick von ihm abgefallen, alle Fragezeichen hatten sich endlich aufgelöst. Es hatte nichts mehr gegeben, was in den vernebelten Tiefen seines Gedächtnisses schlummerte, um sich langsam und unerbittlich nach oben zu kämpfen und schließlich in immer neuen Erinnerungsfetzen hervorzubrechen, um ihn in den Wahnsinn zu treiben.

Vielleicht würde er erst in ein paar Monaten, wenn er tatsächlich realisiert hatte, dass Mascha tot war, in ein tiefes Loch fallen. Vielleicht würde dann der ganze Hass gegen Birte, der bislang noch ausgeblieben war, in ihm hochkommen. Doch erst einmal überwog ein Gefühl der Erleichterung, dass sein Leben und seine Erinnerungen – so schmerzvoll sie auch waren – endlich wieder vollständig waren.

Und nun war dieser Junge, der Ben zum Verwechseln ähnlich sah und mit seinen zweieinhalb Jahren fast genauso alt war wie Ben damals, als das ganze Unglück seinen Lauf genommen hatte, sein Sohn. Tim hatte David das Leben gerettet, als er sich vor den anfahrenden SUV von Birte geworfen und den Jungen zur Seite gezogen hatte.

In den Tagen danach hatte Tim an die Kondome in Birtes Nachttisch denken müssen. Sie waren es gewesen, die ihn letztlich stutzig gemacht hatten. Birte und er hatten niemals welche benutzt, da war er sich sicher. Doch falls sie die Dinger für ihre damalige Affäre mit Philipp besorgt hatte, weshalb war sie dann schwanger geworden? Es konnte nur eine Erklärung geben. Es musste bei ihrem verzweifelten Versuch, ihre Ehe zu retten, passiert sein. Ein paar Tage vor Bens Tod hatten sie es noch einmal miteinander versucht. Waren essen gegangen, hatten über vieles geredet und waren schließlich sogar im Bett gelandet. Doch es hatte nichts genützt, Birte hatte sich zu diesem Zeitpunkt längst für Philipp entschieden.

Obwohl Birte gewusst oder zumindest geahnt haben musste, dass das Kind von ihm war, hatte sie also alles dafür getan, dass er aus ihrem Leben verschwand. In dem Moment, als das Unglück mit Ben geschehen war, musste in ihrem Kopf etwas passiert sein, das rational nicht zu erklären war.

Anstatt die Schuld, einen Moment lang nicht auf Ben aufgepasst zu haben, auf sich zu nehmen, hatte sie die Situation einfach ausgenutzt, um Tim loszuwerden. Sie hatte dafür gesorgt, dass er zu einer Gefängnisstrafe verurteilt und anschließend in die Psychiatrie eingewiesen worden war. Sie hatte es zugelassen, dass sein Leben vollkommen aus dem Ruder gelaufen war. Dass er unter Wahnvorstellungen litt und das Schuldgefühl, seinen eigenen Sohn getötet zu haben, ihn seelisch kaputt gemacht hatte.

Kurz bevor es damals passiert war, hatte Birte ihm gebeichtet, schwanger zu sein. Es fiel ihm schwer, sich in Erinnerung zu rufen, was er in diesem Moment gedacht hatte. Ob er wütend gewesen war, weil er von ihrer Affäre gewusst hatte, oder ob er sich insgeheim erhofft hatte, selbst der Vater des ungeborenen Babys zu sein. Er wusste es einfach nicht mehr.

»Alles in Ordnung, Herr Baltus?«

Tim fuhr zusammen. Wieder einmal war er in Gedanken versunken gewesen. Es würde noch viel Zeit vergehen, ehe er all das, was er erlebt hatte, auch nur ansatzweise verarbeitet hatte.

»Ich frage mich, wie es weitergehen wird«, sagte er nachdenklich. »Kann David bei mir leben?«

»Das kann momentan niemand sagen«, antwortete der Standesbeamte. »Solange noch nicht geklärt ist, ob es ein Verfahren gegen Sie geben soll, wird David bis auf Weiteres in einer Pflegefamilie unterkommen.«

»Wie geht es ihm heute?«
»Wir glauben, dass er sich allmählich in seiner neuen Umgebung zurechtfindet. Einem Kind in diesem Alter gelingt es verhältnismäßig schnell, sich an neue Situationen zu gewöhnen. Dennoch dürfen wir nicht vergessen, dass David alles mit ansehen musste.«
»Ich wäre sehr gerne für ihn da«, sagte Tim. Für einen kurzen Augenblick war er von seinen eigenen Worten überrascht. Wollte er das wirklich? Fühlte er sich psychisch überhaupt in der Lage dazu, diese Verantwortung zu übernehmen? David war sein Kind, daran gab es seit einigen Minuten keinen Zweifel mehr. Durfte er sich überhaupt die Frage stellen, ob er für seinen Sohn da sein wollte? Es war doch seine verdammte Pflicht, seine neue Lebensaufgabe, für diesen Jungen zu sorgen. Darauf aufzupassen, dass ihm niemals etwas zustoßen würde.
»In Ordnung«, sagte der Standesbeamte. »Sie müssen Ihre Vaterschaft jetzt noch mit einer Unterschrift anerkennen, alles Weitere folgt dann zu einem späteren Zeitpunkt. Wie gesagt, ich kann Ihnen jetzt noch keine Versprechungen machen, wie es weitergehen wird.«
»Kann ich ihn sehen?«
»Ich gehe davon aus, dass Sie in den nächsten Tagen die Gelegenheit dazu haben werden.«
»Danke.«
»Danken Sie nicht mir. Ich handele lediglich im Rahmen der Bestimmungen. Wenn es nach mir gehen würde, dürften Sie nie wieder eine Erziehungsberechtigung für ein Kind bekommen.«
»Wie bitte?«, fragte Tim fassungslos.
»Ich habe Ihren Fall sehr genau verfolgt. Meiner Meinung nach sind Sie eine tickende Zeitbombe. Und trotzdem befürchte ich, dass das Gutachten, das Ihr behandelnder Arzt in einigen Wochen ausstellen wird, zu einem für Sie positiven Urteil kommen wird.«
Knack.
Tim spürte die aufsteigende Wut. So heftig, dass er fast selbst erschrak. Trotzdem sprang er von seinem Stuhl auf und lehnte sich so weit über den Tisch, bis sein Gesicht nur noch wenige Zentimeter von dem des Beamten entfernt war.
»Na, wir werden jetzt doch nicht die Kontrolle verlieren?«

Knack.
Tim schloss die Augen. Er spürte, dass er gegen sich ankämpfen musste. Gegen die dunkle Seite in ihm. Gegen das, was Bens Tod in ihm ausgelöst hatte. Mit gleichmäßigen Atemzügen versuchte er, Pulsschlag und Blutdruck zu regulieren. Er wusste, dass sein Kampf gegen die Krankheit, die sich tief in sein Gehirn gefressen hatte, gerade erst begonnen hatte. Aber er war bereit, alles dafür zu tun, sich nicht von ihr unterkriegen zu lassen.
»Keineswegs«, antwortete Tim leise, aber entschieden. »Ich war schon lange nicht mehr so klar wie heute. David ist mein Sohn, und ich werde mich verdammt noch mal um ihn kümmern. Bei allem, was Sie über mich denken mögen, sollten Sie einfach nur froh darüber sein, dass Sie nicht das erleben mussten, was ich durchgemacht habe. Und jetzt wünsche ich Ihnen noch einen schönen Tag.«

★★★

Tim legte zögerlich die Hand auf die Türklinke. Mit einem Mal war es doch da. Das Gefühl, dass er es nicht schaffen würde. Dass er unfähig war, seinen eigenen Sohn auch als solchen zu behandeln. Dass er als Vater vielleicht versagen würde. Und über allem stand die Frage, was denn wäre, wenn David ihn als Vater nicht akzeptieren würde. Wenn er nicht verstehen würde, was überhaupt mit ihm geschah. Die Zweifel fielen plötzlich von allen Seiten über ihn her und waren stärker, als er befürchtet hatte.
Wieder klingelte es an der Haustür. Tim klopfte sich mit den Handinnenflächen auf die Wangen und atmete tief durch. Dann drückte er die Klinke herunter und öffnete.
Vor ihm standen zwei Frauen, eine jüngere Anfang zwanzig und eine ältere, die er auf Mitte vierzig schätzte. David saß auf dem Arm der Jüngeren und klammerte sich um ihren Hals. Das Ganze war vollkommen verrückt. Dieser Junge war nicht nur sein Sohn, er war auch noch fast genauso alt wie Ben damals. Doch das Faszinierendste war, dass sich Ben und David unglaublich ähnlich sahen, als seien sie eineiige Zwillinge.
»Hallo, ich bin Tim Baltus, kommen Sie bitte herein«, sagte er unsicher.

»Christine Jessen«, sagte die Ältere der beiden. »Und meine Kollegin Frau Timmermann. Den kleinen David kennen Sie ja bereits.«

»Das stimmt.« Tim lächelte die beiden Frauen vom Jugendamt verkrampft an. »Darf ich Ihnen etwas zu trinken anbieten?«

»Im Augenblick nicht, danke«, antwortete Frau Jessen. »Wir würden uns gerne ein bisschen hier umsehen. Uns interessiert natürlich, in welchen Verhältnissen Sie leben.«

»Ich habe mir wirklich Mühe gegeben, dass alles perfekt ist.«

»Genau darum geht es eigentlich nicht«, sagte Frau Jessen verwundert. »Wir wollen uns ein realistisches Bild davon machen, wie Sie Ihren Alltag bestreiten.«

»So meinte ich das auch gar nicht.« Tim versuchte die Situation zu retten. »Ich bin schon immer ein sehr ordentlicher Mensch gewesen.«

»Jetzt kommen wir erst einmal herein. Das soll hier keine Prüfung für Sie werden. Außerdem wird heute ohnehin noch keine Entscheidung darüber fallen, wo David zukünftig leben wird.«

Tim beobachtete, wie Frau Timmermann mit David auf dem Arm in die Hocke ging und ihn dann behutsam auf dem Boden absetzte. Noch immer klammerte er sich um ihren Hals. Tim trat in eine Ecke des kleinen Wohnzimmers, wo er einige Spielsachen aufgebaut hatte. Er nahm den großen Bagger, den er für David gekauft hatte, ging selbst in die Knie und robbte dann rüber zu dem Jungen. Doch David würdigte ihn keines Blickes und versteckte sich stattdessen hinter der jungen Frau vom Jugendamt.

»Geben Sie ihm noch ein paar Minuten«, sagte Frau Jessen. »Das ist ein ganz normales Verhalten eines Jungen in dem Alter und hat nicht unbedingt etwas mit dem Erlebten zu tun.«

Tim nickte und stellte den Bagger ab. »Kann ich Ihnen vielleicht jetzt eine Tasse Kaffee anbieten?« Er zwinkerte den beiden Frauen zu. »Oder vielleicht ein Schokoladeneis?« Tim sah, dass David sofort neugierig seinen Kopf hinter dem Rücken von Frau Timmermann hervorstreckte.

»Danke, für mich nicht«, antworteten die beiden Frauen unisono.

»Tja, dann ist wohl noch mehr Eis für dich da, David. Magst du etwas?«

David nickte schüchtern.
»Dann komm mal mit.« Tim ging in die Küche. Aus dem Augenwinkel konnte er erkennen, dass David ihm langsam folgte. Mit einem Lächeln auf den Lippen öffnete er den Eisschrank.
»Ich glaube, wir haben uns einen guten Überblick verschaffen können.« Christine Jessen packte ihren Notizblock in ihre Handtasche und erhob sich von ihrem Stuhl. »In den nächsten Wochen wird es weitere Termine dieser Art geben. Wir versuchen, David und Sie Stück für Stück einander näher zu bringen. Außerdem wollen wir sichergehen, dass Sie ausreichend stabil sind. In dieser Zeit wird David weiterhin bei seinen Pflegeeltern wohnen.«
»In Ordnung«, sagte Tim. »Ich hoffe, dass ich heute einen guten Eindruck hinterlassen konnte?«
»Dazu können wir uns nach einem Besuch natürlich noch nicht äußern«, sagte Frau Jessen mit einem milden Lächeln auf den Lippen. »Aber gelegentlich treffen wir auf ganz andere Situationen als diese hier.«
»Vielen Dank«, sagte Tim und reichte den beiden Frauen die Hand. »Darf ich mich noch in Ruhe von David verabschieden?«
Christine Jessen zögerte einen Moment, dann nickte sie. »Wir warten draußen vor der Tür.«
Tim ging rüber ins Wohnzimmer und setzte sich zu David, der sich aus Kissen eine Höhle gebaut hatte. Vorsichtig streckte er seine Hand aus und streichelte seinem Sohn über den Arm.
»Hast du dich hier wohlgefühlt?«
»Du bist nicht mein Papa«, antwortete David und sah Tim dabei wie einen Fremden an.
»Nein, noch nicht«, sagte Tim. »Aber vielleicht irgendwann.«
»Ich will zu meiner Mama.«
Tim schluckte schwer. Obwohl er sich auf diese Situation vorbereitet hatte, wusste er nicht, was er seinem Sohn antworten sollte.
»Wo ist meine Mama?«, fragte David.
»Auf einer sehr langen Reise«, antwortete Tim unbeholfen. »Irgendwann wird sie aber bestimmt wiederkommen.«
David senkte den Blick. Erst jetzt fiel Tim auf, dass der Junge seine Hände unter den Kissen versteckt hielt.

»Was hast du da?«, fragte Tim etwas zu unbeherrscht. Er nahm die Kissen und räumte sie beiseite. Als er sah, womit David gespielt hatte, riss er es ihm aus der Hand und sprang auf. »Woher hast du den?« Tim hielt einen unbeschrifteten Briefumschlag in der Hand. David schwieg. Plötzlich sah er verängstigt aus.

»Tut mir leid, ich wollte nicht mit dir schimpfen.« Tim lächelte. »Kannst du mir verraten, wo du den Brief gefunden hast?«, fragte er sanft.

Der Junge blickte ihn weiter unsicher an. Dann hob er mit einem Mal seinen Arm und zeigte in Richtung Couch. »Da.«

»Da?«, fragte Tim überrascht. »Auf der Couch?«

David nickte.

Tim blickte auf die Couch, auf der er vor ein paar Wochen mit Birte geschlafen hatte. Er brauchte ein paar Sekunden, doch dann verstand er. Auf dem Fußboden vor der Couch lag Maschas Jacke, die sie verloren hatte, als sie hier in seiner Wohnung miteinander gestritten hatten. An diesem Tag hatte er sie zum letzten Mal gesehen. Wahrscheinlich war die Jacke von der Garderobe im Flur gefallen, auf die er sie gehängt hatte. Der Brief musste in einer der Taschen gesteckt haben und war vermutlich herausgerutscht, als David mit der Jacke herumgespielt hatte.

Hektisch riss er den Umschlag auf und zog einen handgeschriebenen Zettel hervor. Es war eindeutig Maschas Schrift. Adrenalin schoss ihm durch den Körper.

Tim,
diese Zeilen schreibe ich nur für den Fall, dass mir etwas zustoßen sollte. Für den Fall, dass diese kranke Frau mit mir dasselbe anstellt wie mit Julia und Robert. Ich hoffe allerdings, dass du diesen Brief niemals lesen musst. Vielleicht sehe ich dich schon gleich, und wir können in Ruhe reden. Dann kann ich dir endlich alles verraten, was ich weiß. Das ist allerdings mehr, als du dir vorzustellen vermagst. Wahrscheinlich fragst du dich, warum ich das erst jetzt tue. Weshalb ich so lange geschwiegen habe. Dafür gibt es Gründe, das musst du mir glauben. Gründe, die so schwerwiegend sind, dass ich all die Monate mit mir gerungen habe und selbst heute noch Zweifel habe, ob es richtig ist, dass du alles erfährst.

Für den Fall, dass wir uns nicht mehr wiedersehen sollten, nur so viel: Wir beide kennen uns schon sehr, sehr lange. Viel länger, als du denkst. Die ganze Wahrheit über Birte, dich und mich kennen nur zwei Personen. Eine davon bin ich. Die andere Person heißt Pauline Becker. Vielleicht kannst du dich noch an ihren Namen erinnern. Sie wohnt in der Fleischhauerstraße 46. Geh zu ihr und sprich mit ihr, falls mir etwas zustößt. Sie wird dir alles sagen, auch wenn die Wahrheit schmerzhaft für dich sein wird.
Pass auf dich auf, ich liebe dich. Mascha

Tim stand regungslos da und sah, wie der Brief durch seine Finger glitt. Langsam, wie in Zeitlupe, segelte er durch den Raum. Dann schloss Tim die Augen und spürte, wie seine Beine nachgaben. Weinend brach er zusammen.

Jobst Schlennstedt
TÖDLICHE STIMMEN
Broschur, 208 Seiten
ISBN 978-3-89705-561-2

»*Eine psychologisch ausgefeilte Geschichte.*«   Radio ZuSa

»›Tödliche Stimmen‹ *ist ein Krimi, der diese Bezeichnung verdient.*«
Lübecker Nachrichten

www.emons-verlag.de

Jobst Schlennstedt
DER TEUFEL VON ST. MARIEN
Broschur, 208 Seiten
ISBN 978-3-89705-624-4

»Viel Spannung, aber auch Anregung, sich mit einigen der hier angesprochenen Konflikte vielleicht einmal näher zu befassen.«
NDR

»Macht unbedingt Lust auf mehr.«   Lesen

www.emons-verlag.de

Jobst Schlennstedt
MÖWENJAGD
Broschur, 224 Seiten
ISBN 978-3-89705-825-5

»Jobst Schlennstedt entwickelt komplexe Handlungsstränge und wartet am Ende nicht mit Patentlösungen auf. Es bleibt kompliziert, und das macht seine Romane so lesenswert.« Radio ZuSa

»Eine spannende Geschichte mit glaubwürdigen Charakteren.«
Ultimo-Stadtzeitung, Lübeck

www.emons-verlag.de

Jobst Schlennstedt
TRAVEBLUT
Broschur, 208 Seiten
ISBN 978-3-89705-918-4

»Es wimmelt voller bekannter Lübecker Ecken. Und genau das lieben die Leser.«   NDR

www.emons-verlag.de

Jobst Schlennstedt
KÜSTENBLUES
Broschur, 208 Seiten
ISBN 978-3-95451-110-5

»Fans von Regionalkrimis kommen voll auf ihre Kosten. Das überraschende Finale einer komplexen Geschichte, Schlennstedts Leser müssen mitdenken. Mit einer großen Portion norddeutschem Küstenflair.« NDR

»Dass der Autor in Lübeck zu Hause ist, merkt man dem sorgfältig recherchierten Roman an. Dieser fünfte Krimi um Kommissar Birger Andresen ist wieder sehr spannend und das Ende überraschend. Lesen!« Lübecker Nachrichten

www.emons-verlag.de

Jobst Schlennstedt
TODESBUCHT
Broschur, 224 Seiten
ISBN 978-3-95451-299-7

»Jobst Schlennstedt hat sich mit Regionalkrimis einen Namen gemacht – und die Lektüre lohnt sich.« Lübecker Nachrichten

www.emons-verlag.de

Jobst Schlennstedt
WESTFALENBRÄU
Broschur, 224 Seiten
ISBN 978-3-89705-768-5

»*Jobst Schlennstedt hat einen spannenden Regionalkrimi geschrieben, der auch von der Charakterisierung der Figuren lebt.*«
Westfalen-Blatt

www.emons-verlag.de

Jobst Schlennstedt
DORFSCHWEIGEN
Broschur, 208 Seiten
ISBN 978-3-89705-996-2

»Wer ›Dorfschweigen‹ angefangen hat zu lesen, folgt dem Kommissar gerne in seiner Aufklärungsarbeit.«   Westfalen-Blatt

www.emons-verlag.de

Jobst Schlennstedt
SPUR ÜBERS MEER
Broschur, 224 Seiten
ISBN 978-3-95451-450-2

Als eine siebzehnjährige Lübecker Schülerin verschwindet, wendet sich ihre verzweifelte Mutter an Privatermittler Simon Winter. Die Spur führt ihn in den Filz der schleswig-holsteinischen Landespolitik. Doch erst als im dänischen Rødby ein Fahrzeug mit einem weiteren verschleppten Mädchen entdeckt wird, ahnt Winter, welche Dimension der Fall tatsächlich hat.

www.emons-verlag.de

Alexandra Schlennstedt,
Jobst Schlennstedt
**111 ORTE AN DER OSTSEEKÜSTE,
DIE MAN GESEHEN HABEN MUSS**
Broschur, 240 Seiten
ISBN 978-3-89705-824-8

»Die Orte sind so vielfältig, dass wohl jeder Leser (ob einheimischer oder Tourist) Interessantes entdeckt.«   Lübecker Nachrichten

www.emons-verlag.de

Alexandra Schlennstedt,
Jobst Schlennstedt
**111 ORTE IN OSTWESTFALEN-LIPPE,
DIE MAN GESEHEN HABEN MUSS**
Broschur, 240 Seiten
ISBN 978-3-95451-109-9

»Region der spannenden Geschichten.« Westfalen-Blatt

»Ein ungewöhnlicher Reiseführer über die Region. Interessante Anekdoten aus den Ballungsgebieten wie Bielefeld und Paderborn sind darin ebenso zu finden wie Fotos und Geschichten aus Ortschaften wie Bad Driburg, Salzkotten, Rödinghausen und Werther.« Neue Westfälische

www.emons-verlag.de

Alexandra Schlennstedt,
Jobst Schlennstedt
111 ORTE AN DER OSTSEEKÜSTE MECKLENBURG-VORPOMMERNS, DIE MAN GESEHEN HABEN MUSS
Broschur, 240 Seiten
ISBN 978-3-95451-332-1

»*Interessante Tipps für Sightseeing-Touren in einer der vielfältigsten Landschaften Deutschlands. Die Autoren haben zahlreiche Insider-Tipps ausgesucht, die die kulturelle Vielfalt dieser Region im Nordosten Deutschlands zeigen, und mit vielen von Motiv und Qualität her erstklassigen Fotos illustriert. Diesen Reiseführer sollte man unbedingt dabei haben, wenn man nach Mecklenburg-Vorpommern reist.*« Buchprofile

www.emons-verlag.de

Alexandra Schlennstedt,
Jobst Schlennstedt
**111 ORTE IN LÜBECK,
DIE MAN GESEHEN HABEN MUSS**
Broschur, 240 Seiten
ISBN 978-3-95451-564-6

Holstentor, Marzipan, Hanse, sieben Türme und Ostseestrand – klar, das ist Lübeck. Zöllnerhaus, Schellbruch und Industriemuseum? Auch das ist die Hansestadt. Von Buntekuh bis Travemünde gibt es in diesem Buch 111 spezielle Orte zu entdecken. Von den engen Gassen des Weltkulturerbes über ausgedehnte Naturschutzgebiete bis zum Meer zeigt dieser Entdeckungsführer die vielfältigen Facetten Lübecks.

www.emons-verlag.de